鲁迅 著

陈漱渝 王锡荣 肖振鸣 编

鲁迅著作分类全编

乙编六卷

科学论著集

SPM 南方出版传媒·广东人民出版社

·广州·

图书在版编目（CIP）数据

科学论著集 / 鲁迅著；陈漱渝，王锡荣，肖振鸣编 . — 广州：
广东人民出版社，2019.7
（鲁迅著作分类全编）
ISBN 978-7-218-13497-0

Ⅰ．①科… Ⅱ．①鲁… ②陈… ③王… ④肖… Ⅲ．①鲁迅
著作—选集 Ⅳ．① I210.2

中国版本图书馆 CIP 数据核字（2019）第 062791 号

KEXUE LUNZHU JI

科学论著集

鲁迅 著　陈漱渝 王锡荣 肖振鸣　编

出 版 人：肖风华

特邀策划：房向东
责任编辑：严耀峰　马妮璐
责任技编：周　杰　易志华
装帧设计：周伟伟

出版发行：广东人民出版社
地　　址：广东省广州市海珠区新港西路 204 号 2 号楼（邮政编码：510300）
电　　话：（020）85716809（总编室）
传　　真：（020）85716872
网　　址：http://www.gdpph.com
印　　刷：山东临沂新华印刷物流集团有限责任公司
开　　本：787mm×1092mm　1/16
印　　张：18　字　数：216 千
版　　次：2019 年 7 月第 1 版　2019 年 7 月第 1 次印刷
定　　价：42.00 元

如发现印装质量问题，影响阅读，请与出版社（020 - 85716808）联系调换。
售书热线：（020）85716826

导读

在中国新文学史上，学自然科学出身转而从事文学创作的作家不乏其人，胡适、郭沫若、张资平、郁达夫等均可划入此列，但作为文学家仍有科学著作问世并产生了一定社会影响的人并不多见。众所周知，鲁迅经历了一条由"科学救国"转向"文学救国"的道路，但他早期的科学论著，今天的读者却很少涉猎。本卷收录《中国矿产志》和《人生象敩》二书。前者为合著，后者为独著。此外还收录了鲁迅谈科学的短论和杂文。

《中国矿产志》是鲁迅跟友人顾琅合作编撰的，1906年5月由南京启新书局、上海普及书局和日本东京留学生会馆联合出版发行，至1912年10月共出4版，经清政府农工商部和学部鉴定，被推荐为"国民必读书"和"中学堂参考书"，由此可见本书在当时的学术地位和社会影响。全书包含"导言"与"本言"两大部分：前一部分介绍中国的地质变化和地层结构情况，后一部分介绍中国各地金属矿与非金属矿的分布情况。征引的资料既参考了近代西方勘探者如德国聂诃芬（Richthofen）、匈牙利凯雪尼（Grat Szecheny）、俄国阿布尔乔夫（Obrucheff）、日本神保铃木以及法国里昂商会探险队的调查报告，又查阅了大量古籍、地方志（如《元和志》《浙江通志》《宋史·地理志》《明一统志》《太平寰宇记》）。在"言中国地质及矿产之书，鲜见于世"的历史条件下，本书钩稽群籍，并删节了外国资料中"第近臆说"的部分，在当时实属难能可贵。

《中国矿产志》有别于其他科学论著的一个显著特点，就是字里行间洋溢着高昂的爱国主义激情，全书章节之间贯串着一条鲜明的爱国主义红线。鲁迅推崇科学，甚至认为救治"几至国亡种灭"的中国要依靠真正的科学，但他又坚决反对"为科学而科学"。鲁迅在1926年10月20日致许广平的信中说："现在我最恨什么'学者只讲学问，不问派别'这些话，假如研究造炮的学者，将不问是蒋介石，是吴佩孚，都为之造么？"他学习矿学和撰写《中国矿产志》有一个十分明确的目的，就是了解中国的资源，捍卫中国的资源。比如该书在介绍湖北大冶蕴藏的磁铁、赤铁和褐铁时，就特意指出日本每年从这里采购12万吨矿石，运回本国炼成4963.3万余斤纯铁，第一期合同为10年，今后还要续签。国人应当注意这一动向，因为这些采自中国的矿石将被制成侵略中国的武器。在谈到聂诃芬的勘探活动时，该书无情地揭露了这位德国人是以科学活动为掩护对中国进行经济掠夺乃至军事侵略。聂诃芬在名为《支那》的勘探报告中就露骨地说："支那大陆，广蕴煤炭，而山西尤多，然矿业盛衰，首视输运。惟扼胶州，则足制山西矿业之死命。故分割支那，以先得胶州为第一首。"德国后来占领山东胶州湾，正是采纳了聂诃芬的谋略。1906年（光绪丙午）仲春，复旦公学（复旦大学前身）的创始人马良（字相伯）在为《中国矿产志》撰写的序言中明确指出："顾（琅）、周（鲁迅）两君学矿多年，颇有心得。慨祖国地大物博之无稽，爰著《中国矿产志》一册，罗列全国矿产之所在，注之以图，陈之以说，使我国民深悉国产之所自有，以为后日开采之计，致富之源，强国之本，不致家藏货宝为他人所攘夺。用心至深，积虑至切，决非旦夕之功所能致。"马良知识渊博，11岁就开始接受西方教育，也是一位爱国者。他对《中国矿产志》的评价，可以说是深谙著者的良苦用心。

毋庸讳言，《中国矿产志》一书也有其历史局限性，对此编撰者有十分清醒的认识。该书《例言》中坦陈了三点。一、"纂者于普通矿学虽略窥门径，然系非其专门"，这就必然影响了本书的深度。二、"此所记载，悉钩稽群籍为之"，缺少实地考察、独立调研的成果。三、"而当纂辑，又在课余，误谬知不可免"。今天重读，当然不难发现史料的缺失，以及个别地名的讹误（如将枝江印为"技江"，将耒阳印为"来阳"，将永州误为岳州）。但在中国地矿研究史上，本书仍不失为一部开山之作。

鲁迅的合作者顾琅（1879-？），原名芮体乾，字石臣、硕臣，江苏江宁人。是鲁迅在南京矿路学堂的同班学友，又同被派赴日本留学，同入东京弘文学院。两人性格虽然不同，但并未妨碍合作著书。顾琅后来长期从事矿业工作，曾出任奉天本溪湖煤矿公司矿业部长、中国地学会评议员、北京政府农商部第二区矿务监督、国民政府实业部技正等职，著有《中国十大矿厂调查记》（1916年商务印书馆出版），是我国早期地矿事业的开拓者之一。

《人生象敩》是鲁迅1909年在浙江杭州两级师范学堂讲授生理学时编写的教材，简明扼要，针对性强。全书共分为绪论、总论、本论、结论四大部分，综合运用了生理（功能）、解剖（形态）和保健（摄卫）诸方面的医学知识，反映了当时医学科学的发展水平，今天重读也未发现重大失误。对于存在争议的问题，这部教材也能客观列举不同的意见以供参考。绪论介绍人体的构造和成分。本论介绍人体的运动系统（包括骨骼、肌肉与运动原理）、皮肤、消化系统、循环系统及淋巴、呼吸系统、泌尿系统、五官、神经、生殖系统。结论部分介绍体温、新陈代谢和卫生保健。

医学专家审读之后，认为《人生象敩》传授的医学知识是准确的，即使当今医学科学发展日新月异，这本书的内容也并不过时。在治病与防病方面，这部教材更强调预防于前，因为"药之为物，非能除病"，而仅能增制或遏制人体某些器官的生理作用，使其恢复正常，这就是所谓病愈。所以不善于保健，而将生命寄托于药物，根据医学原理，这是一种南辕北辙的做法。教材的这种观点，对于当下的健康生活仍有重要指导意义。特别难能可贵的是，早在20世纪初，教材就提出了注重食品安全、治理环境污染和建立流行病（如霍乱、痢病）的防控系统等超前性的观点，主张对糕点、水果、鱼肉进行售前检测，防止水污染与空气污染，对急性传染病流行区域采取隔离措施。这些主张都是对于人体健康行之有效而为人们所长期忽略的。

也有医学专家认为，《人生象敩》中的生殖系统一节介绍过于拘谨，其突出表现是该节连"生殖"二字都不敢出现，而以德文"Generatio"出现。这种看法显然脱离了鲁迅当年所处的社会环境。且看鲁迅在杭州两级师范学校任教时一位同事在1936年写的一篇回忆："周先生教生理卫生，曾有一次，答应了学生的要求，加讲生殖系统。这事在今日学校里似乎也成问题，何况在三十年以前的前清时代。全校师生们都为之惊讶，他却坦然去教了。他只对学生提出一个条件，就是在他讲的时候，不许笑。……据说那回教授的情形，果然很好，别班的学生，因为没有听到，纷纷向他来讨油印讲义看。他指着剩余的油印讲义对他们说：'恐防你们看不懂的，要末，就拿去。'原来他的讲义写得很简，而且还故意用着许多古语，用'也'字表示女阴，用'了'字表示男阴，用'糸'字表示精子，诸如此类，在无文字学素养未曾亲听过讲的人看来，好比一部天书了。这是当时一段珍闻。"（夏丏尊《鲁迅翁杂忆》）由此可见，鲁迅的这部教材在当时不仅不保守而且相当超前。这一部分中还有青春期生理的教学内容，这在当今的学校中也并非能够普遍做到。

《中国矿产志》和《人生象斆》既然是文学家的科学论著，它们与同类著作的一个区分就是语言具有鲜明的文学色彩。且看《中国矿产志》中介绍西藏高原地貌的一段文字："昆仑与喜马拉雅山间，有西藏之高原。葱岭在其西，东则群峰屹立如屏障，高原居其环中。虽峻逊葱岭，然横览世界，固已无足与伦俪者矣。试南越喜马拉雅，则降印度之低原。北逾昆仑，则践西蒙古地。更越东境，则临四川之野。惟西邻地独秀出，不越境则无以攀世界之梁。故西藏高原者，大陆中之大陆也。"这段文字，通过对西藏高原东西南北环境的描写，不仅准确介绍了高原的方位，而且使高原"横览世界"的壮美景色跃然纸上。《人生象斆》中对人体器官的介绍也极其形象逼真，如介绍大脑："此为脑之最大分，形略卵圆，其表多见隆起，谓之脑回旋。诸回旋间，多见陷处，谓之脑沟，深者曰主沟，浅者曰副沟。中央有深沟直走，界脑为二，左右相等，是名大脑纵裂。"这段文字旁还配有插图，更加深了读者对大脑的印象。大脑的形状、主沟、副沟的位置，清晰呈现，使读者如睹实体。

本书收录的科学论文中，特别需要提及的是《说钼》和《科学史教篇》。前文刊登于1903年《浙江潮》杂志第8期，是我国最早介绍镭的发现的文章之一，表现出青年鲁迅对前沿科学的密切关注。后文刊登于1908年6月《河南》杂志第5号，是一篇系统介绍世界科学发展史的文言论文，明确指出人文科学和自然科学的协调发展是人性全面发展、世界文明真正实现的必要条件。为了用文艺形式普及科学知识，鲁迅还翻译了科学幻想小说《月界旅行》《地底旅行》和《造人术》。他的杂文当中也包含了丰富的自然科学知识。在《〈进化和退化〉小引》中，鲁迅深刻指出："接着这自然科学所论的事实之后，更进一步地来加以解决的，则有社会科学在。"阐明了自然科学与社会科学融合的必要性和可能性。

目　录

中国矿产志

人生象教

其他科学杂文

中国矿产志

本书于光绪三十二年（1906）五月十一日由日本东京并木活版所出版，南京启新书局、上海普及书局、日本东京留学生会馆发行。署江宁顾琅、会稽周树人合纂。光绪三十二年（1906）十二月初一日增订再版，光绪三十三年（1907）正月十五日增订第3版，1911年10月20日上海中华书局第4版。

序

矿学之失传久矣。古者五金之贡早见《禹书》，铁冶起家者往往而有。黄金之多，计以斤镒；夜光之璧，动称经寸。宜乎研究日精，何以不昌若是？泰西探矿，必论地层。而管子亦言地墆，《周礼》廿人物其地图而授之，斯文尤简切详明，曰物曰图，包举采矿之能事而无遗。中国矿学之讲求，于此可见矣。尝见山左右之开煤矿者，率开双井，井下就煤层之厚者横开井字路，路至煤尽处始回掘。回掘者，掘取井字空白处所留煤柱也。乃大获利，父老相传，旧井井字路每架铁轨如轨辙，借以推挽煤车。按之西法，未始不同也。明季以貂珰从事探矿采矿，虽为天下之诟病，然其要莫亟于今。盖既累于鸦片之害，岁六七千万金，又累于赔款者，岁四五倍于六七千万金。不雨自天不苗，自地不发矿藏，将何繇得此？自英国以煤铁致富，富以致强，列雄乃争趋恐后，本国不足则求之他国，并设为兼弱攻昧，天演之常之说以导之。同治十一年，德人即遣聂诃芬氏遍搜中国，而于山左右为最详。胶州未据之先，实已探明钻石矿即夜光之璧之所在。侯官陈季同曾奉李文忠公之命往查而亲见之。西报言开有二区，黑钻已累累可见。中国矿产遍处皆是，早为他人所觊觎，若不亟自设法开采，将尽入他人之掌握。顾、周两君学矿多年，颇有心得。慨祖国地大物博之无稽，爰著《中国矿产志》一册，罗列全国矿产之所在，注之以图，陈之以说，使我国民深悉国产之所自有，以为后日开采之计，致富之源，强国之本，不致家藏货宝为他人所攘夺。用心至深，积虑至切，决非旦夕之功所能致。此书成，适鄙人游历东瀛，二君出以示余，余嘉其图之精，说之详，深有裨于祖国也，特为之说。以序之。

光绪丙午仲春　马良叙于江户旅次

例言

一、是书概分二篇。首导言，以志中国今日所知之地质；次本言，以志中国今日所知之矿产。二者联属若形影，不知地质，无以知矿产，故首志之以为矿产导。

一、中国地质，中国未尝自为。其检索最详者，首推德人聂诃芬　Richthofen 氏，然亦偏而不全。今并刺取此他诸说，累集成篇，供参考已耳。兹事体大，即博通斯学者，亦非独力所能成。意者中国学术方将日蒸，旦暮必有兴者，吾惟蕲此书之早覆瓿耳。又篇中专名为多，而中国旧译，凡地层悉以数计，今则译其义若音，地史系统亦然。试为列表如次，以备稽考。

（一）原始代 Archaean Era

　　（1）片麻岩纪 Gneiss Period

　　（2）结晶片岩纪 Crystalline schist Period

（二）太古代 Palaeozoic Era

　　（1）康勃利亚纪 Cambrian Period

　　（2）希庐利亚纪 Silurian Period 　　　太古代前半期

　　（3）叠伏尼亚纪 Devonian Period

（4）煤纪 Carboniferous Period
（5）二叠纪 Permian Period } 太古代后半期

（三）中古代 Mesozoic Era

（1）三叠纪 Triassic Period

（2）傀拉纪 Jurassic Period

（3）白垩纪 Cretaceous Period

（四）近古代 Cainozoic Era

（1）第三纪 Tertiary Period { 古期
新期

（2）第四纪 Quaternary Period { 洪积世
冲积世（即现世）

一、中国矿产，因幅员广大，检索未详，故下举诸矿地，皆仅就已知者志之，非谓已尽于此也。又其间虽分金及非金两属，而所区别，又非确指纯质为言，如非金属中之矾石、硝石等皆是。幸勿以学术上之分类法例之。

一、矿产所在，皆揭其地。其较大者，略为说明，然亦多拾外人之言，正确与否，纂者亦难自决。第近臆说者，则固已节去之矣。

一、言中国地质及矿产之书，眇见于世。而纂者于普通矿学虽略窥门径，然系非其专门。此所记载，悉钩稽群籍为之。其羌无左证者，虽不敢率录，第事既创作。而当纂辑，又在课余，误谬知不可免。行将添削，蕲于尔雅。阅者指摘匡正之，则幸甚。

丙午年三月　纂述者识

导言

第一章　矿产与矿业

世所称支那，其面积凡五百三十八万方哩，广袤轶全欧，足与大西洋匹。试十二分全世界，支那占其一份焉中国面积常视算者而异，此据日本矢津昌永氏《清国地志》。即仅就本部言，亦越百十三万方哩上。汉族攸居。昔命之曰：中国者兹土。

中国面积，广漠既如是。蕴藏綦富，理当然尔。今试言其概：则北部（直隶、山东、山西、河南、陕西、甘肃）有金、银、铜、铅、锡、铁、煤、油、硝石之属，且怀煤无量。即黄河流域一带地所蕴蓄，亦足支全世界之工业、航海者数百年。中部（浙江、江苏、江西、安徽、湖南、湖北、贵州、四川）则五金而外，有铅、锑、硫磺、煤油、石盐及煤矿。南部（福建、广东、广西、云南）则有银、铜、锌、锡、铅、铁、含银之铅硫及煤矿等。云南境内，并产宝石焉。

中国矿产，富有既如是。故帝轩辕氏，始采铜于首山。善用地也。唐虞之世，爰铸金银铅铁。逮周而矿制成。厥后则战国以降采丹青，南北朝以降采矾石，唐以降采煤炭，及宋乃弥多，比明而益盛，业亦大矣。降及今兹，亦具矿制。顾所经营者，以官业为多，非人民所敢染指。其偶有民业者，辄干涉诛求。非疲弊不已，改良进步，又何冀焉？世目中国矿业为儿戏，夫岂溢恶之言哉？矧下愚之徒，复深信地气风水诸说，必夭阏其业。始就帖然，而所张皇曰某矿某矿者，则又仅拾暴露地表之数枚石而止。呜呼！中国之所谓矿业，如是而已，与世所谓矿业之义盖大异。故世人曰："支那多矿产，支那无矿业。"

虽然，矿业不将竞起耶？主人荏苒，暴客乃张。今日让与，明日特许。如孤儿之饴，任有恃者之褫夺；如嫠妇之产，任强梁者之剖分。益以赂鬻馈遗，若恐不尽。将裘马以换恶酒之达者，迭出久矣，又何患无矿业？行将见斧凿丁丁然，震惊吾民族；窟穴渊渊然，蜂房吾土地，又何患无矿业？虽然，及尔时，中国有矿业，中国无矿产矣。

今也，吾将于垂罄之家产，稍有所钩稽克核矣。顾昔之宗祖，既无所诏垂；今之同人，复无所告语。目注吾广大富丽之中国，徒茫然尔。无已，则询之客，以转语我同人。夫吾所自有之家产，乃必询之客而始能转语我同人也，悲夫！

第二章　地质及矿产之调查者

客者谁？异国人是已。《诗》有之曰："子有钟鼓，弗鼓弗考。宛其死矣，他人是保。"客其将保我者欤？则吾汉族，直后日之客耳。暂客吾国，及往来吾国者，不悉其几何人。今举最著者如次。半学者也，吾视以彗。

千八百七十一年，德人聂诃芬 Richthofen 氏者，由香港入广东、湖南（衡州、岳州）、湖北（襄阳）达四川（重庆、叙州、雅州、成都、昭化），入陕西（凤翔、西安、潼关）、山西（平阳、太原）而至直隶（正定、保定、北京）。复下湖北（汉口、襄阳），往来山西（泽州、平阳、南阳、太原）间。经河南之怀庆以至上海。入杭州，登宁波之舟山，遍勘全浙。复溯江至芜湖，检江西北部。折而之江苏（镇江、扬州、淮安），遂入山东（沂州、泰安、济南、莱州、芝罘），顾其意犹未溢也。三涉山西（太原、大同），再至直隶（宣化、北京、三河、丰润），复低徊于开平炭山。入盛京（奉天、锦州），始由凤凰城出营口，为时三载。其旅行线凡二万余里，著报告曰《支那》者三钜册。于是世界第一煤国之名，乃大噪于全球。氏尝曰："支那大陆，广蕴煤炭，而山西尤多。然矿业盛衰，首视输运。惟扼胶州，则足制山西矿业之死命。故分割支那，以先得胶州为第一着。"今也其言验。

聂诃芬氏刊《支那》第一册，在千八百七十七年至八十年之四年间。时有匈牙利伯爵曰揩显尼 Graf Szecheny 及克雷德纳 Kretiner 氏，发愿偕地质学者子爵洛奇 V.lo'Czy 氏，探检中国。揩及克留日本之横滨，洛奇先检江苏、江西两省之地质矿产。继而同由上海溯扬子江以达湖北（汉口、襄阳）。渡汉江，越秦岭山，济黄河，经陕西（西安），复西北行抵甘肃（兰州、静宁、安定、凉州、甘州）。履长城西端，再折入肃州，勾留者数月。遂南进过青海西宁，经秦州，达四川省（成都、雅州）。由是至西藏之打箭炉。历扬子江上流，抵金沙江巴塘。南转至云南（大理），过暹罗以去。为时三年，挥金十万。著记行三册行于世。盖于聂诃芬氏探检未详之地，尤加意焉。

千八百八十四年，俄人阿布尔窃夫 Obrucheff 氏，探检北部之直隶（北京、正定、保定）、山西（太原）、甘肃（宁夏、兰州、凉州、甘州）及满洲、蒙古等。越六年，其旅行记《北清中央亚细亚及南山》成。

千八百八十七年，法国里昂商会之探检队十人，查南部之广西、河南（河内）、云南、四川（雅州、松潘）等，勘察至密，而于广西、四川尤详。

前四年，日本理学博士神保铃木及农商务省地质调查所长巨智部之辽东，理学士西和田山崎之热河、长城，学士平林佐藤、井上斋藤之南部诸地，均以调查地质矿山为目的，成《概告》一册。越三年，和田、小川、细井、严浦、山田五专门家，复勘诸地，一订前误。今兹则东西学者，履迹弥繁，所得亦弥确。后此所言，则其所得之成果也。

第三章　中国地质之构造

第一节　地相（参照中国地相图）

亚欧两大陆间，有高台桀然。頯视群岳者曰帕米尔 Pamir，五山脉所从出也，人又称之曰"世界之梁"Roof of the world。五山脉中，其三东向。三山脉中，其一南行，向印度洋面，纡曲为喜马拉雅 Himalaya 山系；其二趋北，崛为天山 Thian Shan 系；而其三崑居前两山系间，自葱岭 Mont Bolor 中部，东向其首，延为崑岺山系。此三山系，弥展弥遥，终而广野高原，毕归怀抱焉。如崑岺与喜马拉雅山间，有西藏之高原。葱岭在其西，东则群峰屹立如屏障，高原居其环中。虽峻逊葱岭，然横览世界，固已无足与伦俪者矣。试南越喜马拉雅，则降印度之低原。北逾昆仑，则践西蒙古地。更越东境，则临四川之野。惟西邻地独秀出，不越境则无以攀世界之梁。故西藏高原者，大陆中之大陆也。无长流大河，流注其地。岩石解渤，积累四邻，风力所飏，旋为平野。而其地南北东周缘之低地则反是，大河细川，交织如网，樊然四张，溉其流域。因而豀谷倍深，河脉倍众，地相倍复焉。视两者之地理、地文若生物界，无不大有径庭，为地质构造之反射者。盖甲受风威，乙蒙水力，故甲则童然赤地，卉木式微，天相寂寥，凄如死国；乙则雨露所泽，植物遂长，百昌活动，连属其乡。猗地相之伟力，于以见矣。此言中国者，指居西藏高原之东麓，怀山抱野，亚洲东方之周缘地，即世所谓支那本部 China Proper 者也。相度其地相，则蒙崑崚余脉之影响也实多。盖崑崚山系，不仅直走东西而已，其成复最古此据地质时代而言。当南邻喜马拉雅，犹潜海底，而此已屹然为山。故崑崚山系者，实中国大陆之骨骼也。迹其本系之构造，爰有始原界之片麻 Gneiss、晶片 Crystalline schist 诸岩石。则昆仑山系者，实又中国大陆地盘之干系也。古者地壳之波，皱不复坦。故山系南，有骈行之脉甚多。北麓形若阶级，成断层山，终抵北方而为隰。系尾则远涉东部，其长凡四十经度千二百里，以是世常区西、中、东三部言之。

西崑崚者，始于葱岭，迄罗布湖 Lob-nor。其初高度几同，绝少峻险。既而东向，比抵琪利亚府 Kiria，岐为二：一曰当拉山系 Tangla or Sangla，一曰俄罗斯山系 Russia Range。本系则至罗布湖裔，展为平原与中国地相，盖无甚深之关系。中崑崚状若楔，至中国，入河南，后受南北行断层所中断，陷为低地，更隆为淮山，蜿蜒之南京而毕。是即秦岭山系 Tsin-ling，界中国为南北二区者也。古山脉之有力于人事者，以斯为最。有是而动、植、气候若工商之业，南北因以毕殊。盖不徒天然之分域，亦中国地质构造之至要者已。

秦岭之北有黄河，南有长江。北之气候，夏乃酷暑，冬乃祁寒。地相殊简，多平原台野。著名之黄土 Loess 及尘埃泥泞，掩蔽地盘，不宜草木。地无立植，稼穑维艰，所获者仅棉麦属耳。南则反是，有峻峰深谷，林木蓊翳。降至低地，冲积层在焉。厥土富沃，植物滋生，蔓延于甸野。寒暑不厉，霖雨以时。棉麦而外，则有禾、茶、桑、麻、薯蓣之属，竞向荣焉。秦岭山腹之南北，其天然之殊，有如是者。然试取北之渭水地，与南之汉江域较，则两者之为殊异，盖尤著也。

中崐崘在青海北，幅员广甚，且有骈行山脉十。其南脉纡回于南，为西藏之东境。南行缅甸及暹罗，余波犹及于马来群岛。中央干部曰巴颜喀喇 Baian Kara，东向走，与积石西倾岷山等相属。尚于渭水之南，桀为秦岭，又自故都西安之北，起为伏牛 Tuniu。凡秦岭以东总称秦岭山系，即东崐崘也。中东二山相接处，为西藏东境，即四川西北，甘肃之南。层冰峨峨，覆掩山体，或谓昔较喜马拉雅尤秀出云。四川西境之大雪岭，不过其一分耳。又一脉自甘肃之南山岭出，走山西太原府，比至辽东之野，遇断层，其迹乃绝。既而抵满洲朝鲜之界，再崛起为长白山，此亦崐崘之孙枝也。

有大断层，自汉江上流，襄阳府之边，北东走，东侧陷落，中断东崐崘。所谓中原者，即其东方地也。此断层过黄河北，由北京平地，东望其面，外表殆似山脉，实则台地之东坂耳，是名太行之山。台地则西联山、陕之高原，复与蒙古相属，中国之大煤田在焉。其断层山，走北京之西，崛起为凤山。既而北展，成大兴安岭，作满洲与东蒙古台地之界域。秦岭既断，至湖北，微隆为淮山。东泳东海，再兴为日本崑峇，以构成日本南部地。与此断层骈行者，再见于山东。顾此则西侧独陷，微隆而成泰岳，远及于辽东。所谓辽东半岛者，其东侧隆地也。

今更旋面目而顾南方，复得一山脉，自秦岭山系，分趋东南者也。在四川东北，则走汉江之上流，以大巴山及荆门山名。在宜昌、重庆间，则斜行扬子江，江畔有三峡栈道之险者以此。山脉与西藏间，为四川洼地。构以砂岩，色带赤，地质学者遂字之曰："四川之赤洼"。山脉余波达云南而毕。与此骈行者，在中国东南岸闽、粤地，走广东、福建及浙江之西境，尽于宁波。凡此皆自西南而趋东北。大庾岭、仙霞岭，其分名也。总称之曰支那山系 Sinical system，与北方之秦岭相对。系之西里，有湖南、湖北之低地，鄱阳、洞庭则低地中之尤低者也。

第二节　地质上之发育史

自中央亚细亚以至中国，地质上古多变动，与世俱进，迄于今兹。故究中国之发育史者，必先知亚细亚东部之转变。今先陈其概，而以序及吾国焉。

（一）第一周期……原始代

最初之地球，其表至薄，熔岩未凝，如芦苻之裹沸沈。时则片麻岩等，凝聚累积，挟火上飞，地壳为之龟坼，而熔岩乃复弥缝灌注之，如水就下，后凝为火成岩，今称花岗岩 Granite 者即是。以上盖第一变动也。地盘上升，成一山岳崚嶒之大陆，既乃静止。烈风怒吹，暴雨频集，浸润克削，海面日高，终而巨浸无际。怒浪拂天而外，更无所有。是时也，则为原始代 Archaean Era。

原始代岩石之见于亚细亚东部者，在朝鲜、满洲及中国之山东、福建诸省，名片麻岩。古者喷涌出地，凝为一大陆。厥后经风雨所剥蚀，波涛所激冲，零星尽矣。逮第一变动起，熔岩上涌，地盘亦偕以俱升，而东部亚细亚之大陆骤现。惟地层运动，不一其致。故秦岭以北，断层分走于诸方，是成台地；以南则地层恒作波形，屈曲为山脉焉。此第一周期终，而中国南北两部地质上之历史遂异。

（二）第二周期……太古代前半

原始代既去，康勃利亚纪 Cambrian Period、希庐利亚纪 Silurian Period、叠伏尼亚纪 Devonian Period 继之。其所经岁月，殆不能缕指数。尔时洪水襄陵，为力至伟，故土砂之属，多湔涤入海，累积为砂岩泥岩及白垩岩。后地盘再震，海底复昂然为陆，而中央亚细亚及中国之陆地山岳成，是为第二变动。递既静止，风雨竞集，翘然出水者日以卑，坦然滨海者日以削。洪涛所啮，地盘日低，大陆沉沦，海若再伟，此太古代 Palaeozoic Era 之前半也。

中国当静止时，风雨则陵其陆地，海波则蚀其东南，弥蚀弥进。而南满洲、山东、山西、陕西、直隶及河南诸地，终为水国。陆上之砂砾土泥，输运入海，悉沉集浅处。其距岸较遥之深海，则生灰石之累层。此海曰"康勃利亚纪海"。海之南岸，即秦岭也，其以南之中国，乃非海而陆，故康勃利亚属不可见。尔后北方之海，渐涸为干土。秦岭以南，地盘又陷，成"希庐利亚纪及叠伏尼亚纪海"，海底则陆上之土泥累积之。稽此海，盖尝入中崑峇，通天山，经西伯利亚，而与欧洲之俄罗斯相属云。

（三）第三周期……太古代后半至近古代

此一周期，以煤纪 Carboniferous Period 始。其先群植滋殖，长林郁翳。故当波浪蚀陆之际，其波足所及者，辄挟土沙以掩瘗之。水逼其上，火燔其下，爰相率僵死，造成广漠无量之煤田。此煤纪末叶。地盘之变动又起，海隆成陆，而今日中国及中央亚细亚之地相，乃粗定矣。秦岭以北，因遇数断层，遂生台地，形错落若阶级；以南则地表曲蟠，崛出为连岭。悬想当时，盖较喜马拉雅尤秀出焉。推地球他部之僵石若地层，知其历年盖甚长，其为变复甚复。惟东部亚细亚独不然。煤纪时隆为大陆，后历中古代及近古代之第三纪 Tertiary Period，为变甚微。仅雨雪凑集，山岳崩溃，销耗磨灭，高者渐卑，完者日泐而已。与今日亚细亚之现象，殆无以异也。其稍著者，则有小山脉之勃兴，断层之陷落。断层之大者，在秦岭东，自汉江上流，北北东走，延及北京。北方之兴安岭，亦乘时崛起。其一则与前者平行，自南京斜掠山东及辽东以去。两断层间，复大陷落，窅然以深。秦岭山系，遂因之中绝于湖北。渤海湾及辽东之平野，即其低地带之一部也。是为中原历代枭雄所角逐竞争，造成一部相斫书者皆在是。

进究中国北部之变动史，则当煤纪时，有大海自朝鲜西向。原始代及康勃利亚纪之大陆蟠其北，秦岭、崑岺二山当其南，而瀚海 Drysea（东蒙古沙漠之位置）则侵入天山南，与俄罗斯之"煤纪海"相联续。其近邻复有一煤纪之大海，开展于中崑岺及秦岭半岛南。时淮山山畔，尝为海峡，故得与北海合。复包日本，经云南及缅甸之海峡，以达印度之赤道洋。此南北两大海，矿藏异量，僵石殊致。本纪初，北海本极深邃，厥后经煤岩之沈菹累积，于以日浅。或竟出水成陆，植物群生。陆稍降则植物又受海中土沙所掩蔽。一降一升，地变迭起，终造成一冠绝世界之煤田。后遭转变，全土上升，成江西、陕西之煤层台地。东抵山东，西经甘肃，尚遥及于瀚海。南岸之桀然者，曰秦岭，曰中崑岺，迄今兹未尝再沦于水国。故除中古代之中原陷落外，谓今日中国之地相，已粗备于尔时，固无不可耳。

顾南部之变动史则异是。自煤纪以至二叠纪 Permian Period，惟天水相衔，更无陆影，故煤层遂未由成。迨北海成陆，地盘始稍变动，时则有横压力自西北来，秦岭以南之地层，遂崛起为峻岭，连绵闽粤间，所谓支那山系 Sinical system 者是矣。厥后时有转变，不至故常。内部生数断层，其一部分，终沦陷为海，则中古代 Mesozoic Era 之始也。其海曰"三叠纪之大洋"。此其为海，达西藏之东境，自缅甸、西拉牙至大西洋，今日欧非间之地中海，其余沥耳。三叠纪 Triassic Period 后曰傲拉纪 Jurassic Period。中国南部之海日蹙，渐成"新地中海"。其位置，即今之四川洼地也。地盘构造，纯以赤砂，故亦称"赤盆砂地"。尔时植物瘗赤砂中，化而为煤，后成中国南部之煤田焉。其所历岁月，较北部者为稚，可推知已。迨入白垩纪 Cretaceous Period，海再隆为陆，故白垩纪之地层不可见。

前言两断层间，窅然以深之中原，即成于中古代，此中国南北两部共有之变动也。两断层中，一自汉江，贯黄河，至北京，复生山西之台地及北京之卑脉；一在其东，自辽河之野，经渤海湾，贯山东西缘，抵南京之郊外。中挟中原，实则地质学上之沟底而已。沟底微隆成淮山，踞河南及湖北之界。继乃受崑峇余脉，至镇江，再崛兴于日本。斯时也，中生代将终，地相底定。厥后变故虽多，顾微细无伟力，未足以移易中国之地相也。

自白垩纪以迄今日，中国之山地，既屹然成陆，中原亦然。独蒙古沙漠及甘肃方面地，当近古代 Cainozoic Era 之第三纪 Teriary Period 末叶，尝为内海耳。故中国本部，自白垩纪后，已为干地。其来凌藉蹂躏者，厥惟风霜雨雪之属。意者尔时之秦岭山系，高必胜于今兹，与淮山及山东之山相联络，以环绕中国北部。逮第四纪 Quaternary Period 之洪积世 Diluvial Epoch 时，欧洲为祁寒之冰河时代，中国内部，则当温湿风自南方来，辄为山壁所阻阏，雨泽悉竭。其北复有烈风，气候干涸，与大漠殆无以异。故土砂埃尘，均随暴风飞动，沉积其地，久而诸山日卑。气候渐变，乃始有雨，以润泽此土砂埃尘，渐就坚实，于以成中国之黄土 Loess。黄土所在，惟扬子江北，不见于南方。所谓黄河，则以灌溉兹地，遂含色获名者也。又其流水，朝宗于海，水色为变，是名黄海。其影响所及，有如此者，而不仅此也。试一悬想，假当时无是，则中国北部之平原，将末由成；有之，则地又因以硗确而不适于稼穑。此有名之黄土，殆无以异地质上之鸡肋软。

洪积世去，现世 Recent 继之。其转变之行，亦无待重为言议。特为变徐徐，远逊往古之猛烈，故从约焉。

第四章　地层之播布

第一节　原始层

熔岩初凝，渐成地壳。是即当时之遗迹，始为地质学家所目睹者也。所见地层，此为最古，故以原始名。所历时日，此为最长，故屡受变动。其断层最多，襞积亦最甚。检视石层，略无生物。昔美国达逊 Dawson 氏，尝于加拿大石灰岩 Canada limestone 中，见有若有孔虫之遗迹者，遂取原生生物意，名之曰阿屯 Eozone，后经挚覈，其说竟破。意者尔时殆惟荒天赤地，绝无微生命之胚胎软。顾岩石中，时含石灰石墨之属。夫石灰为动物之遗蜕，石墨为植物之槁株。设无生物，何能有是？又次之太古层中，得三叶虫 Trilobites 之僵石。三叶虫者，动物之高等者也。按进化说，则劣者必先，优者必后。故意者尔时亦非无至劣动物，生活其间，特遗蜕模糊，莫能辨识耳。以是，此层惟据岩石之性质，析为二：其一曰片麻岩层，次曰晶片岩层。

是层之岩石，见于辽东半岛，及山东、福建诸省，延及朝鲜，矿产甚富，以产银、铅、铜、铁、铂、玉著。此他则崑峇、秦岭、戈壁、瀚海等。盖戈壁者，实原始层之浸蚀相 Erodel facies。而瀚海，则合花岗岩所构造者也。

第二节 太古层

始见僵石，故亦以古生名。然所谓生物者，复非原生，吾曹所能目击之最古者耳。其尤古者，则沉埋转变，无得而稽考矣。其岩石皆自少而至多。以火成者，有花岗、闪绿、辉绿等；以水成者，有砂硅、粘板、石灰等。生物亦由简以趋复。厥初则有藻类、三叶虫、珊瑚之族，然皆水产而已。既而鱼而苇而鳞印诸木，渐由水产以超陆产。然高等者，未获睹也。再降则两栖动物及爬虫现，而古生层终。此依僵石，细别为五：

（一）康勃利亚层

此复细别为三：中国辽东之石灰岩，其上层也。据聂诃芬 Richthofen 氏说，则自辽东半岛，直亘朝鲜之咸镜道，厚数千呎。石灰岩所函僵石，以苟诺罗利飞 Conocoryphe、亚梧诺士都 Agnostus 等之三叶虫，及灵古累拉 Lingulella、亚尔气士 Orthis 等之腕足介，为特征云。惟此层所布，则土质常硗确不宜耕稼。所赖者，产金、银、铜、锡之属，远胜他层，为足弥其缺陷耳。

（二）希庐利亚层

此层岩石之在中国者，自陕西汉中府以至四川广元县之山间。含三叶虫、腕足介、珊瑚之属，产五金焉。

（三）叠伏尼亚层

此层产地，在秦岭山之南，云南之北，四川之东北等。聂河芬氏尝采僵石探究之，则嘉陵江之北，有五房介 Pemtamerus、美喀罗登 Megalodon sp.、蜂房珊瑚 Fanosites 之属，而石燕 Spirifer Canolifer 尤多。云南之潞江，则有恺马罗复利亚 Chamarophoria、小口介 Rhyuchonella、亚气利士 Athyris、苟内梯士 Chonetes、蜂房珊瑚、石燕之属。凡此皆本属之上部与中部也。变质岩中，常含玉类。岩石脉络间，亦恒产银、铁、锌、锡等。

（四）煤层

产煤最富且良，故名。据所函僵石，析为二部：曰下部，曰上部。其下部在南山、抚顺、天山、四川、甘肃之肃州与甘州间、巴尔丹译音河畔、山东之博山县，皆海成层也。僵石以珊瑚 Coral、腕足类 Brachiodada 为主。上部之海成层在甘肃之山丹、西宁配灵山北侧、勾佺川下、泰甲山之赛门关以上四地皆译音，僵石以腕足类及纺锤虫 Fusulna 著。江苏、湖北，僵石以有孔虫著。江西，僵石以软三叶虫及鱼类著。夹层煤之播布，亦广大焉。陆成层在盛京、直隶、山东、陕西、山西、河南、四川、湖南、广东诸省，其僵石以大苇 Calamites、鳞木 Lepidodendron、印木 Sigillariods、羊齿 Ferus 等著，层中夹煤最多。聂河芬氏尝谓山陕煤田，面积殊广大。如陕西东南部煤层，其总积凡四千八百方里，厚自十六尺至三十尺以上，并富铁矿云。此外则甘肃、陕西、云南及崑峇山附近，亦见煤层。惟僵石种类，艰于识别，故今兹犹未辨其部属焉。

（五）二叠层

此层始自西藏东北部，至江西，延及江苏之南京与镇江间。岩石以石灰岩为多，僵石以腕足介为著。有用矿物，则石盐、石膏、铜、铁、铅、煤之属也。

第三节　中古层

此层以粘板、角岩、硅岩、粘土等为多，时含石盐、煤、石膏之属，生物则前此者渐归灭绝。故鳞印诸木，初即衰落，而松、柏、苏铁、羊齿等，与之代兴。继而无花果、白杨、楮、柳之属出，其景象殆无异于现世矣。动物则前代爬虫，日臻发达。有袋类亦生，为哺乳类导。次则诡形之龙类，跋扈于陆地；有齿之大鸟，腾跃于太空。盖自有生物以来，未有若斯之瑰奇繁盛者也。菊石、箭石之属，亦大繁殖。遗蜕累积，成白垩层。再降则生物复大变革。旧生动植，或衰或灭，而真阔叶树及硬骨鱼兴。僵石既三变易，故此层亦从而析为三，如次：

（一）三叠层

此层之在德国者凡三叠，故名。最下叠见于西藏北部，岩石多石灰，僵石多菊石 Ceratites。中叠则云南有之，僵石及岩石之特征与前者相若。产辉铅、白铅、铜、硫、铁等矿及孔雀石焉。上叠尝见于贵州，所含矿物，与中叠等。

（二）僦拉层

凡三部：下部色黑，中部色褐，上部色白。在中国者，多褐色僦拉层。即其中部也，产植物僵石，如山西大同府，四川之广元县，湖北之黄州、大同两府，及直隶省皆然。煤、铁等矿，亦恒有之。

（三）白垩层

中国自侏拉纪后，渐隆为陆，故白垩层不可见。

第四节 近古层

此为最终之地层。细别成二：末叶之洪积层，见人类焉，岩石以粗面流纹及粘土柔垩之属为多。其层广布于中国，如北部之黄土 Loess 即洪积层也。厚越二千三百尺，函哺乳动物及陆生介类，且曼衍至西藏、蒙古、叶尔羌及波斯。此黄土成因，解者甚众。如斯克黎揭 Skerchey 氏谓此乃冰河所运之漂土，比冰河中绝时代 Interglacial Period 复为空气所运，积为累层；又荆格斯弥尔 Kingsmill 氏则谓山东附近之黄土，古必沉积于水中，非风力所致。然聂诃芬氏则归之风力焉。

本言

第一章　直隶省矿产

第一节　金属矿

金矿

顺天府房山县宝金山　　　　顺天府密云县

永平府迁安县宽河川　　　　顺天府大兴县

永平府卢龙县

热河滦平县朝河川职商吴景毓禀办商部准探勘

右诸矿产，惟在热河者，有都统寿荫之覆奏见光绪二十四年北京官报可得其概。虽诚妄不可知，今姑再录之。略谓金厂沟梁，以光绪十八年始。矿石坚致，日获金四五十两。双山子金矿，日获二三十两，利益殊丰。宽沟等处，虽兴业垂二三十年，然拮据甚。土槽子、遍山线、热水诸地，亦纳税悉不厚云。

银矿

顺天府大兴县　　　　顺天府密云县

永平府迁安县

顺天府昌平州河子涧村商人李宏富禀办商部批准探勘

永平府卢龙县距城西十五里椒山

永平府抚宁县　　　　　　　承德府丰宁县

宣化府蔚州　　　　　　　　热河

铜矿

顺天府大兴县　　　　　　　永平府卢龙县孤竹山

保定府　　　　　　　　　　承德府平泉州每年约获五十余万斤

铁矿

顺天府遵化州　　　　　　　顺天府密云县大峪椎山

顺天府大兴县　　　　　　　顺天府宛平县

保定府满城县　　　　　　　宣化府龙门县

永平府迁安县　　　　　　　永平府卢龙县城西十五里

锡矿

广平府磁州　　　　　　　　承德府

永平府迁安县

第二节　非金属矿

煤矿

顺天府房山县无烟煤　　　　顺天府宛平县同上

永平府抚宁县无烟煤　　　　宣化府蔚州同上

定州曲阳县白石沟及野北村商部自办。

宣化府宣化县鸡鸣山　　　　承德府朝阳县

正定府灵寿县　　　　　　　正定府阜平县炭灰铺村

赵州临城县近铁路旁。现借款自办。

宣化府保安州无烟煤	宣化府西宁县无烟煤
顺天府保定县同上	宣化府万全县同上
永平府临榆县同上	宣化府开平煤矿
磁州煤矿	

开平煤矿，在永平府滦州之石城与唐山间，系明代所已发见者云。井凡十三，深约千五百呎至千七百呎，煤层之数与井等，其倾斜约四十五度。煤质最良者，为第五、第九、第十三诸层，余悉不善。顾其量则甲东洋一切煤矿，日所获凡二千三四百吨。矿区之宏，煤层之厚，皆仅见者也。

海盐

顺天府宁河县	遵化州丰润县
天津府章武县	永平府滨海诸县

玛瑙

宣化府

硝石

大名府土硝	**天津府天津县**

石棉一名不灰木

承德府滦平县	宣化府蔚州

绿矾

天津府	宣化府有青、白及土粉三种。

水晶

顺天府昌平县	宣化县

第二章　山西省矿产

第一节　金属矿

银矿

解州安邑县	解州平陆县银穴三十四区

铜矿

绛州垣曲县	解州平陆县
平阳府曲沃县	潞安府长安县
大同府	忻州定襄县

沙金

隰州大宁县	泽州阳城县
绛州闻喜县	平定州盂县

铅矿

绛州垣曲县	隰州

锡矿

解州安邑县	沁州沁源县
泽州阳城县	解州平陆县

铁矿

太原府太原县	太原府榆次县
平阳府临汾县	平阳府曲沃县
平阳府翼城县	平阳府岳阳县
平阳府汾西县	平阳府洪洞县
平阳府吉州	平阳府乡宁县
解州安邑县	保德州

汾州府孝义县	泽州阳城县
大同府怀仁县	绛州绛县
沁州武乡县	代州
潞安府	汾州府
汾州府宁乡县	霍州灵石县
平定州盂县	沁州沁源县

本省铁矿,以平定州盂县,及自潞安府至泽州阳城县者为最著。其开采似始于二千五百余年前,逮唐乃弥盛。惜迄今日,而所操方术,与欧西数世纪前者,犹无甚异耳。特铁质则纯良甚,经土法制炼后,不逊瑞典产,盖因矿悉褐铁及镜铁故也。

第二节　非金属矿

煤矿

平定州寿阳县无烟煤	平定州盂县同上
忻州静乐县无烟煤	平阳府翼城县无烟煤
平阳府岳阳县同上	平阳府临汾县同上
平阳府洪洞县同上	平阳府浮山县同上
平阳府太平县	霍州灵石县同上
霍州赵城县	泽州阳城县同上。厚达七迈当半
隰州大宁县	汾州府临县
大同府广宁县	宁武府神池县
代州五台县	太原府太原县
潞安府长安县	平定州杨泉村

矿区广袤,凡万三千五百平方哩,脉皆相蝉联,绝少崩裂者。煤

层则厚自二十五呎至五十呎，其平均数，必不在四十呎下。凡此悉得诸亲就矿穴之实测，非仅据外象为言者也。质复佳绝，焚之无烟。假从前说以煤层率为厚四十呎，比重为一五，则量当达六千三百亿吨。又假定现全世界之用煤量为六亿吨，则山西一省所函煤量，已足支一千余载。矧矿脉仅微斜，故于煤层中，凿长数哩之导水坑，为事亦易。上乃沙岩，无俟支柱。地复富实，利于经营。又取煤质与他国产者较，盖不逊英国之优等煤。东洋诸国所产，恐莫与京云。此聂诃芬氏说也。

石盐

太原府阳曲县	太原府徐沟县
太原府太原县	忻州定襄县
太原府文水县	大同府大同县
大同府浑源县	大同府应州
解州安邑县	霍州
隰州	保德州

硝石

汾州府永宁县	解州有硝池

明矾

平定府寿阳县	平阳府吉州
绛州垣曲县	解州

钟矿

泽州

绿矾

大同府	平定州
解州有胆矾窟	绛州垣曲县同上

石棉一名不灰木

潞安府黎城县　　　　　　　　潞安府壶关县

石膏

汾州府永宁州　　　　　　　　汾州府介休县

玛瑙

大同府

水晶

汾州府永宁州　　　　　　　　泽州

琥珀

潞安府

硫磺

太原府阳曲县王封山。山西商部议员刘笃敬禀办商部批准。

隰州

煤油一名石脑油

潞安府　　　　　　　　　　　泽州陵川县

平定州　　　　　　　　　　　平阳府

肃州　　　　　　　　　　　　霍州

第三章　陕西省矿产

第一节　金属矿

金矿

西安府临龙县　　　　　　　　西安府南山

兴化府西城、汉水、汉阴、月川水皆有金，明初封禁。

商州雒南县　　　　　　汉中府西乡县

兴化府汉阴厅

银矿

西安府　　　　　　　　商州山阳县

汉中府

汞矿

商州雒南县　　　　　　汉中府略阳县

兴化府洵阳县

铜矿

西安府终南山　　　　　兴安府洵阳县

兴安府金州出自然铜

鄜州产自然铜　　　　　商州

铁矿

西安府临潼县　　　　　邠州长武县

西安府南山　　　　　　凤翔府郿县

凤翔府陇州　　　　　　汉中府略阳县

汉中府城固县　　　　　凤翔府汧阳县

商州　　　　　　　　　汉中府沔县

鄜州中部县　　　　　　鄜州宜君县

锡矿

商州

朱砂

汉中府　　　　　　　　商州

第二节　非金属矿

煤矿

榆林府榆林县无烟煤　　　　同州府

汉中府凤县

煤油即石油

延安府延川县美商垂涎甚久，现已自行开采。

延安府延长县　　　　　　　鄜州

西安府石油矿脉亘二百余里

石盐

榆林府葭州　　　　　　　　榆林府榆林县

延安府定边县

明矾

同州府澄城县　　　　　　　西安府同官县

钟矿

汉中府凤县

玉

西安府蓝田县　　　　　　　西安府临潼县

商州雒南县　　　　　　　　汉中府略阳县

兴化府洵阳县　　　　　　　西安府南山

笔铅即石墨

凤翔府汧阳县

玛瑙

榆林府府谷县　　　　　　　榆林府神木县

硫磺

西安府同官县　　　　　　鄜州宜君县

琥珀

汉中府

第四章　甘肃省矿产

第一节　金属矿

金矿

巩昌府珉州　　　　　　肃州酒泉洞庭山

西宁府西宁县　　　　　阶州文县

西宁府廓州　　　　　　兰州府

凉州府镇番县

阶州文县有金窟，在麻仓，与绍化县接界。窟如井，取之甚难。

银矿

平凉府平凉县　　　　　平凉府华亭县

阶州文县　　　　　　　巩昌府宁远县

秦州秦安县　　　　　　秦州清水县

秦州两当县

水银

阶州文县将利　　　　　秦州徽县

铜矿

平凉府平凉县　　　　　巩昌府宁远县

秦州秦安县　　　　　　平凉府华亭县

铁矿

平凉府平凉县	巩昌府宁远县
平凉府华亭县	秦州秦安县
秦州徽县	庆阳府安化县
宁夏府麦采山	庆阳府城北横岭

铅矿

秦州徽县	平凉府华亭县
宁夏府	

第二节　非金属矿

煤矿

兰州府狄道州	兰州府金县
秦州秦安县	巩昌府通渭县
凉州府永昌县	凉州府古浪县
西宁府大通县	甘州府山丹县
巩昌府伏羌县	宁夏府平罗县

煤油

甘州府山丹县有井十二

石盐

平凉府华亭县	巩昌府西和县
宁夏府中卫县回乐	凉州府镇番县
肃州福禄	秦州
西宁府	阶州

钟矿

巩昌府岷州　　　　　　　　　　阶州

硝石

巩昌府宁远县　　　　　　　　　庆阳府安化县朴硝

巩昌府会宁县　　　　　　　　　阶州

庆阳府各县俱出。《元和志》：有窟一所，在会州北一百里，朱家办课。

玛瑙

巩昌府岷州　　　　　　　　　　阶州

硇砂

兰州府各县俱有

石膏

安西州沙州

矾石

宁夏府俱贺兰山　　　　　　　　阶州

安西州瓜州、沙州。

第五章　山东省矿产

第一节　金属矿

金矿

沂州府兰山县　　　　　　　　　登州府招远县

青州府临朐县

沂州府莒州古石港有银洞，系明代开采者。

登州府栖霞县　　　　　　登州府蓬莱县

上举诸地，所产多沙金。凡自结晶质岩石山中，流出之河流间，有之。惟丰饶产地，则迄今未获。故开采者，不久辄废置云。

银矿

沂州府兰山县　　　　　　沂州府莒州

沂州府蒙阴县　　　　　　青州府临朐县略水洞、古石港。

济南府般阳、济南二处。　登州府岠嵎县东二十里，金山黄银洞。

去莒州北一百里，有七宝山，产金、银、铜、铁、锡之属。又南十五里曰古石港，其地有银穴，明万历间尝采之。

汞矿 即朱砂，又名丹砂。

沂州府蒙阴县　　　　　　青州府临朐县丹砂

朱砂 丹砂

武定府茅焦台东

铜矿

泰安府莱芜县　　　　　　兖州府峄县

济南府新城县　　　　　　沂州府莒州七宝山

青州府临朐县

铁矿

济南府淄川县　　　　　　济南府新城县

登州府栖霞县　　　　　　兖州府峄县在县东马山

泰安府莱芜县　　　　　　青州府益都县

沂州府莒州赤铁与褐铁　　青州府乐安县

青州府临淄县有魏时铜官迹　青州府临朐县

登州府蓬莱县　　　　　　青州府博山县

青州府高苑县

锡矿

兖州府峄县   沂州府莒州

青州府临朐县

铝矿

沂州府沂水县   沂州府莒州

青州府临朐县

第二节　非金属矿

煤矿

青州府益都县   青州府博山县 ⎫

登州府黄县   登州府招远县 ⎪

青州府临淄县   莱州府潍县 　⎬　现德人办

济南府章丘县   济南府淄川县 ⎭

沂州府剡城县   兖州府峄县

泰安府新泰县井深自五十尺至百尺

泰安府莱芜县为青沥质，德人欲揽办。

沂州府莒州

青州府昌乐县距青岛汽车约四小时之房子山，煤矿甚旺。

山东煤矿，德人聂诃芬氏检覈最详。据所言，则上揭诸地，以沂州、博山、章丘、潍县为冠，莱芜次之，新泰尤亚。前四地中，面积首推博山，质量需用，亦居第一云。今为概说如次：

博山煤田，山东北部最大之煤田也。博山县城，以工业著，制玻璃、磁器殊有名。市居洼地中，其东北有博山庙，左近产石灰岩，函腕足类及他种僵石，盖煤层下部之石灰岩也。南产沙岩，次为驳色黏土，次为白云岩，色作褐，面殊嵯峨，取以陶、磁器者即此。更次为石灰岩，灰色，有白色石脉，纵横旁午其间。诸层倾斜，皆南向。市傍悉沙岩，其西者夹煤层厚自一尺五寸至四尺，然煤质杂土胶，劣品也。市南曰黑山，其层，沙岩与粘板岩相错，上覆粘沙岩，夹数煤层。且产石灰岩，函腕足介，与博山庙左近者等。此二地间，石灰岩岭横贯之。南有断层，以同层累同斜度。出地者再，有竖穴两所，一深百六十尺，一深二百尺。共采一煤层，厚自六尺至八尺，积约二亿坪强。煤质良好，恒煅之作枯煤，计所获，日约六十至八十吨，吨值九马克半，一岁所产，凡十九万吨许，亦中国煤矿之尤也。然聂氏则谓将来之望，恐逊沂州云。

临淄煤田，地未勘检，莫知其详。惟据全体地层推之，则倾斜颇微。虽下鉴不深，似亦能与煤层会。矧交通甚便，适于贸迁。其为事简而所获巨，亦将来之良煤田也。

潍县煤田，市南有地，悉黄土。一岩层自此隆出，南向微斜，中夹煤层，面积广袤凡二六〇方里。厚自三尺至五尺，煤质较博山为劣。性既不黏，复函硫铁，故不能用以作枯煤，意者此殆因仅取接近地表者而然。设开采弥深，当获佳品，顾值则昂甚，吨售二十二马克半，他处所未有也。又更南有第二竖井，属前者之下层，厚约四尺，惟所得常零星细碎，其巨大者，仅见而已。

章丘煤田，面积凡博山煤田之三分一，层厚约四尺，煤质复佳。惟在平地，排水殊难，故不能与博山竞耳。独其位置远胜博山，且苟穿凿至深，则所采煤层下，或能更与数煤层会。故假能修缮规模，改善方术，则进为良煤田，固瞬间事尔。

新泰煤田，田在县治北，煤层厚约二尺，凿五十尺至百尺之竖坑取之。煤作片状，有光泽，撮之污指，质复粗疏易碎。当聂氏旅行斯土时，其值每吨十四·〇四马克云。

莱芜煤田，地偏僻不适贸迁，煤质复劣，观泰安、新泰所用枯煤，必购自博山，则斯土之艰于开采，可犁然已。

沂州煤田，沂州近傍颇平坦，其西南稍隆起，渐及百尺至百五十尺。距市五里许，有高丘，约五百尺左右。而北、北东，则高山嵯峨，岩石奇古，此即蒙北方断层所轩举者也。沂州之南，地表覆黏土，含赤铁矿，色赤而坚。西十五里地，名红土店者因此。煤层出地，即始于红土店，层约东倾二十度，厚三尺至五尺。更西复微隆，有地层夹煤，采取颇盛，煤质良好，可制枯煤，计面积凡十二亿二千万坪。今假定能采取者，不过十分之一，而所余犹一亿坪，亦山东之大煤田也。

山东诸煤矿，虽多星散不群，莫能与山西煤田角，然煤质绝佳。地复滨海，其交通输运，易于山西。故据地理决之，则中国北部诸煤矿中，出地最先者，舍山东盖无可指也。

水晶

泰安府莱芜县　　　　　　　兖州府

沂州府

明矾

青州府益都县

硝石

青州府

石盐

武定府霑化县　　　　　　　青州府诸城县

青州府寿光县　　　　　　　东昌府聊城县

东昌府茌平县　　　　　　　登州府各县俱出

青州府乐安县　　　　　武定府滨州

沂州府莒县　　　　　　武定府利津县

石膏

登州府蓬莱县

石棉一名不灰木

登州府

玻璃原料白沙

青州府博山县

第六章　江苏省矿产

第一节　金属矿

银矿

江宁府句容县铜冶山及手巾山、方山等。

江宁府六合县冶山

铜矿

江宁府江宁县金牛山及牛首山

江宁府溧水县

江宁府句容县铜冶山、手巾山、赤山等。

徐州府铜山县

镇江府丹徒县巢凤山。自产，禁私卖。

扬州府

镇江府溧阳县不准私卖

江宁府上元县有铜夹山、栖霞山、龙潭铜、煤各矿。

铁矿

江宁府句容县　　　　　　　江宁府六合县冶山

镇江府溧阳县据唐志　　　　淮安府盐城县

徐州府铜山县彭城利国驿、盘马山、贾家、汪家等处。

镇江府丹徒县曹王山西德古山，

　　　　　产磁铁矿，又铁冈头、响水凹、马鞍山。禁卖。

汞矿

江宁府

第二节　非金属矿

铅矿

镇江府丹徒县西乡蔡磴湾、螺丝营山。

煤矿

江宁府上元县青龙山、幕府山、栖霞山等处。

江宁府江宁县牛首山

江宁府句容县龙潭等处，现自采。

徐州府铜山县无烟煤。利国驿贾家、汪家等处。

镇江府丹徒县曹王山中德

　　　　　古山、老虎洞。禁卖。

扬州府

江苏东部，平野茫然，绝少山岳，故煤层从而难获。比西进，近安徽省界，矿始渐多。其开采者，为龙潭、栖霞、元山、祠山、湖山、林山、马扒井、直牍山、幕府山、幕府寺、石澜山、关桥、老虎洞、王家窈、石兰山、太平山、等子山、华山、小茅山、冈山、朱家坳等，凡二十余处。而青龙山煤矿有井二，产煤较多。今废。

笔铅

镇江府丹徒县浣王山中

玻璃原料白沙

江宁府句容县　　　　　　　海州

徐州府宿迁县

盐

通州　　　　　　　　　　　海州

淮安府　　　　　　　　　　松江府南汇县

淮安府盐城县　　　　　　　丹徒县绿塘千层纸矿。禁私卖。

第七章　安徽省矿产

第一节　金属矿

金矿

徽州府绩溪县

银矿及铅矿

徽州府　　　　　　　　　　池州府

泗州天长县　　　　　　　　徽州府绩溪县大鄣山

凤阳府怀远县涂山

铜矿

宁国府南陵县　　　　　　　宁国府宁国县

池州府青阳县	池州府铜陵县铜官山
徽州府	广德州
宁国府	滁州
安庆府	太平府繁昌县铜山
泗州	太平府当涂县

铁矿

安庆府潜山县西北乡各山，产铁砂矿。

宁国府南陵县

池州府铜陵县	太平府当涂县

泗州天长县冶山。商人何象云等禀办商部批准探勘。

水银

安庆府

第二节　非金属矿

煤矿

安庆府宿松县傅家垅、汪家湾。

安庆府潜山县	宁国府宁国县

太平府芜湖县

太平府繁昌县五华山、强家山。

和州含山县	宁国府泾县猛头山。

池州府东流县喜山、养山等处。

池州府贵池县荷岭、猪形洞。职商孙绪发禀办商部批准。

广德州牛头山、翎猪洞、梁家山。

　　职商杨锡琛等禀办皖咨部批准。

凤阳府宿州烈山　　　　　　　庐州府巢县净土庵山

泗州天长县冶山　　　　　　　安庆府太湖县夹坳山

宁国府宣城县狗毛山、犬形山、簸箕山。贵池县罐窑山

安徽地相，江南多山，地自芜湖左近，隆为丘陵，终递高至千五百呎，连属其乡，故矿藏自富。上列诸地，产煤悉丰，尤多者为繁昌县南乡之九华山。煤井三，深者三十余丈，浅者亦二十丈。每井一昼夜所得煤，约四百石至一千石一石重约六十磅。煤质无烟，不让开平产。其西北一带地方，有煤矿殊多，采取亦盛。

宣城煤矿，日本大日方氏尝勘检之。煤层露县治内，倾斜约二十度至三十度。据其时凿验，共得三层，至薄者如芦苇，至厚者二十五尺。厚薄相间，忽窄忽张，面积约数百方里。质亦佳良，可鼓汽舰。三十余年前，洪氏之党尝采之云。

明矾

庐州庐江县　　　　　　　　　凤阳府

第八章　河南省矿产

第一节　金属矿

金矿

河南府嵩县杨树林。金八四分二，铁底一五分八。

光州光山县黄陂涝

银矿

陕州卢氏县　　　　　　　　　南阳府桐柏县陈家山、五台河。

河南府嵩县大青沟

汝宁府罗山县马蹄铅含银约五十分之一

南阳府邓州　　　　　　　光州光山县叶家湾、黄陂涝。

彰德府武安县长亭山　　　河南府境内

卫辉府汲县

铜矿

南汤府镇平县　　　　　　彰德府涉县自然铜

光州光山县戴家冲　　　　河南府登封县水磨湾

开封府禹州　　　　　　　怀庆府济源县

汝宁府信阳州　　　　　　汝州鲁山县

开封府自然铜　　　　　　彰德府安阳县自然铜

铁矿

河南府巩县　　　　　　　河南府新安县

河南府宜阳县盘龙寺　　　河南府登封县

河南府西安县　　　　　　河南府嵩县

南阳府南阳县　　　　　　光州光山县万家坡磁铁

南阳府裕州夹山沟、四家村。南阳府泌阳县

开封府禹州　　　　　　　开封府大騩之山

南阳府镇平县骑立山　　　汝宁府信阳州铁砂

汝宁府罗山县银硐冲　　　彰德府涉县

南阳府内乡县　　　　　　怀庆府一带

彰德府安阳县　　　　　　汝州

彰德府林县林虑山　　　　彰德府武安县

卫辉府汲县　　　　　　　彰德府各县俱出

铅矿

河南府嵩县大清沟、小青沟。　　彰德府武安县长亭山

光州光山县华家湾、黄陂涝。　　南阳府裕州维摩寺、桃花豁。

南阳府桐柏县五台河、陈家山。　光州高城县

汝宁府罗山县银硐冲、面铺山底线、陈家楼、山夹店。

卫辉府汲县　　　　　　　河南府嵩县

南阳府邓州

锡矿

河南府嵩县　　　　　　　陕州灵宝县

彰德府武安县　　　　　　南阳府裕州

河南府永宁县　　　　　　陕州卢氏县

汝州境内　　　　　　　　卫辉府境内

卫辉府淇县

第二节　非金属矿

煤矿

开封府禹州三峰山近已设有煤矿公司，闻获利甚厚云。

河南府巩县

河南府洛阳县　　　　　　河南府新安县

南阳府南召县　　　　　　汝州鲁山县

彰德府安阳县　　　　　　彰德府汤阴县

硝石

全省俱有

硫磺

怀庆府

明矾

彰德府红色 彰德府武安县

南阳府舞阳县

第九章 湖北省矿产

第一节 金属矿

金矿

黄州府黄冈县 黄州府黄安县

施南府建始县 荆州府江陵县

银矿

武昌府江夏县 武昌府鄂县

施南府建始县

武昌府兴国县西黄姑山旧有银场。今废。

锡矿

武昌通城县 郧阳府竹山县

铜矿

武昌府江夏县 武昌府武昌县

武昌府鄂州 郧阳府房县城南盘水河及荡水河。

郧阳府竹山县 施南府建始县

武昌府大冶县白雉山旧有银场

铁矿

武昌府鄂州　　　　　　　　　施南府建始县

武昌府大冶县

大冶县内，丘陵起伏，北有二山脉，一为石灰质岩，一为火成岩，此二山间，铁矿在焉，总称曰大冶铁山。采铁应用，似肪于数千载前，后竟废。逮千八百八十九年，拟再兴业。越三年工成，德人所计划也。矿凡二种，一为磁铁及赤铁，一为褐铁。

磁铁及赤铁矿之出地者，自铁山左近始，东迄下陆，约十二启罗迈当，倾斜平均二十七度，宽平均约七十五启罗。外露者七地，曰铁山，开采最先，后以所得矿含磷过多，遂中止。曰沙帽子山，曰新北乡译音，曰师子山第一雄，曰师子山第二雄，曰康山，曰下陆，合计矿量，凡九九六六九六八八法吨，所制铁，当得五九六二九〇〇二法吨云。此技师赖曼氏所调查也。褐铁矿始于铁山馆西北之一小山，东贯勃希乡译音及白杨林间二山，作成弧状。面东南走者一启罗迈当半，至铁道线路石淮杆再现而终，约计矿量，凡四〇三二〇〇法吨，设制铁后，当得一八一四四〇法吨。

大冶铁矿，大别为二种。（一）磁铁矿与赤铁矿床。其含铁量五十乃至六十％。（二）褐铁矿床，其含铁量约四十五％。近年开采，为汉阳铁政局之原料，品质优美，价格低廉。现与日本订定契约，每年准其购买矿石十二万吨，其价格自光绪三十一年八月后，依新定契约。上等矿石每吨日金三圆；二等矿石，每吨日金二元二角。十年后，更相协定订。现今日本制铁所，每年约由大冶铁山购入之矿石，制得纯铁四千九百六十万三千一百五十余斤，以济伊国不时之用，我国民当留意焉。

第二节　非金属矿

煤矿

武昌府大冶县	黄州府
宜昌府归州	宜昌府巴东县
宜昌府长乐县	郧阳府房县
荆州府监利县	荆州府技江县
荆州府宜都县	宜昌府长阳县

硝石

宜昌府	宜昌府东湖县

明矾

汉阳府	郧阳府房县苍矾

硫磺

施南府建始县

水晶

武昌府兴国州潘家山

玛瑙

宜昌府府境洪溪山

第十章　四川省矿产

第一节　金属矿

金矿

成都府简州	成都府温江县

成都府崇庆州	成都府彭县
绵州安县	宁远府盐源县
保宁府巴州	保宁府剑州
重庆府合州	重庆府大足县
重庆府荣昌县	重庆府涪州
重庆府渝州	龙安府平武县
夔州府万县	龙安府江油县
宁远府	绥定府大竹县
忠州	资州仁寿县
绥定府达县	眉州
雅州浮图水出	酉阳州黔江县
雅州府打箭炉附近万石坪地方金矿	
泸州中江水出	绵州
嘉峨府定边厅	茂州
嘉定府嘉州	

四川多沙金，几于随地而有，其尤著者，为雅州府下打箭炉，年产二万余两。成都府附近川北管下中霸场，年产万余两。建昌及嘉定府年产五千余两，合计有三万七千余两。其他则扬子江上流，当江水涸时，可从事采取，其地以重庆城下为适。顾地方官，则禁遏之。至下流所产，则江水上流之余泽而已。

银矿

成都府	宁远府会理州明时尝置银场
潼川府梓州	龙安府江油县
保宁府晋寿	嘉定府银沟厂在夷地
潼川府中江县梓州	宁远府盐源县

绵州巴西县

水银

重庆府綦江县	酉阳州彭水县
酉阳州黔江县	茂州
龙安府	

铜矿

成都府简州	成都府金堂县
宁远府冕宁县	宁远府会理州
宁远府西昌县	

宁远府越隽厅邛部南山天乌河中有铜胎

资州仁寿县有红铜矿六七处，现立公司开办。

雅州府卢山县	重庆府綦江
潼川府中江县飞乌铜山	嘉定府洪雅县
雅州府荣经县	雅州府天全州前阳村
邛州	泸州

铁矿

潼川府射洪县	忠州酆都县
成都府	重庆府合州
邛州	绵州巴西县
资州	茂州
顺庆府	雅州府荣经县
宁远府盐源县	夔州府云阳县
夔州府巫山县	龙安府
嘉定府荣县	绥定府东乡县
邛州蒲江县	泸州

朱砂即丹砂

重庆府涪陵、丹兴、溱州。　　茂州

雅州府天全州　　　　　　　　酉阳州

锡矿

夔州府　　　　　　　　　　　龙安府

绵州　　　　　　　　　　　　资州

铅矿

保宁府剑州　　　　　　　　　龙安府

雅州府　　　　　　　　　　　夔州府石砫厅

绥定府遫县

第二节　非金属矿

煤矿

嘉定府犍为县　　　　　　　　重庆府

嘉定府威达县　　　　　　　　雅州府

叙州府

江北厅龙王峒煤矿有英商干涉，认股本五十万。

石盐

成都府灌州　　　　　　　　　资州资阳县

宁远府会理州　　　　　　　　资州内江县

资州仁寿县　　　　　　　　　资州井研县

忠州　　　　　　　　　　　　眉州彭山县

宁远府盐源县　　　　　　　　保宁府阆中县

保宁府南部县　　　　　　　　叙州府富顺县

叙州府长宁县　　　　　潼川府射洪县

潼川府乐至县　　　　　重庆府巴县

重庆州璧山县　　　　　夔州府万县

夔州府巫山县　　　　　夔州府云阳县

夔州府奉节县　　　　　夔州府开县

绥定府大竹县　　　　　绥定府达县

眉州彭山县　　　　　　嘉定府达盛县

嘉定府荣县　　　　　　嘉定府犍为县

嘉定府乐山县　　　　　邛州蒲江县

泸州江安县　　　　　　顺庆府

硝石

眉州东馆乡鹞儿井出　　嘉定府威达县

玛瑙

嘉定府产夷地

煤油

叙州府富顺县　　　　　重庆府

嘉定府　　　　　　　　成都府

保宁府　　　　　　　　邛州

琥珀

忠州梁县　　　　　　　夔州府巫山县

夔州府大宁县　　　　　绥定府大竹县

石棉一名不灰木

龙安府　　　　　　　　宁远府会理州

雅州府　　　　　　　　茂州

宁远府越隽厅

051

第十一章 江西省矿产

第一节 金属矿

金矿

南昌府奉新县

抚州府临川县宋置场，在城西四十里。

抚州府临川县　　　　　　饶州府鄱阳县

赣州府雩都县　　　　　　宁都府瑞金县

瑞州府高安县　　　　　　袁州府萍乡县大安岭金沙沟

广信府上饶县

萍乡县产地，为叶线坑、七宝山、大安里、棚家坊四处，本省人尝言之，第诚伪不可辨。

银矿

赣州府雩都县　　　　　　赣州府会昌县

九江府浔阳　　　　　　　抚州府临川县金溪场

宁都府瑞金县　　　　　　广信府弋阳县

广信府玉山县　　　　　　抚州府金谿县

饶州府德兴县　　　　　　临江府

建昌府南城县《宋史·地理志》："南城，有太平等四银场。"今无。

瑞州府上高县

铜矿

南昌府洪州有铜坑　　　　广信府上饶县

饶州府德兴县　　　　　　抚州府临川县

袁州府按：《唐·地理志》"袁州有铜"。今久闭。

南安府上犹县

临江府新喻县　　　　　　　　赣州府长宁县

九江府浔阳　　　　　　　　　　九江府彭泽县

吉安府

赣州府赣县垅下铜矿现由江、皖、赣纠集股本四十万金开采。

宁都府瑞金县

铁矿

南昌府丰城县　　　　　　　　南昌府进贤县

广信府弋阳县　　　　　　　　广信府贵溪县

赣州府会昌县　　　　　　　　袁州府分宜县

抚州府临川县《宋·志》："乾道间置东山铁场。"今废。

广信府玉山县

广信府上饶县　　　　　　　　南安府大庾县

赣州府安远县　　　　　　　　吉安府永兴县

袁州府宜春县　　　　　　　　袁州府萍乡县刘公庙上涞岭

临江府清江县

九江府德化城门铁矿较鄂省大冶优

锡矿

南安府南康县　　　　　　　　赣州府安远县

南安府崇义县　　　　　　　　赣州府雩都县

南安府大庾县　　　　　　　　赣州府会昌县

铅矿

广信府铅山县铅山、多善乡、杨梅山等。　　皆有锡场。今废。

南安府崇义县

广信府上饶县	南安府大庾县
吉安府吉水县	袁州府宜春县
袁州府萍乡县	南安府南康县

宜春矿区，曰石园，曰登休里，韩婆圳，以多量称。萍乡则陈塘冲、谢坪及青山下也。

锰矿

袁州府

第二节　非金属矿

煤矿

袁州府宜春县	袁州府萍乡县
九江府德化县马祖山	广信府铅山县佛母岭
南昌府丰城县	南昌府武宁县
广信府兴安县	临江府新喻县
饶州府乐平县上码头牛头山	饶州府余干县埕山。
九江府彭泽县	抚州府金谿县
抚州府东乡县	瑞州府高安县
吉安府吉水县	吉安府永兴县

江西亦中国产煤地之一。盖其地势上，实蒙湖南西部矿产之泽者。故全省煤矿，以袁州为尤。如溯渝水以上三百里，煤层出地，历历可辨。又鹅沟则兴业经年，所获殊巨。其地采煤，仅就出水五十尺至三百尺之山腹若山麓，作阶级状。直自地表取之，绝少用机械者，渝州上流诸矿亦然。其能纵横开凿，可副隧道之名者，仅见而已。袁州煤矿中，最著者曰宜春、曰萍乡。

宜春煤矿，在城东八十里，日获四五十石。煤分三种：曰无烟煤、曰块煤、曰粉煤。其无烟煤量最少，且含硫，色黝黑，与开平煤相伯仲。

萍乡煤矿以袁州之西，距芦溪四十里之云居铺左近者为最。煤脉綦大，故采取之术，亦较宜春为良，一年所获约十万吨左右。质与宜春产无大异，惟含硫较少耳，所得半制焦煤。汉阳铁政局所用者，即萍乡产也。

其他则若丰城县之南神岭、下汶，武宁县之天尊山，兴安县之北乡，新喻县之燕窝口、花鼓山，乐平县之鸣山、缸镲山、汪家山、众家山、赶龙山及牛皮坞左近，余干县之大小石里、三宫山、坞石山、张家埂、马鞍山，彭泽县之毕家湾、榆树坞、桃子山、老虎洞、盏坞、鸽子棚、茶坞，金谿县之车坊村、狮子岭、和尚山、李公坳，东乡县之小璜墟、愉怡街、七宝岭、湖冈等，均以产煤闻。

水晶

广信府上饶县

石墨即笔铅

吉安府安福县

明矾

广信府铅山县

第十二章　湖南省矿产

第一节　金属矿

金矿

长沙府长沙县　　　　　　　　长沙府安化县

长沙府攸县

衡州府沅水上流辰州、沅州地方之砂金。

常德府	长沙府
长沙府湘潭县	岳州府平江县
青州	岳州府巴陵县

按：《明史》"成化中开湖广金场，得金仅五十三两"。于是复闭。

银矿

长沙府暨阳及沅水之上流虹口

衡州府

永州府	桂阳州
岳州府	宝庆府武冈县

汞矿

长沙府	沅州府
衡州府	辰州府永绥厅
辰州府凤凰厅	宝庆府武冈县

醴陵县

朱砂

长沙府	辰州府丹砂，又名辰砂。

辰州府沅陵县

铜矿及铅矿

长沙府	辰州府
桂阳府	郴州

郴州宜章县

锡矿

长沙府	衡州府

永州府

铁矿

长沙府浏阳县	长沙府安化县
辰州府泸溪县	辰州府溆浦县
辰州府辰溪县	长沙府茶陵县
长沙府宁乡县	长沙府醴陵县
长沙府攸县	衡州府
永州府零陵县	永州府祁阳县
永州府江华县	永顺府

岳州府临湘县庐家坂、丁家坂。

永州府永明县	永州府宁远县
宝庆府新宁县	
常德府	沅州府芷江县
靖州绥宁县	郴州桂阳县
郴州永兴县	郴州宜章县
桂阳州	郴州

铅矿

岳州府常宁县

锑矿

宝庆府新化县	岳州府
永州府	长沙府益阳县

湖南饶锑，几遍全省，且亘湖北，近时始发见之。上所举诸地，其尤著者也，所得量月约四五百吨。设改善方术，加以经营，则月得千吨不难云。

第二节　非金属矿

煤矿

衡州府衡山县　　　　　　衡州府来阳县

衡州府清泉县　　　　　　宝庆府新宁县

宝庆府邵阳县

硝石

永顺府　　　　　　　　　保靖县

盐

永顺府保靖县西落地方有水田数亩，水味甚咸，民间取以调食，约杯水可食五六人，较之川盐甚佳，近拟仿四川掘井办法云。

明矾

长沙府浏阳县　　　　　　衡县府来阳县

桂阳州山矾，本州及各县俱出。　衡州府各县俱出山矾

水晶

沅州府

第十三章　贵州省矿产

第一节　金属矿

金矿

遵义府西高州　　　　　　遵义府桐梓县

铜仁府省溪、提溪二司出金。

银矿

贵阳府   遵义府

威宁州   铜仁府

思南府印江县狮毛山银矿送于法国亨利公司，限四十年，可惜！

朱砂

贵阳府开州   遵义府夷州

思南府   大定府黔西州

思州府   安顺府普安县

铜仁府

水银

贵阳府开州

思南府婺川县产本攸板场、崖头等处。

遵义府夷州   铜仁府大万山

南笼府废安   思州府

石阡府

按：开州水银即以朱砂升炼而成，又有生于沙中，不待升炼者，谓之自然汞，但不易得。今开州有朱砂及水银厂。

铜矿

大定府威宁州产额甚富   铜仁府省溪、提溪二司出铜。

锡矿

大定府威宁州

锑矿

大定府威宁州

铅矿

都匀府出府城东，久禁未开。

都匀府清平县香炉山

思州府府城东有龙塘山　　　　大定府威宁州

铁矿

思州府府城东龙塘山　　　　铜仁府铜仁县

黎平府　　　　　　　　　　石阡府

思南府印江县　　　　　　　大定府威宁州

思南府安化县

第二节　非金属矿

煤矿

大定府威宁州掘地三尺，即见煤层。

遵义府仁怀县

威宁煤矿产额甚富，将来如能筑路运煤，则获利必厚。前曾聘二日人到该处开采，因法未善，今已作废。

玉

思南府印江县

钟矿

遵义府桐梓县　　　　　　　兴义府

水晶

安顺府

紫石英

安顺县紫石英大小不一，皆六方两角。

第十四章　浙江省矿产

第一节　金属矿

金矿

宁波府　　　　　　　　　　严州府

处州府松泉县　　　　　　　处州府松阳县

银矿

处州府龙阳县　　　　　　　处州府龙泉县

宁波府奉化县银山冈　　　　台州府天台县

衢州府常山县　　　　　　　衢州府西安县

处州府各县俱出。按旧志，土产银铅，各县并有坑。今久经封禁。

严州府遂安县　　　　　　　严州府建德县

温州府平阳县焦溪山、天井洋、赤岩山等，永乐中采，今皆封禁。据《浙江通志》。

绍兴府诸暨县东乡楼家坞、捣白湾、大成坞、夜叉坞、北乡西洋坞等处。

水银

绍兴府余姚县龙泉山

朱砂

杭州府

铜矿

杭州府余杭县　　　　　　　金华府金华县

嘉兴府海盐县章山　　　　　湖州府安吉县

湖州府武康县	湖州府长兴县
严州府遂安县	绍兴府余姚县
宁波府奉化县	台州府宁海县
衢州府西安县	严州府建德县
处州府龙泉县	

铅矿

| 台州府天台县 | 处州府松阳县 |
| 台州府黄岩县郭婆坑 | 处州府各县俱出 |

锡矿

湖州府安吉县	绍兴府余姚县
湖州府长兴县	处州府松阳县
湖州府武康县	

铁矿

温州府瑞安县	嘉兴府海盐县
温州府平阳县	台州府宁海县
温州府泰顺县	处州府青田县
处州府宣平县	处州府龙泉县

第二节 非金属矿

煤矿

湖州府长兴县	金华府
衢州府西安县西山、南山。	衢州府常山县
严州府桐庐县皇甫村,现自办。	
衢州府江山县	

杭州府余杭县车口坂，现自办。

杭州府富阳县境之宋庙村等处颇多

金华产煤，光泽少烟。井深三百尺至八百尺，每四十尺至五十尺，辄作一磴，转折而下，其所得煤，选以滑车运之。江山左近之青湖，亦有煤井，径三尺半，深约三百尺，其方术至拙，故每日所获，不越千斤。又凤林地方，亦产煤，多采取者云。

明矾

温州府平阳县宋洋山

石英

绍兴府诸暨县紫石英　　　　　严州府遂安县白石英

石膏

杭州府钱塘县有石膏山

玛瑙

杭州府玛瑙坡在孤山东

水晶

严州府遂安县　　　　　　　　湖州府乌程县垄山

金刚砂

台州府樱旗山

海盐

杭州府钱塘县　　　　　　　　杭州府海宁县

宁波府　　　　　　　　　　　嘉兴府海盐县

杭州府仁和县　　　　　　　　台州府宁海县有盐场，日杜渎。

台州府临海县　　　　　　　　台州府黄岩县

第十五章　福建省矿产

第一节　金属矿

金矿

建宁府　　　　　　　　　邵武府

福州府　　　　　　　　　汀州府上杭县钟密金场

银矿

建宁府建安县　　　　　　建宁府建阳县

建宁府浦城县

建宁府福和县以上四府俱有银场。今废。

汀州府宁化县　　　　　　福宁府福安县

福州府闽清县　　　　　　福州府福清县

福州府连江县

福宁府宁德县十一都之新兴坑，又二十都之黄相银坑。

福州府罗源县　　　　　　延平府附近

汀州府长汀县《寰宇记》："汀州出银，长汀县有黄焙场，并宁化县有龙门场，俱出银。"

铜矿

建宁府建阳县　　　　　　延平府尤溪县

汀州府长汀县　　　　　　延平府南平县

延平府沙县以上三府，俱有铜场。

福宁府宁德县按：岭车、盂地龙、李家等处铜坑。

延平府顺昌县　　　　　　邵武府邵武县

铅矿

永春州大田县	龙岩州
福州府闽清县	漳州府平和县
福宁府宁德县	延平府附近
福州府连江县	泉州府安溪县珍地乡

锡矿

汀州府长汀县《宋史·地理志》："有上宝锡场。"

福州府罗源县	福州府福清县
福州府长乐县	

铁矿

福州府侯官县	福州府罗源县
福州府福清县	福州府闽县
福州府闽清县	福州府古田县
泉州府同安县	

泉州府安溪县职商陈纲等集股本四十万元开采。

福州府永福县	建宁府建安县
建宁府福和县	邵武府邵武县
漳州府南靖县	建宁府瓯宁县
建宁府松溪县	漳州府漳浦县
延平府尤溪县	

延平府南平县《明统志》："有铁冶，在南平者四，尤溪者十七。"

汀州府宁化县	汀州府上杭县
汀州府长汀县	漳州府尤溪县
福宁府宁德县	永春州德化县
龙岩州附近	泉州府附近

第二节 非金属矿

煤矿

兴化府无烟煤	福州府古田县
邵武府建宁县	建宁府建安县无烟煤
龙岩州漳平县	漳州府海澄县
建宁县	邵武府邵武县
永春州大田县	厦门南大武山

水晶

漳州府漳浦县大帽山及梁山	泉州府

盐

福州府长乐县	福州府侯官县
漳州府龙溪县	漳州府漳浦县
福宁府霞浦县	福州府宁德县
福州府连江县	泉州府晋江县
泉州府惠安县	泉州府同安县
福宁府福安县	福宁府福鼎县

明矾

建宁府福和县

第十六章 广东省矿产

第一节 金属矿

金矿

肇庆府四会县金冈山	琼州府儋州

肇庆府开建县涌流地方　　　琼州府崖州

廉州府钦州　　　　　　　　德庆州

肇庆府　　　　　　　　　　琼州府万州

琼州府本州及新崖州　　　　肇庆府康州、新州、恩州、勤州。

银矿

广州府　　　　　　　　　　广州府南海县

惠州府归善县有银场　　　　广州府清远县

广州府东莞县　　　　　　　连州

韶州府曲江县　　　　　　　广州府番禺县

韶州府乐昌县　　　　　　　潮州府海阳县

嘉应州　　　　　　　　　　韶州府翁源县

肇庆府高要县　　　　　　　肇庆府

高州府石城县　　　　　　　韶州府英德县

嘉应州兴宁县　　　　　　　琼州府

肇庆府封川县　　　　　　　肇庆府阳江县

肇庆府新兴县　　　　　　　肇庆府四会县

高州府化州　　　　　　　　肇庆府阳春县

高州府信宜县　　　　　　　琼州府万州

琼州府崖州

高州府窦州、辨州、罗州、电州、潘州。

按：《府志·阳江县》"南津银坑山，矿脉甚微，明万历中皆尝开采，今罢"。

铜矿

广州府

连州连山有铜官。《宋史·地理志》："阳山有铜坑。"

韶州府 肇庆府

水银

连州府 广州府

连州所产，年约万罐，每罐容五十余斤。广州则年约六百二十余万斤。银朱也。

丹砂

连州

锡矿

广州府新会县	惠州府海丰县
韶州府	惠州府归善县
嘉应州程乡	潮州府
嘉应州长乐县	罗定府
肇庆州	惠州府河源县

铁矿

肇庆府新兴县	广州府番禺县
韶州府仁化县有铁场	广州府香山县
广州府清远县	肇庆府高要县
嘉应州程乡	肇庆府阳江县梅峒山

连州连山县连山及桂阳山

肇庆府阳春县铁坑山及东南芙蓉都诸山

罗定州东安县

按，《通志》："广铁出阳春及新兴二县。"今新兴产铁诸山，割入东安，商贩从罗宗江运集佛山，以罗定为最良云。

锑矿

广州府清远县

铅矿

肇庆府府境　　　　　　　　惠州府

肇庆府阳春县东南芙蓉山

惠州产者为铅粉，有青白两色，适于涂舰，年约产五十八万五千余斤。

第二节　非金属矿

煤矿

嘉应州兴宁县　　　　　　　　韶州府曲江县

广州府番禺县慕德里司属夏芳乡一带。

煤油

南雄州始兴县

玻璃原料及金刚砂

广州府　　　　　　　　　　琼州府

廉州府各县俱出

水晶

广州府

盐

广州府新会县　　　　　　　惠州府归善县

广州府东莞县　　　　　　　惠州府海丰县

潮州府海阳县　　　　　　　肇庆府高要县

潮州府潮阳县　　　　　　　罗定府

高州府吴川县　　　　　　　肇庆府阳江县

高州府化州

高州府废廉江、干水、零绿三处俱煎盐，输廉州。

硫磺

潮州府丰顺县

石墨即笔铅

南雄府始兴县

《明统志》："始兴县南五里，小溪中长短巨细似墨。"杨慎《丹铅录》："始兴县小溪中，产石墨，妇女取以画眉，故又名画眉石。"

第十七章　广西省矿产

第一节　金属矿

金矿

桂林府	思恩府宾州
思恩府上林县	思恩府迁江县
平乐府	太平府
南宁府横州	柳州府融州
浔州府贵县天平山	柳州府来宾州

梧州府苍梧县涌北、卡水、黎老、金鸡山等。

银矿

桂林府	浔州府
庆远府河池州	柳州府
庆远府宜州	浔州府贵县
庆远府南丹州孟英山	平乐府照潭

浔州府贵县天平山　　　　　平乐府贺县

南宁府　　　　　　　　　　南宁府横州

铜矿

桂林府　　　　　　　　　　思恩府

平乐府临贺有铜冶，在橘山。　庆远府

浔州府

铁矿

柳州府融县　　　　　　　　平乐府贺县桂岭

思恩府　　　　　　　　　　桂林府

浔州府　　　　　　　　　　太平府

锡矿

庆远府河池州　　　　　　　平乐府贺县冯乘、临贺。

庆远府南丹州　　　　　　　平乐府昭平县富州

铅矿

平乐府照潭　　　　　　　　浔州府贵县

南宁府上思厅思州、马尾岭，归法商元亨公司办，限三十年。

思恩府上林县　　　　　　　平乐府昭平县富州

朱砂

桂林府　　　　　　　　　　庆远府宜州、抚水州。

第二节　非金属矿

未详

第十八章　云南省矿产

第一节　金属矿

金矿

云南府	永昌府永北厅
楚雄府姚州	东川府
开化府	大理府
丽江府金沙江出	

永昌府永平县博南南界。又西山高三十里，越得澜沧水，有金沙，洗取熔为金。

银矿

楚雄府楚雄州	楚雄府南安州
云南府	曲靖府
武定州	永昌府

铜矿

永昌府腾越县	大理府太和县自然铜
永昌府永北厅	大理府宾州县
丽江府自然铜	曲靖府
武定州	澂江府
普洱府蒙化厅	昭通府

铁矿

云南府昆明县滇池	云南府易门县
曲靖府陆凉县	武定州

| 曲靖府宣威州霑益 | 普洱府 |
| 东川府 | 丽江府 |

铅矿

云南府

锡矿

| 永昌府永北厅 | 曲靖府 |
| 武定州 | |

银矿

云南府

第二节　非金属矿

盐

云南府安宁州山盐	大理府浪穹县
楚雄府定远县产黑盐	楚雄府白盐井
永昌府永北厅	楚雄府黑盐井俱产黑盐
东川府镇沅厅	丽江府云盘山
楚雄府广通县产黑盐	

琥珀

| 丽江府 | 永昌府 |

玛瑙

永昌府保山县分红玛瑙、白玛瑙、紫玛瑙三种

明矾

武定州元谋县

玉

澄江府

石膏

楚雄府

附录

中国地相图

山系与水系

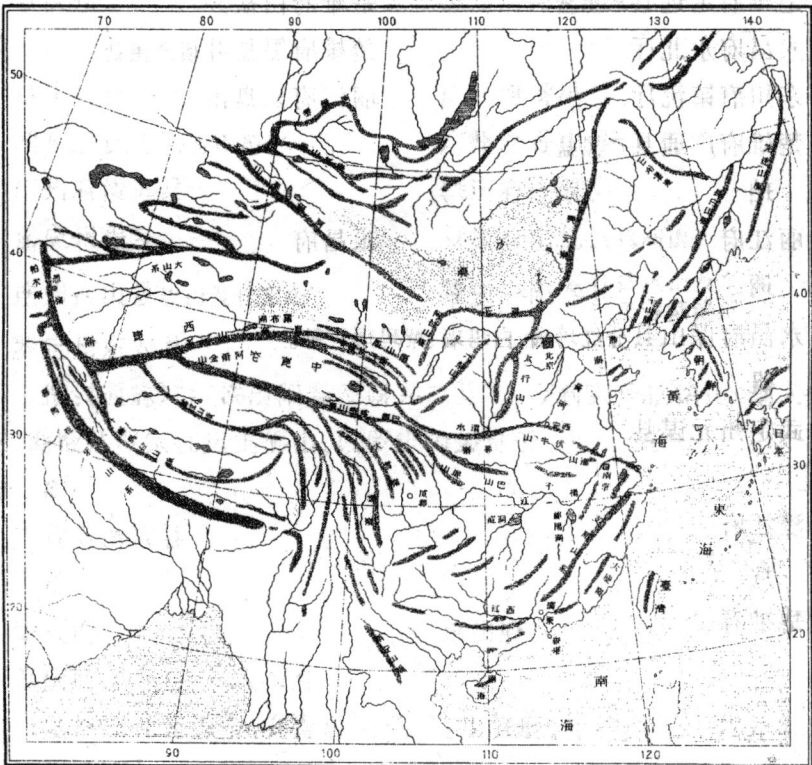

地质时代一览表

(Ⅰ) 太古代 (Archaean Era) 　　　　　　　界 (Group)

　　(1) 片麻岩纪 (Gneiss Period) 　　　　系 (System)

　　(2) 云母片岩纪 (Mica Schist Period) 　系 (System)

　　(3) 千枚岩纪 (Phyllite Period) 　　　系 (System)

(Ⅱ) 古生代 (Palaeozoic Era) 　　　　　界 (Group)

　　(1) 康勃利亚纪 (Cambrian Period) 　　系 (System)

　　(2) 希庐利亚纪 (Silurian Period) 　　系 (System)

　　(a) 下希庐利亚世 (Lower Silurian Epoch)

　　(b) 中希庐利亚世 (Middle Silurian Epoch)

　　(c) 上希庐利亚世 (Upper Silurian Epoch)

　　(3) 叠伏尼亚纪 (Devonian Period) 　　系 (System)

　　(4) 煤炭纪 (Carboniferous Period) 　系 (System)

　　(a) 山灰世 (Carboniferous Limestone Epoch)

　　(b) 硬砂世 (Millstone Grit Epoch)

　　(c) 夹炭世 (Coal- Measures Epoch)

　　(5) 二叠纪 (Dyas or Permian Period) 　系 (System)

　　(a) 赤底世 (Rothliegendes Epoch)

　　(b) 苦灰世 (Zechstein Epoch)

(Ⅲ) 中生代 (Mesozoic Era) 　　　　　界 (Group)

　　(1) 三叠纪 (Triassic Period) 　　　系 (System)

　　(a) 斑砂世 (Bunter Epoch)

　　(b) 壳灰世 (Muschelkalk Epoch)

　　(c) 上叠世 (Keuper Epoch)

（2）傀拉纪（Jurassic Period）　　　　　　　　　系（System）

（a）黑傀拉世（Liassic Epoch）

（b）褐傀拉世（Dogger Epoch）

（c）白傀拉世（Malm Epoch）

（3）白垩纪（Cretaceous Period）　　　　　　　　系（System）

（a）前绿世（Neocomian Epoch）

（b）中绿世（Gault Epoch）

（c）后绿世（Cenomanion Epoch）

（d）底垩世（Turonion Epoch）

（e）上垩世（Senonian Epoch）

（Ⅳ）新生代（Cainozoic Era）　　　　　　　　界（Group）

（1）第三纪（Tertiary Period）　　　　　　　　　系（System）

（a）始新世（Eocene Epoch）

（b）渐新世（Oligocene Epoch）

（c）中新世（Miocene Epoch）

（d）鲜新世（Pilocene Epoch）

（2）第四纪（Quaternary Period）　　　　　　　　系（System）

（a）洪积世（Diluvial Epoch）

（b）冲积世（Alluvial Epoch）

中国矿产一览表

（金属矿产）　（非金属矿产）

矿产\省名	金矿	银矿	铜矿	铁矿	锡矿	铅矿	水银	朱砂	锑矿	锰矿	煤矿	玛瑙	煤油	琥珀	玉类	水晶	硝石	硫磺	石墨	石盐	海盐	明矾	绿矾	砷矿	硼砂	笔铅	金刚石	石棉	玻璃原料	紫石英	总计
直隶	6	9	4	10	1						14	1				2	2				4		1					2			56
山西	4	2	6	24	4	2					19	1	5	1		2	2	2	2	12		4	4	1				2			99
陕西	6	3	5	13	1		3	2			3	2	3	1	5			3		3		1	3	1		1		1			58
甘肃	8	7	4	8		3	2				10	2	1				5			8				2	1						65
山东	5	5	5	13	3	3	2	1			14					3	1		1	1	10	1				1		1	1		69
江苏		2	5	6			1				6										5								3		29
安徽	1	5	12	6		3	1				15											2									45
河南	1	5	6	22	10	2					8					1	22														77
湖北	4	6	6	3	2						10	1				1	2	1					1								36
四川	29	9	6	18	4	5	5	4		1	4	1	6	4						32								5			133
江西	9	13	13	15	5	9		3			16					1						1				1					84
湖南	10	6	5	25	3		8	7	1		5					1	2					4	1								76
贵州	3	5	2	7	1	4	7	1			2				1	1								2							44
浙江	4	10	14	7	5	4	1	1			7					1					8	1									66
福建	2	13	9	26	4	7					10					2					12	1								2	86
广东	9	28	4	12	10	3	2	2			2		1			2		1			14					1	1		1	1	92
广西	11	12	5	6	4	5		1						2	1				1	3											45
云南	8	6	9	8	3	1	1	1											1											1	43
总计	120	144	120	229	60	51	32	22	6	1	145	8	16	8	7	15	37	7	5	59	53	17	10	6	1	4	1	11	5	3	1203

农工商部批

来禀并《志》《图》阅悉。查《志》中陈列导言四章于中国地质原流言之綦详，足备参考。其胪列各直省矿产各节，虽皆译取东西人著录而成，与中国现办情形互有详略，要亦足资调查，矿图绘画亦颇精审，具见该生留心矿学，殊堪嘉尚。除已据禀通饬各省矿务议员、商务议员暨各商会酌量购阅外，相应批饬遵照可也。此批。

右批学生顾琅准此

光绪三十二年十月初一日

学部批

据禀及书图均悉。查《中国矿产全图》调查中国矿产尚属明晰，《中国矿产志》导言、本言亦多扼要，均堪作为中学堂参考书。此批。

光绪三十二年十一月十三日

上海普及书局新书出版广告

上海复旦公学校长　马相伯先生序文

江宁顾琅　会稽周树人　　合著

国民		全一册
必读	中国矿产	定价大洋四角半

吾国自办矿路之议，自湖南自立矿务公司，浙人争刘铁云条约，皖人收回铜官山矿地，晋人争废福公司条约，商部奏设矿政总局诸事件踵生以来，已有日臻发达之势。顾欲自办矿路，而不知自有矿产之所在，则犹盲人瞎马，夜半之临深池。纵欲多方摸索，必无一得。留学日本东京帝国大学顾君琅及仙台医学专门学校周君树人，向皆留心矿学有年，因见言路者，虽有《铁路指南》一书刊行，而言矿者，则迄今无一善本，用特搜集东西秘本数十余种，又旁参以各省通志所载，撮精删芜，汇为是编。搜辑宏富，记载精确，与附刊之《中国矿产全图》，有互相说明，而不可偏废，实我国矿学界空前之作。有志富国者，不可不急置一编也。

今将全书内容要目开列于左：

第一篇　第一章矿产与矿业　第二章地质及矿产之调查者　第三章中国地质之构造（附中国地相图）　第四章中国地层之播布

第二篇凡十八章　一、直隶省矿产　二、山西省矿产　三、山东省矿产　四、陕西省矿产　五、甘肃省矿产　六、四川省矿产　七、江苏省矿产　八、江西省矿产　九、浙江省矿产　十、安徽省矿产　十一、湖南省矿产　十二、湖北省矿产　十三、河南省矿产　十四、贵州省矿产　十五、云南省矿产　十六、广东省矿产　十七、广西省矿产　十八、福建省矿产。

凡一省之下又详分金属矿产及非金属矿产两大类，并揭其产地所在。

江宁顾琅　会稽周树人合著

国民
必携
中国矿产全图
写真五彩铜版
定价大洋乙元

是图为日本农商务省地质矿山调查局秘本。日人选制此图，除自派人踏勘调查外，又采自德人地质学大家聂诃芬氏之记载，及美人潘匹联氏之《清国主要矿产颁布图》者不少。故彼邦视此图若枕中鸿宝，藏之内府，不许出版。留学日本东京帝国大学顾君琅及仙台医学专门学校周君树人，向皆留心矿学有年，因忽于教师理学博士神保氏处得见此本，特急转借摹绘放大十二倍，付之写真铜版，以贡祖国。图中并附世界各国地质构造图两张，尤便于学者之参考。我国现世之矿学家、实业家、政治家渴望此本固不待言，即研究地理学舆图学之教员学生诸君，亦不可不急置一部也。

农工商部　学部鉴定

留学日本东京帝国大学　顾琅编纂

订正
再版
中国矿产全图
写真五彩铜版
定价大洋乙元二角

是图为日本农商务省地质矿山调查局秘本。日人选制此图，除自派人精密调查外，又采自德人地质学大家聂诃芬氏之记载，及美人潘匹联氏之《清国主要矿产颁布图》者不少。故彼邦视此图若枕中鸿宝，藏之内府，不许出版。留学日本东京帝国大学顾琅君留心矿学有年，而于测绘地图尤所擅长。因忽于教师处得见此本，特急转借摹绘，放大十二倍，付之电气铜版，精美绝伦，较原本尤加详博，洵我国地图界中之冠。不特现今之矿学家、实业家、政治家渴望此本，即研究地理学、舆图学之教员、学生诸君，亦不可不急置一部也。

本书征求资料广告

中国不患无矿产，而患无研究矿产之人。不患无研究矿产之人，而患不确知矿产之地。近者我国于矿务一事，虽有争条约、废合同、集资本、立公司等法，以求保存此命脉，然命脉岂幽立沓渺，得诸臆说者乎？其关系于地层地质者，必有其实据确记之所在，得其实据确记，而后施以保存方法，乃得有所措乎，以济于事。仆等有感于斯，爰搜辑东西秘本数十种，采取名师讲义若干帙，撮精删芜，以成是书，岂有他哉，亦欲使我国国民，知其省其地之矿产而已，知其省其地之命脉而已，知其省其地之命脉所在而已。然仆等求学他邦羁留异国，足迹不能遍履内地，广为调查，其遗漏而不详瞻者，盖所不免，惟望披阅是书者，念我国宝藏之将亡，怜仆等才力之不逮，一为援手而佽助焉。凡有知某省某地之矿产所在者，或以报失，或以函牍，惠示仆等，赞成斯举，则不第仆等之私幸，亦我国之大幸也。其已经开采者，务详记其现用资本若干，现容矿夫若干，每日平均产额若干，销路之旺否，出路之便否，一以供我国民前鉴之资，一以为吾国民后日开拓之助。

其未经开采者，现有外人垂涎与否，产状若何，各就乡土所知，详实记录。如蒙赐书，请寄至上海三马路昼锦里本书发行所普及书局，不胜企盼之至。

丙午年十二月　编纂者谨白

人生象教

本书为鲁迅1909年任浙江两级师范学堂初级化学和优级生理学教员期间编写的生理学讲义，原为油印本，后收入唐弢编《鲁迅全集补遗续编》（上海出版公司1952年版）。书后附录的《生理实验术要略》经鲁迅修订后，曾发表于1914年10月14日杭州《教育周报》，后收入人民文学出版社1981年版《鲁迅全集》第8卷《集外集拾遗补编》，收入人民文学出版社2005年版《鲁迅全集》未收此篇。此次编集，仍作为附录收入。

绪论

生理学（Physiologia L.）者，所以考覈官品之生活，生学（Biologia L.）分科之一也。凡物函生于中，必有象著于外，其所著者，曰生活见象，总此诸象，则名生活。故研治见象，明其常经，为斯学所有事。

官品（Organismus）者，或称有机体，即动植物。故生理学亦因是别为二：曰植物生理学，曰动物生理学。若后此所言，乃限于人体之官能，又为动物生理学之一部，故具称曰人体生理学。

研究生理，首在观察，虑其未密，则试验以实之，复有剖析学（解剖学 Anatomia L.）以察官品之构造，有化学以考官品之集成，诸相凑会，斯学以立。于是从其所教，得官品生存时弗失其健康之术，而摄卫学（Hygieina L.）起焉。

然往之学者，思惟言议，胥以为官品与非官品，其固有之力，别而为二。官品所具，微眇幽玄，因是有生，因是能动，为之名曰生力。逮于近今，乃知凡有见象，无间官品非官品。其所显见，皆缘同一之力，初无有二，特一繁一简，有差别耳。是故论非官品固有之力者曰力学（Physik 物理学），则此亦可曰官品力学（Organische

Physik）。

人体作用之大端，为运动、消化、循环、呼吸、输泻、感觉等，为之主者，即名曰官（Organ），诸官相联，共营一事，则谓之系（System）。如齿、舌、胃、肠，各为人体一官，而此诸官，皆涉消化，则总称之曰消化系。

今假平分人体，则得二半，左右相肖。视其断面，可见二管：在前有消化、循环、呼吸、输泻、繁殖诸系，植物所同具也，故曰植物性管，亦曰藏管；偏后所函，为脑脊髓，则动物所独有，故曰动物性管，亦曰神经管。

又假任取一官，切为薄片，检以显镜，则所见必非椆然若一，实有小物多数，凑合以成材。小物曰幺（Cellula L. 日译细胞），其所结构以成者曰腠（组织 Textŭra L.），所以治之之学曰腠学（Histologia L.）。

幺之为质，为半流体，名曰形素（原形质）。其外有膜，形素之微凝者也。中有极小物，名之曰核。凡为幺，必具形素与核二，阙其一，非幺也。

若其为状，虽以圆为正则，而变形亦恒有之：或为扁平，或为多觚，或如纺锤，或如圆柱，亦有延长若丝缕者，则特名之曰夵（纤维 Fibra L.）。

幺为单简生体，故具有生活之见象，如运动、摄取、生长、繁殖、分泌皆是。以能分泌故，则泌质外输，互联成腠，名其所泌者曰幺间质，或曰原质。惟幺多质少，则与前名；质多幺少，则与后名。

由是观之，有核与形素者为幺，幺相联而成腠，腠相联而成官，官相联而成系，系相联而成体，故核人体构造，实亦以幺为本柢，与植物无二致也。

总论

人体之构造第一

自外状以区分人体，可作四部：

（一）头　上后半为头盖，其中函脑；下前半有诸腔，所以容视、听、齅、味四官者也。

（二）躯　其基为脊柱，脊髓之所藏也。躯自上而计之为颈，中有声官（喉）、气管、食道、神经及脉；为匈，有呼吸、循环二官（肺及心）；为腹，为骨盘，有消化、输泻、生殖诸官。

（三）支　其基本为骨与肌，分二部，曰上支，曰下支。

人体外面羃以肤革，其色虽视人种为异，而质乃莫不滑而柔。至内面腔壁，则覆以赤色软膜，泌分黏液，使壁常泽，在口鼻诸腔中，可以见之。

去人体肤革，见赤色物，是谓之肌。肌著于骨，与夫软骨以行运动。诸骨相联则曰骨骼，人体之基本也。骨之能联，又赖于系，其联处为节。肌骨相附得虚中处曰腔，脑、脊髓、心、肺、肝、胃、肠、脾、肾等在焉。

凡肤革、黏膜、肌骨以及诸藏，咸有无色流质以浸润之，有如海绵函水方湿，是名养液，诸官所赖。养液之来，则自毫管，即脉杪端。其壁极薄，故血行至此，能外渗也。他复有管与之错综，集合余液，以及膵之分解物曰林巴者，至林巴腺处，更过总干以注于心，与血和会。此管曰林巴管。其属于消化系，以吸收食物之已化者则曰糜管。

若感觉运动，则有神经以主之。其色近白，状如丝缕，分布全体，如网如枝。然诸种官能，各不相同。故神经之端，亦复殊异，至其根本，乃在中枢。中枢神经者，脑脊髓及延髓也。故其歧分曼衍者，曰杪末神经。

人体之成分第二

取膵及液，以化学分析术理之，至于任用何术，莫能解离者，曰原质。其在人体，为数至少，仅养、炭、淡、轻、硫、燐、绿、弗、钾、钠、镁、钙、锰及铁而已。

若言杂质，所存至多，今别之为二类：

【壹　无机性杂质】

一水　为人体主成分之一，其量约居六四％。

二酸类

（一）炭酸　为气体，多在肺及肠中。

（二）盐酸　在胃液中。

三盐类

（一）钠绿（食盐）　在液及膵。无机盐类中，此为最多。

（二）钾绿　　多在赤血轮及肌。

（三）钙弗二　　骨及齿。

（四）钙、钠、钾、锰之炭酸盐及燐酸盐　　在骨最多。

（五）钠及钾之硫酸盐　　乳及胆汁、胃液而外，皆微函之。

【贰　有机性杂质】

一函淡杂质

（一）卵白质　　炭、养、淡、轻、硫所合成，多在养液或为膝之成分。

甲　亚尔勃明　　在血、乳及肌。

乙　亚尔勃米那忒　　胃中。

丙　乡素

丁　格罗勃林　　在血、林巴及肌。

（二）似卵白质　　其反应甚类卵白质，亦膝之成分也。

甲　黏液素

乙　胶素（骨胶）

丙　角素　　在肤及爪。

丁　弹力素

戊　酵素　　在消化液中。

二不函淡杂质

（一）函水炭素

甲　蒲陶糖　　血及林巴中皆存少许。

乙　乳糖　　乳之主成分也。

丙　格里科堪（动物性淀粉）　　肝及肌之主成分也。

（二）脂　　多在肌及皮下之膝，液体则除尿而外，无不有之。

本论

运动系第一

第一分　骨 Os，Knochen

【一之一　骨之构造及生理】

人体之骨，数可二百，大都互相联合，或可动，或不可动，以为全体基本。故骨骼为状，应于人身，又成空洞以护要官，如匈廓、颅骨皆是。

色与形　骨之质，坚而有弹力。当其新时，作黄白色。假其多血，则作黄赤。形略有三：一曰长骨，概为管状，如上下支骨是；一曰广骨，亦曰扁平骨，其所围抱，大都要官，如颅顶骨及前后头骨是；三曰短骨，如脊椎骨、腕骨、跗骨是。若其形制陵杂，难施统属，如颞颥骨、蝶骨者，则曰不正骨。

成分　骨之成分，为有机物（或曰软骨质）及无机物（亦名垩质）。其量之比，如一与二。甲所以与之韧性及弹力，乙所以使之坚贞。一有盈绌，即不宜于人体。如老人之骨，多无机物，故遇力易折；孺子之骨，多有机物，故偶或不慎，辄至屈曲，至于长大，更无痊时。检二成分之存在，法取长骨著水中，少加盐酸，越数小时，则无机物渐以消化，所余之质，多为有机。执而曲之，虽如环不折，此即有机物赋之韧性及弹力故。又取一骨纳釜中，加水密封，煮之良久，则有机物化为胶质，溶解于水，独无机物尚作骨形，顾其脆弱，折之即碎，此即无机物仅赋之坚贞故。或取一骨，以火灼而试之，亦然。

软骨 软骨（Cartilago，Knorpel）者，即几无垩质之骨，故多弹力，有韧性，两骨相著处，常被以此。或在时时缩张之处，如气管，如喉。

此种软骨，久而不坚，故曰永久软骨（Permanente Knorpel）。若在孺子骨骼，其后渐成坚骨者，则曰变迁软骨（Transitorische Knorpel）。

骨之细微构造 试横断长骨，观其断面，则周围之质，较为缜密，是曰坚质（Sǔbstantia compecta）。质中有小管联络以通脉，曰赫弗氏管（Haver's Kanäle）。自坚质出小片，略向中心，勾联交互，作海绵状，故名曰海绵质（Sǔbstantia spongiosa）。此质及骨之空处，则实以柔软物曰骨髓（Medullaossis，Knochenmark）。

骨髓 骨髓凡二类：一曰黄色髓，多在广骨；一曰赤色髓，多在长骨。至其成分则有髓幺，有脂肪幺，有赤血轮，又有一种曰造血幺，状与赤血轮之稚者肖。故或谓血之发生，自骨髓也。

骨之生长及荣养 骨膜（Periosteum，Knochenhaǔt）者，在骨之外，其质强韧。中多脉，多神经，主荣养，故受损则骨髓死。膜与骨间，有幺一层，能生新骨。小儿时之生长，折裂后之复续，皆因是也。又骨髓中亦有神经及脉，自赫弗氏管来，用以养骨。

骨之区分　全体骨骼凡分三群：

第一群　头骨

壹　颅骨　在动物性管上端，合成之骨为（一）后头骨，在颅后下，作贝壳状，其下与（二）蝶骨相接。当成人时，二者往往密合不可分，故昔人常以为一也。蝶骨之前，有如蜂房者，曰（三）筛骨，其体离娄多孔，所以通神经也。颅之前部则有（四）前头骨，下部有小窍二，以容泪囊，曰泪囊窠。（五）颞颥骨，在其左右，状至陵杂，中藏听管。是骨之上，有扁方形者则曰（六）颅顶骨。凡六名八骨，合为大空，其形椭圆，以容脑焉。

贰　面骨　是骨在植物性管上端，数凡十四。有（一）上颚骨，其形近方，下有槽以容齿。在其后者为（二）口盖骨，口腔之上壁也。又在眼窠内方者有（三）泪骨，合为鼻梁者有（四）鼻骨，在鼻腔外方者有（五）下甲介骨，在正中者有（六）锄骨，在上颚骨外方者有（七）颧骨。以上诸骨，咸结合綦固。其离而不属者，独（八）下颚骨而已。若在舌根，亦有一小骨作弓状，曰（九）舌骨，可附于此焉。

第一群之骨，其状大都扁平。宛转凑合，而头骨前面遂具数腔：一曰眼窠，一曰鼻腔，一曰口腔。

凑会者，为颅骨相衔之处，皆交错如犬牙。幼时多为软骨，逮长而坚，使其过速，则足以阻脑之发育，疾也。

第二群　躯骨

壹　脊柱　在躯之后，所以支之也。集而成柱之骨曰椎骨，别之为二：曰真椎，曰假椎。

真椎凡二十四枚，分三部：上七枚曰（一）颈椎；中十二枚曰（二）匈椎，旁接肋骨；下五枚曰（三）腰椎。

头骨侧视

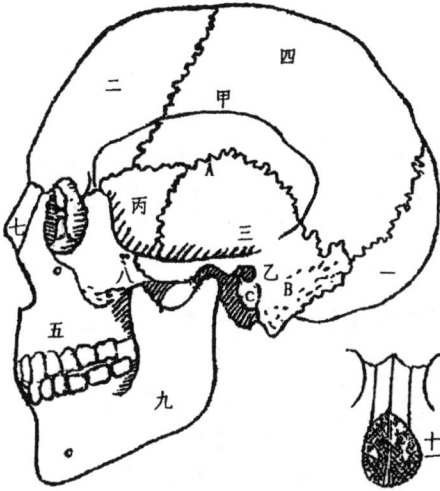

一	后头骨	四	颅骨
二	前头骨	五	上颚骨
三	颞颥骨	六	泪骨
	A 鳞状部	七	鼻骨
	B 乳状部	八	颧骨
	C 鼓室部	九	下颚骨
	甲颞颥腺	十	锄骨
	乙外听道孔	十一	下甲介骨
	丙蝶骨之一分		

又从其运动之状，名上二颈椎曰回旋椎，三以下曰屈伸椎。

凡椎骨必具椎体、椎弓二，而第一颈椎无体，仅前后二弓，凑合如环，上具二小窍，以容后头骨底之隆起，故名曰载域。第二颈椎则体上有枝，翘而向上，贯于上椎之环中，故名曰枢轴。

假椎凡九枚，逮人成年，乃胶合为二：曰（四）荐骨，厥初凡五；曰（五）尾骶，厥初凡四。

椎体位置，在椎弓前。两椎之间，夹软骨曰椎间软骨。弓与体接，造成巨孔，曰椎孔。诸孔相叠，复成长管，曰脊髓管。

脊柱之状，不为直线，颈腹二部略向前，腰部骨盘略向后，所以成曲线之美也。

贰　肋骨　左右各十二枚，后联匃椎，前接匃骨。上节七枚，各以软骨与匃骨相著，曰真肋，其软骨曰肋软骨。其下五枚，则以次著于在上之助骨，故曰假肋。假肋末二，则一端孤立，故别谓之浮肋。

二肋空处，则曰肋间腔。

叁　匈骨　形略长方，隆前平后。广其上，曰柄；锐其下，曰剑尖。

匈椎、匈骨、肋骨、肋突骨四者相合，是成匈廓。中之腔曰匈腔，心、肺诸要官在焉。

匈廓之状，当如圆锥，上隘而下广。反是者为非天然。欧土女子，多以束腰得之。

女子匈廓，大都小于男子。孺子则广且短，其肋骨位置，亦平而不斜。

第三群　支骨

壹　上支骨　别为二类：曰肩胛带，曰固有上支骨。

肩胛带成于二骨：曰（一）锁骨，在前；曰（二）肩胛骨，在后。

固有上支骨凡三部：曰（一）上膊骨；曰（二）下膊骨，细别为二，一为尺骨，一为桡骨；曰（三）手骨，细别为三，曰腕骨、掌骨、指骨。

腕骨凡八枚，横作二列，上列之骨四：曰舟状骨，曰半月状骨，曰三棱骨，曰豌豆骨。下列之骨四：曰大多棱骨，曰小多棱骨，曰头状骨，曰钩状骨。

掌骨之数五，以序名之曰第一至第五掌骨。第一最初而广，第二最长，第五最小。五骨骈列，共成四骨间腔。

指骨之数五，亦以序名之曰第一至第五指骨。第一骨止二枚，以下皆三枚，故全数十四。其状第一最大，第三最长，第五最小。

贰　下支骨　别为二类：曰骨盘带，曰固有下支骨。

骨盘带左右各一骨曰髋骨（亦称无名骨），后接荐骨，前以软骨

手背

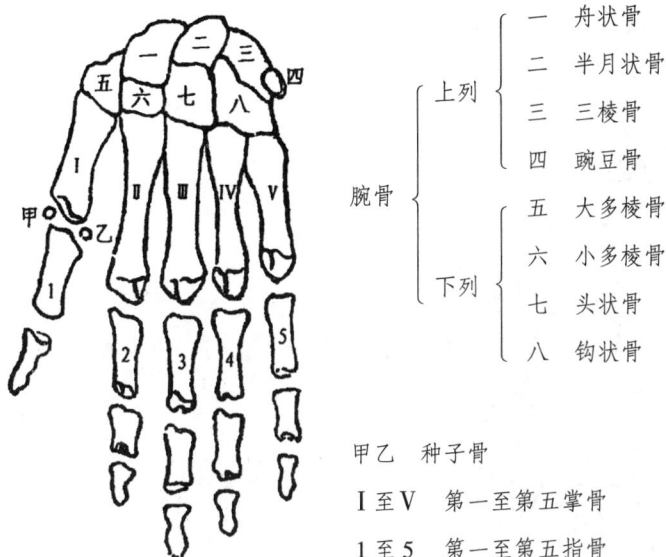

腕骨 上列	一　舟状骨
	二　半月状骨
	三　三棱骨
	四　豌豆骨
下列	五　大多棱骨
	六　小多棱骨
	七　头状骨
	八　钩状骨

甲乙　种子骨

Ⅰ至Ⅴ　第一至第五掌骨

1至5　第一至第五指骨

互联，是成盘状，外方略下，各有巨窍，曰髋臼，所以容上腿骨之端者也。人当幼时，离为三骨：曰肠骨、坐骨、耻骨，或以软骨相接。比十六七岁，软骨渐坚，乃合为一焉。

固有下支骨凡三部：曰（一）上腿骨；曰（二）下腿骨，细别为三，曰膝骨、胫骨、腓骨；次曰（三）足骨，亦细别为三，曰跗骨、蹠骨、趾骨。

跗骨共七枚：后列凡二，曰距骨，曰跟骨，上下相叠；前列凡五，曰舟状骨，其前骈列三骨，曰第一至第三楔状骨，外侧一骨，曰骰子骨。

蹠骨之数五，以序名之曰第一至第五蹠骨。其第一最短而厚，第二最长，第五最小，五骨骈列，共成四骨间腔。

趾骨之数五，亦以序名之曰第一至第五趾骨。第一骨止二枚，以

足背

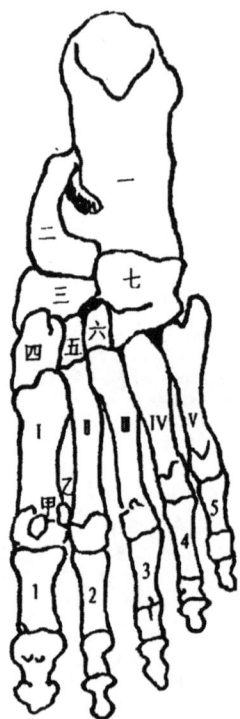

$$
跗骨 \begin{cases}
后列 \begin{cases}
一 \quad 跟骨 \\
二 \quad 距骨
\end{cases} \\
前列 \begin{cases}
三 \quad 舟状骨 \\
四 \quad 第一楔状骨 \\
五 \quad 第二楔状骨 \\
六 \quad 第三楔状骨 \\
七 \quad 骰子骨
\end{cases}
\end{cases}
$$

Ⅰ 至 Ⅴ　第一至第五蹠骨

1 至 5　第一至第五趾骨

下皆三枚，故全数十四。其状第一最大，次四皆小，而第二为最短。

　　骨盘为植物性管下端，成于髋骨、荐骨、尾骶及第五腰椎等，广上隘下，故画为二部：曰大骨盘，曰小骨盘。男女骨格之差，此其最著。女子骨盘，大都广于男子，而高则逊之。

　　骨之作用　骨既殊形，用亦遂异。如颅骨职在护脑，故悉扁平，其夹海绵质及多具凑会，盖亦以杀外力之侵袭。载使骨质皆坚，或头颅成于一骨，则小加朴击，辄以溃裂矣。如匈廓四周，骨多轻细，复作圆状，可受逼拶而无损伤。如支骨多存甲错之处，俾腱著之，以便运动，复皆空中，令益胜重。而上支诸骨，大抵轻细灵敏，胜于下支，则以上支之用主握持，下支之用主负载也。

软骨之作用　椎间软骨与椎骨相间而成脊柱，故跃而不传震动于脑，躄而不遗害于脊髓，前后左右，可以屈伸。匈肋二骨相接之处，亦有肋软骨，故呼吸顷，匈可翕张。若受击撞，亦能退避。他若鼻隔耳轮皆为软骨，察其作用，亦以远害也。

【一之二　骨之联接】

（节 Articulatio,Gelenk 及系 Ligamentum,Bandfuge）

骨之联接凡二种：曰不动联接，曰可动联接。

不动联接　者，不能运动，或借弹力，仅微有之。其一曰凑会，如在颅骨是；其一曰软骨接合，如在耻骨接合及脊柱是。

可动联接　者，以二骨或数骨联合而成，其相接处曰节面，节面多被软骨曰节间软骨，四围有膜作囊状者曰节囊，中空处曰节腔，腔中函流体曰滑液。

节以作用之异，区别如次：

一蝶铰节　一作圆形，一有窍以受之，其运动限于一轴，如指节、肘节是。

二螺旋节　为蝶铰节之一种，节面有沟作螺旋状，如下腰骨、距骨之节是。

三回旋节　此以甲为轴，乙循之而动，如第一、第二颈椎及尺骨、桡骨是。

四踝状节　一作球面，一有窍以受之，其运动有二轴，如下膊骨、腕骨及载域后头骨之节是。

五鞍状节　下骨如鞍，上骨如乘，如大多棱骨、第一掌骨是。

六球状节　二骨隆陷相应，人体诸节，此最自由，如肩节、股节是。

七丛合节　以数骨相合，其运动最微，如腕骨之互相联接是。

系者为纤状结缔织，色白，强韧有弹力，所以维持骨节者也。区别如次：

一囊状系　亦称节系，在骨节周围，作囊状，分泌滑液，使无滞涩。若无是，则骨面不泽，或以相磨而生炎。

二辅系　在囊状系之内或外，所以更巩固之。

三固有系　联系骨节者皆是。

【一之三　骨之摄卫】

僮子之骨多软，骨质易于屈挠，故过加压抑，则成畸形。或年龄未至，强使行立，于是下支骨不胜躯体之重，亦往往屈曲至不能痊。老人之骨多垩质，易于折裂，故运动当勿失中，劳作毋宜过剧。

骨之发育善，则作用全，且不易损，故当谨择食品，为之补益。如僮子少于垩质，则授乳以益之。而酒类、烟草，大能害骨，尤当禁绝。酒人病骨，治之綦难，其证也。

骨得锻炼，乃益发达，故运动甚有益于骨，特勿过度而已。

疾病　凡节囊皆易缩难伸，两骨位置，赖其制范。设越范而动，则节面相离，不返旧处，是曰脱臼。当加力令之复故，靖止弗动，数日自愈。

凡骨折者，令折处相合，以物夹之，勿动，亦自愈。惟两端凑合，宜勿参差，否则多成畸形，至不可治，在脱臼时亦然。倘骨折后锐端伤肌，则曰复骨折，非医者莫理。

凡骨节多易受病，使过冷或湿，每生节炎，其甚者或成痛风（关节偻麻谛斯）。

椎间软骨虽具弹力，顾前俯日久，则此力渐失，终作楔状，不复其常，为脊柱屈曲病。故坐而读书，所宜端直。假其已病，乃惟户外运动及矫正术治之。

第二分　肌 Musculus，muskel

【二之一　肌之构造】

体重之半，殆为肌肉，或附丽于骨，或构造之官，且禀伸缩之性，至为自由，数可四百。形则有短、长、厚、薄之异，其长者中部往往弸大，命曰肌腹，两端渐细，终为结缔织，强韧而细，以止于骨，曰腱。

种类　肌凡二类：曰人主肌，或作或止，皆从人意，附于骨者是；曰自主肌，人意所向，伸缩不能与同，多为内藏之壁，如在肠胃者是。

成分　肌之成分，为卵白质、格里科堪、蒲陶糖、水、炭酸，及淡气少许。

> 按：人体死后，肌之成分，变化极速。故考定其质，为事至难。近有德人区纳（Kuhne），乃以去血之肌，加冷研而为糜，谓之肌雪。复滤之，则得肌液，呈碱性反应，内函卵白质数种，其一曰密阿旬（Myosin），肌中所特有者也。

肌之细微构造　人主肌赤色，中见横纹，故一名横纹肌。徒目视之，亦睹缕状。察以显镜，则见细长之幺，是名肌幺，外被薄膜曰肌衣，内容物质，有形横走，曰收缩质。近膜之处，又具数核。此幺集合成一肌束，曰第一束，或曰原束。复相集合曰第二束，复相集合曰第三束，此第三束更相集合，乃成一肌。其外有被，谓之肌鞘，如四支肌，莫不如是。

按：肌爻之长，随处而异，至长者约十三生的密达。亦有仅以一爻，横亘二骨间者，如喉肌是。若其大小，则大抵肌大者爻亦大，而在运动较甚之肌尤然。

自主肌色淡赤，椆然无纹，故亦称无纹肌，其爻皆作纺锤状，锐末而弸中。观其中央，见一二核，以幺间质互联为层。排列之状，多为平行，如心及肠，莫不如是。

肌之区分　肌亦区分如骨，作三大群：

第一群　头肌

壹　颅肌　在颅之肌，仅一薄层，如裹巾帻，顶为腱膜，曰颅腱膜。其肌则在前者曰（一）前头肌，在后者曰（二）后头肌。

贰　面肌　更分五群：一曰耳肌，属之三，曰（一）前耳肌，曰（二）上耳肌，曰（三）后耳肌，皆所以动耳轮软骨。二曰目肌，属之二，曰（一）眼睑轮状肌，司目启团；曰（二）皱眉肌，所以蹙眉。三曰鼻肌，属之者二，曰（一）鼻翼下掣肌，曰（二）鼻压缩肌，此

头肌一

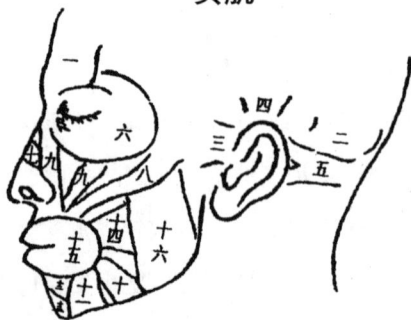

一　前头 m	九　方形上唇 m
二　后头 m	十　笑 m
三　前耳 m	十一　三角颐 m
四　上耳 m	十二　才形颐 m
五　后耳 m	十三　举颐 m
六　眼睑轮状 m	十四　颊 m
七　鼻压缩 m	十五　口围轮状 m
八　颧骨 m	十六　咬 m

头肌二

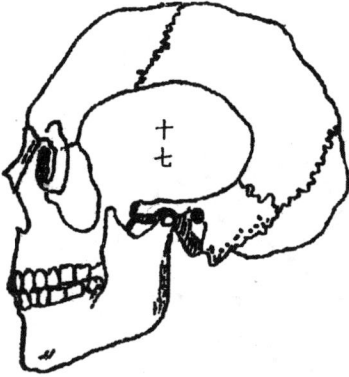

十七　颞颥 m

颈肌

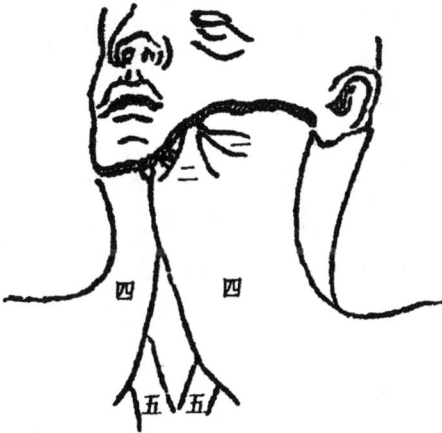

一　笑肌　　　四　皮下颈肌

二　三角颐肌　五　匈锁乳头肌

三　方形颐肌

其作用，皆如所命。四曰口肌，属之者八，别为三层。第一层，为（一）颧骨肌，缩则吻向后上；为（二）方形上层肌，缩则鼻翼上唇皆向上；为（三）笑肌，掣吻使后；为（四）三角颐肌，掣吻使下。第二层，为（五）门齿肌，掣吻使上；为（六）方形颐肌，推下唇使前。第三层，为（七）举颐肌，缩则外皮上向；为（八）颊肌，形成颊部，肌纤曼衍，乃沼唇而成口围轮状肌。五曰下颚肌，皆司咀嚼，属之者四，为（一）咬肌，缩则掣引下颚，使向前上；为（二）颞颥肌，缩则掣引下颚，使向后上；为（三）外翼状肌，使骨节前；为（四）内翼状肌，使下颚进。

第二群　躯肌

壹　颈肌　（一）皮下颈肌，在皮直下，横被颈侧；（二）匈锁乳头肌，亘匈、锁二骨间，缩则首旋或左右歆，倘二肌皆缩，则首定而匈举；（三）舌骨诸肌，其一端皆著于舌骨上下，所以动舌者也。

背肌一

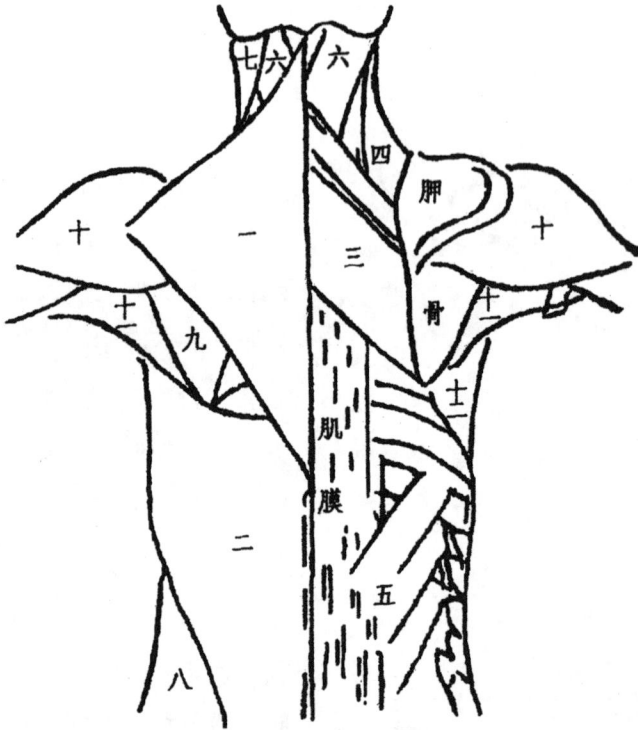

一	僧冠 m	七	匈锁乳头 m
二	广背 m	八	斜腹 m
三	菱形 m	九	下棘 m
四	举胛 m	十	三角 m
五	后下锯 m	十一	大圆 m
六	副水 m	十二	前大锯 m

背肌二

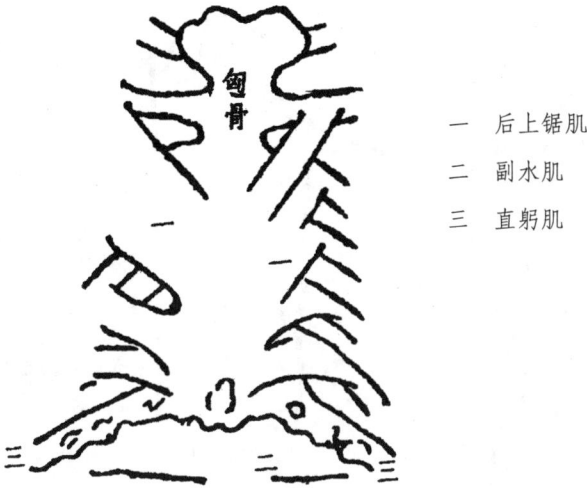

一　后上锯肌
二　副水肌
三　直躬肌

　　贰　背肌　其涉于上膊者，有（一）僧冠肌，为状三角，缩则肩胛后向；有（二）广背肌，殆被躯之下半，缩则使上膊内后下向；有（三）菱形肌，分为二束，缩则使胛骨下，偶内向；有（四）举胛肌，缩则使胛骨上举。

　　其涉于肋者，有（五）后上锯肌，自椎骨下行至肋，缩则肋升，所以助吸，故属于吸气肌；有（六）后下锯肌，自椎骨上行至肋，缩则肋降，所以助呼，故属于呼气肌。

　　其纯为背肌，则多长形，至于极深，乃为短肌。长者有（七）副水肌，自颈匈椎上行至头，缩则使头旋转；有（八）直躬诸肌，缩则椎骨为之旋转屈伸。更至深部，在屈伸椎者，多亘二椎之间，或止于本椎之肋；在回旋椎者，多上行而止于后头骨。

　　叁　匈肌　其涉于上支者，为（九）大匈肌，作三角形，缩则使上膊向前内；为（十）小匈肌，在前肌之下，缩则肩胛骨降；为

匈肌一（匈廓后面）　　　　　　**匈肌二**

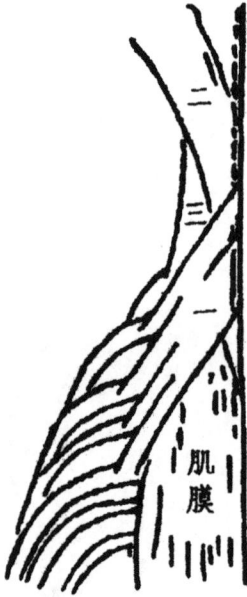

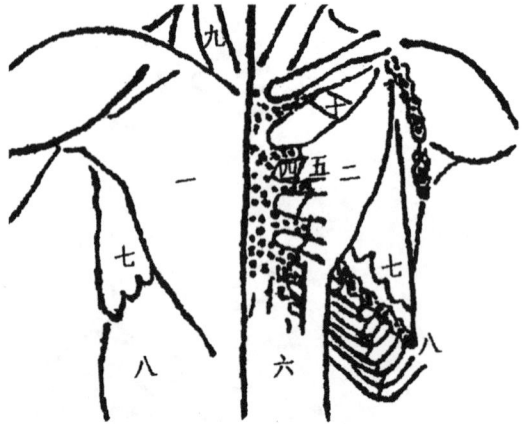

一　横匈肌
二　横腹肌
三　横膈断面

　一　大匈 m　　　六　直腹 m
　二　小匈 m　　　七　前大锯 m
　三　锁骨下 m　　八　斜腹 m 及其断面
　四　内肋间 m　　九　匈锁乳头肌
　五　外肋间 m　　十　脉神经束

（十一）锁骨下肌，居锁骨之下；为（十二）前大锯肌，缩则使肩胛骨前。其纯为匈肌者，为（十三）肋间肌，更分内外，外者助吸，内者助呼；为（十四）横匈机，复分前后，前者助呼，后者助吸。

　　他则匈腔下端，有肌界之，是谓横膈，中央白色，如苜蓿叶，名曰腱心。膈有数孔，则食管及脉之孔道也。

　　肆　腹肌　其形长者，为（十五）直腹肌，是成腹之前壁，腱膜横走，画为四区，名曰腱画，外被劲膜，曰直腹肌膜；其形广者，为（十六）斜腹肌，在前者之侧，为腹左右壁；有（十七）横腹肌，在

腹肌

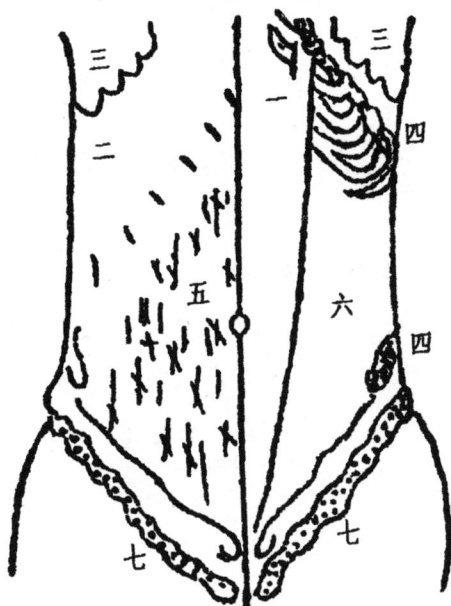

一　直腹 m

二　斜腹 m（外）

三　前大锯 m

四　斜腹 m（外）断面

五　直腹肌膜

六　斜腹肌（内）

七　皮断面

前二者之后，肌纤横走，辅成侧壁。凡此三肌，缩则令腹腔顿小，减其空量。

腹之后壁，仅有一肌，自末肋至于髋骨上缘，曰（十八）方形腰肌。

第三群　支肌

壹　上支诸肌　此复分为四类：

一肩胛肌　其要者为（一）三角肌，被肩胛而止于上膊骨，缩则手（广谊）举；为（二）（三）上下棘肌，起自胛骨，止于上膊骨，缩则手旋；为（四）小圆肌，缩则旋外，同于棘肌；为（五）大圆肌，在其下，缩则旋内；为（六）胛下肌，缩则上膊旋内，同于大圆。

上棘、下棘、小圆三肌，缩则均使上膊外转，其作用相合，凡如是者，曰协和肌。大圆、胛下二肌，缩则使上膊内转，其作用正反于前，故任取彼此各一，称之曰拮抗肌，如大圆肌与小圆肌，或胛下肌与三角肌是。

二上膊肌 属于此者，皆为长肌，附着于膊之前后，前者所以使屈，后者所以使伸。

前侧凡三：曰（七）二头膊肌，上端歧而为二，起自胛骨，止于下膊；曰（八）内膊肌，在上膊下部；曰（九）鸟喙膊肌，在上膊上部。

后侧止一，惟其端离而为三，故曰（十）三头膊肌，中端最长，起自胛骨，内外二端较短，起自上膊，逮降乃合为一，而止于尺骨。

三下膊肌 属于此者，亦皆长肌，大抵起上膊，下至下膊或指骨而止，在前侧者所以使屈，在后侧者所以使伸。

前侧凡八，析为四层。第一层之肌四，其上端相附为一，起自上膊骨上端，降至中部，乃离为（十一）回前圆肌，上于桡骨；为（十二）桡腕屈肌，循桡骨而下，止于掌骨；为（十三）长掌肌，状极长细，至于掌，散为腱膜；为（十四）尺腕屈肌，循尺骨而下，止于腕骨。第二层仅一肌，曰（十五）浅总屈指肌，起自下膊骨上端，降而析为四束，止于第二至第五指骨。第三层凡二肌，曰（十六）深总屈指肌，起止略同于前；曰（十七）长屈拇肌，起自桡骨，止于拇指骨之末节。第四层亦仅一肌，曰（十八）回前方肌，居下膊下部，亘尺桡二骨之间，故缩则下膊及手旋而向内。

后侧凡九，析为二层。上层之肌六，循桡骨而下者三，曰（十九）回后长肌，起自上膊，至桡骨而止，故亦称膊桡骨肌；曰（二十）长桡腕伸肌及（二十一）短桡腕伸肌，皆起于上膊骨之末

上支肌一　前面　　　　　　上支肌二　后侧

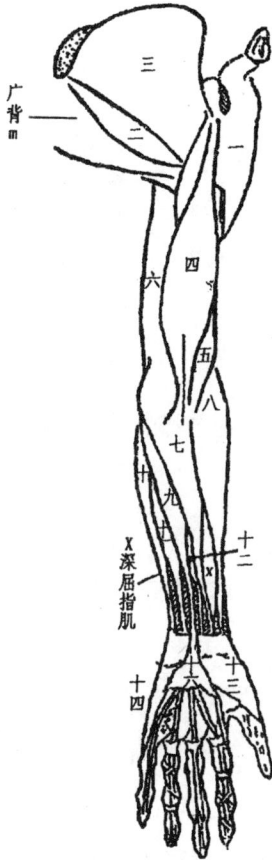

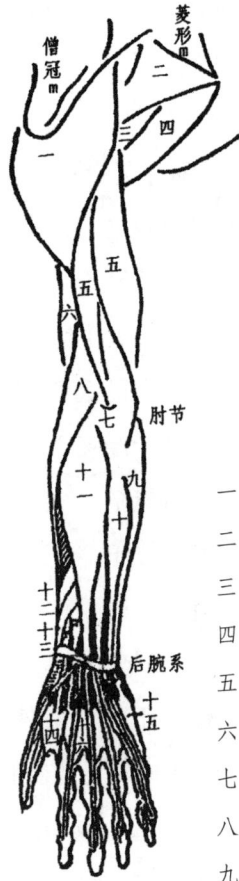

广背m

深屈指肌

肘节

后腕系

一　三角 m
二　大圆 m
三　胛下 m
四　二头膊 m
五　内膊 m
六　三头膊 m 之中央头
七　回前圆 m
八　桡腕屈 m

九　长掌 m
十　尺腕屈 m
十一　浅总屈指 m
十二　总伸指 m
十三　拇指诸 m
十四　季指诸 m
十五　中手诸 m
十六　肌膜

一　三角 m
二　下棘 m
三　小圆 m
四　大圆 m
五　三头膊 m
六　二头膊 m
七　四头膊 m 之一头
八　膊桡骨 m
九　尺腕伸 m
十　固有季指伸 m
十一　总伸指 m
十二　长外转拇 m
十三　短伸拇 m
X　长短桡腕伸 mm
十四　拇指诸 mm
十五　季指诸 mm
十六　中手诸 mm

端，并行而降，止于掌骨。循尺骨而下者三，曰（二十二）总伸指肌及（二十三）固有季指伸肌，皆起自上膊骨之末，前者离为四束，止于第二至第五掌骨，后者则止于第五指骨；曰（二十四）尺腕伸肌，起自上膊骨之末及尺骨上端，降而止于第五掌骨。下层之肌五，曰（二十五）长回后肌，起自肘节，绕出桡骨而止；曰（二十六）长外转拇肌，起自尺桡二骨之间，降至第一掌骨而止；曰（二十七）短伸拇肌，与前者偕起，降至第一指骨而止；曰（二十八）长伸拇肌，起止皆同于前；曰（二十九）固有示指伸肌，起自尺骨下端而至于第二指骨，下层诸肌之最内最低者也。

凡展伸肌，其端皆经腕之后侧，其处有系，绕之若束带然，使腱不能逾越，是系曰后腕系。

四手肌 复分三群：曰（三十）拇指诸肌，属之者四；曰（三十一）季指诸肌，属之者三；曰（三十二）中手诸肌，属之者二。

贰 下支肌 此复分为四类：

一髋肌 此皆集于骨盘内外。其内侧者，为（一）大腰肌，为（二）肠骨肌，以其相附，故合称之曰肠腰肌。其外侧者，凡三层。第一层之肌二：曰（三）股鞘张肌，起自骨盘，终于肌膜；曰（四）大臀肌，缩则使股旋内。第二层之肌一，曰（五）中臀肌。第三层之肌五，曰（六）小臀肌，缩则皆使股远距督线：曰（七）黎状肌；曰（八）内锁肌；曰（九）外锁肌；曰（十）方形股肌，缩则皆使股旋而向外。

二上腰肌 凡属此者，大抵长肌，皆集于前、内、后三侧。在前侧者，为（十一）缝人肌；为（十二）四头股肌，倘其收缩，皆令足（广谊）伸。在内侧者，为（十三）（十四）长短内转股肌；为（十五）大内转股肌；为（十六）薄股肌，假其收缩，皆令足进向督线。在后侧者，为（十七）半腱状肌；为（十八）半膜状肌；为（十九）二头股肌，假其收缩，皆令足屈。

三下腿肌 凡属此者，亦皆长肌，可别为前、外、后、三群。

下支肌一（前面）

一　肠骨 m

二　大腰 m

三　薄股 m

四　缝人 m

五 1　直股 m 四头股 m 之一

五 2　中股 m 同上之二

五 3　外股 m 同上之三

六　栉 m

七　长内转股 m

八　大内转股 m

九　外大股 m

十　前胫骨 m

十一　总伸趾 m

十二　长伸踇 m

十三　腓骨 m

十四　踇趾诸 mm

十五　季趾诸 mm

十六　腓肠 m

下支肌二
后面

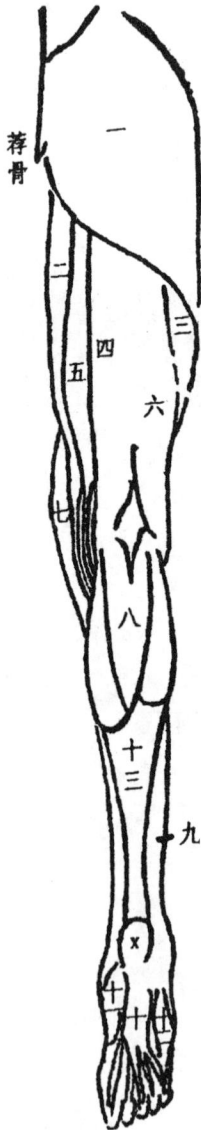

荐骨

一　大臀 m

二　薄股 m

三　外大股 m

四　半腱状 m

五　半膜状 m

六　二头股 m

七　缝人 m

八　腓肠 m

九　鲽 m

十　中足诸 mm

十一　踇趾诸 mm

十二　季趾诸 mm

十三　Achillis 氏系（跟骨系）

X　跟骨

在前侧者，为（二十）前胫骨肌；为（二十一）总伸趾肌；为（二十二）长伸蹰肌，假其收缩，皆令足伸。在外侧者，为（二十三）长短腓骨肌，假其收缩，则使蹠反向后上。在后侧者，复析为二层。上层之肌三：曰（二十四）腓肠肌；曰（二十五）长足蹠肌；曰（二十六）鲽肌。三肌下行，合为巨腱，而著于跟骨，名腱曰阿契黎斯氏腱（Tendo Achillis）。下层之肌四：曰（二十七）膝腘肌，曰（二十八）长总屈趾肌，曰（二十九）后胫骨肌，曰（三十）长屈蹰肌，假其收缩，皆令足屈。

四足肌 在足背者一，曰（三十一）短总伸趾肌。在蹠者凡三群：曰（三十二）蹰趾诸肌，属之者三；曰（三十三）季趾诸肌，属之者三；曰（三十四）中足诸肌，属之者四。

【二之二 肌之生理】

代谢 凡在靖肌，常自毫管之血，取酸素而出炭酸，惟所出炭酸中之酸素量，少于所取之酸素量，以抑留之于体中也。断肌去血，置空气或酸素中，如是见象，虽甚就微，而尚不息。因知代谢官能，实其常态，动力之发，此其本耳。

肌当动时，则血脉偾张，代谢顿盛，所出炭酸中之酸素量，有加于所取之酸素量，盖以时不特行同化作用，且并起分解作用故也。是以劳作而后，则体中之格里科堪（动物性淀粉）及卵白质皆减其量。

偾兴 加攖于肌，则肌应之而缩，是曰偾兴。即生偾兴，遂有动作，动作既始，偕之生温，惟固有体温，在偾兴为最适，过高过低，皆能弱之。

动力 以所举重乘举得高，即为肌之动力。今以动力为 A，重为 P，高为 H，则 $A = PH$。设不加重于肌，即 $P=0$，则肌无动力，故

A=0。设其重为肌所不胜，则不能动，而 H=0，故 A=0。故重必在前二者之间，乃见动力。

疲劳 劳作过久，减其动力曰疲劳。盖肌当劳作时，质中生游离磷酸，或酸性磷酸加里及炭酸等，是名劳质，屯积不去，遂生此象。待更得血之流通，洗涤至尽，而动力遂复。

强直 肌若失缩张之性，变质成坚，则曰强直。所以致之者二：曰热，曰死。肌临是时，其密阿旬（Myosin）凝而坚，遂至强直。若在死亡，则强直之作，视外缘异其时间，大抵自一至七小时为率，更越一至七日而此象复退，则腐之始也。

第三分 运动 Motus，Bewegung

【三之一 运动之理】

肌骨相互之作用 肌著于骨，多非直接，或以腱，或以肌鞘。以腱附者，力注于一点；以肌鞘附者，力及于一部。逮受撄而缩，则使所附二点，益益相迩，待其复弛，乃返于初。

此引力大小，视所引方向与肌糸方向而异。肌糸与所引方向合则力大，易言之，即肌与骨成直角是。肌糸与所引方向违则力小，易言之，即肌与骨成锐角是。咬肌及阿契黎斯氏腱属于甲，此他多属于乙。凡属于乙者，骨常作突起，俾肌端附著之，以减其锐角之度。

附骨之肌，由缩生动，其性与杠杆同，可分三种：

一支点居中，力点重点在其两端，如举头时，则颈为重点，颈椎为支点，颈肌背肌为力点。

二重点居中，支点、力点在其两端，如企足时，则踵为重点，趾为支点，下腿后侧之肌为力点。

三力点居中，支点重点在其两端，如曲肱时，则臂为重点，肘节为支点，上膊前侧之肌为力点。

立 肌之为用，不特使骨节动，亦复使骨节定。如人之立，即以自首至足，诸肌皆缩，约束骨节，使毋动摇，而托全体重于足之支面故也。故在是时，首、脊柱、股膝、踝诸节，皆定不动。二踵相接，趾略向外，成五十度角，全体重点，适落此支面之中。若重点转徙，则足必亦变其支面以应之。

坐 人坐于椅，其重点在坐骨及上腿后部，设为端坐，则躯肌必缩，以固定首脊柱诸节。

步 步为二足互易，使体渐前之运动。初托体重于甲足（广谊），而乙足屈

一　腓肌

二　股后面肌

三　背肌

右以支躯之前屈

1　足前面肌

2　股前面肌

3　腹前面肌

4、5　颈前面肌

右以支躯之后屈

其股节，更举上腿，且屈膝节，使趾离地，出于甲前，以受甲足所支之重，甲足遂缩其腓肠肌及鲽肌，曳踵令起，趾复离地，前如钟摆，更出乙前，代支体重，乙足复屈，同于前时，如是互动，体乃渐进。

趋 步之急者为趋。体之向前，速度益大，其差别于步，则为有一瞬间，全体在空，左右两足，皆不践地。

跃 因足急伸，投体空中甚于趋者为跃。惟一跃而后，全体向上，则尔时失其前进之运动。

【三之二 运动与摄卫】

骨与系随肌而动，为受动运动官，惟肌自动，故总全运动官，当以是为宗主。摄卫之术，乃在足其养品，正其锻炼。所以者何？盖作之与休，所当迭代，作久则肌劳，休久则官能弱也。

人在运动时，肌及脑中，血行皆旺，代谢亦速，故必多生废品。使无养品以补之，肌亦将惫，倘达极度，或至莫痊，故服剧劳而缺养品者，其体辄羸而不壮。

运动之影响于诸官者，为酸化作用盛，呼吸遂急而浅，血中之炭酸量多，心跃遂强而速。倘其过剧，则急发之疾为心痹，缓发之疾为郁血及心之肥大扩张等。此他则皮之官能，亦复亢进，故流汗发温，悉增其度，肌肉充血，消化大行。

运动之时间及速率，宜以渐进，徐徐益其度，则肌肉渐壮，动力遂强，骨与系偕之而固。如运动支肌，则骨节益益自由；运动呼吸肌，则匈廓益益发达，肺之张力，自益强大，复因血行旺盛，故常坐者事此，则下腹郁血之疾，可以无患。

运动法中，以体操为最善，能锻炼全体之肌，而均齐其发达，不存偏颇，非若蹴鞠、击剑，其运动偏于一支，或主旨仅在克敌者比也。举要略如左：

一　束体之衣，所不当服，颈部匈部，尤宜去之；

二　全体之肌，动作宜等；

三　匈腹之肌，并司呼吸，故发达宜求其全；

四　运动不可至于甚急，倘生此感，宜即休止；

五　运动既始及已毕时，均宜在新空气中作强呼吸；

六　运动方中，而呼吸忽迫，血行顿弱，或一分时中，脉搏数逾百二十者止之；

七　方饱、方饥及酒后，于运动有禁；

八　运动当自易为者始事，后渐及其难为，时间则以上下午各一小时为适；

九　体羸及病疝者，运动宜择其易。

皮第二

第一分　皮之构造 Gutis，Haut

皮者被于全身，逮至口鼻诸腔，乃成黏膜，其构造可分三部：曰肤（表皮），曰革（真皮），曰皮下结缔织。

肤　肤者，在体最外，析为二层：至上者曰角层，其下者曰摩尔辟丌（Malpighi）氏层。角层成自干燥之幺，为状扁平，老死角变，故自剥落。摩尔辟丌氏层，又析为四：一曰圆柱层，有幺一列，状如所名；二曰棘层，幺有棘起，互相钩带；三曰粒层，幺中函粒，黏然有辉；四曰明层，其形素可以澈光，而幺核已死，与上之角层相迩。二层厚薄之比，视部分而殊，大抵角层之厚，逊于摩氏层，而掌跖则反之。

圆柱幺间或形素中，常函色素，是有多寡，而人种肤色遂异。黑种最多，黄人其次，白人几无。顾乳端等处，则亦函之。更言此色素由来，乃迄于今兹，未得决论，或谓肤幺所本有，或谓革幺所发生。

肤膝之中，不藏神经血脉，故偶或伤皮，若其创不深，则不见血而无痛。

革 革之构成，本于二者：曰结缔织，曰弹力幺。其与肤相接之处，多见隆陷，有如波涛，是名乳头，神经及血脉杪端皆藏于此。至于深部，则有纹、无纹肌幺交互若网，毛根汗腺等在焉。

皮下结缔织 此之构成，无异于革，惟结缔织疏而不密，且函脂幺，皮之联肌，赖此膝也。

第二分　皮之属品及其构造

属于皮者二类：曰角变之官，如爪，如毛发；曰腺。

爪 爪为肤幺所角变，互相密合，平如版障，以护指趾之端。爪根极末，入于肤中，有幺一种曰爪母，判分新幺，使爪外长，自外视之，其处白色，是名弦月。

毛发 毛发亦肤幺所角变，状如丝缕，或刚或柔，掌、跖、唇吻而外，无不被之。半植于皮为根，半露于外为干。根之杪端，弸为圆形，曰毛丸。虽在革者居多，而巨者则或深入于结缔织。根之周围，有革环拥，是名毛囊，其底内陷，中函幺群。司毛生长曰毛母，且富神经血脉，为之荣养，故此部一毁，即不更生。囊旁各有小肌，缩则毛竖，名曰动毛肌。

干之构造，凡分三层：曰上皮，成自角质之幺，薄如鱼鳞，数片相叠；次曰皮质，实为主部，幺如纺锤，沿长轴而上，至端益细，色素函内，或在其间，若在根部，则有色素幺，惟以造作色素为务；三曰髓质，其幺方形，止一二列，独毛之大者有之，或涉半涂而止。

色素多寡，亦足以别毛发之色，至老而颁白，则缘色素不生。而皮质、髓质，均含气泡耳。他若卷直之殊，则由外状，黄人正圆，故直；白人椭圆，故如波澜；非洲黑人扁圆，故如羊毳；巴布安人曲圆，故如券丝。

腺 在皮之腺凡二种：一曰皮脂腺，与毛发俱，满布全体，简者状如瓶叠叠，复者类于蒲陶，长可半分，顾在鼻部者较大，其口启于毛囊，或在肤表，输泻脂液，以润泽之；二曰汗腺，毛发所生，此辄与共，而掌、跖、腋下为独多，根在革内，盘旋如丸，输泻液体曰汗，口则启于肤表，是名汗孔。

第三分　皮之生理

呼吸 人体之皮，亦兼呼吸，略与肺同。第其强度，则甚逊于肺。计二十四小时中，所出炭酸，不过肺之二百二十分一。而吸入酸素，量乃尤少，惟放散水气，其量极多，若在健体，则一昼夜，所失重量，几居体重之六十七分一。

输泻 皮之所输写者二：曰汗，曰皮脂。

水在平时，多作气状，逮其骤增，则迸出汗孔之口为汗。此之为用，主以节暍，如外暍滕上，则血脉偾张，皮赤且润，汗随之发，放其体暍，使肤生冷；外暍低降，则血脉顿缩，皮白而干，抑制体暍，使毋放失。

汗无色澄明，反应酸性，百分中水居九十七，定质居三，中函

蚁酸 $CHO(OH)$、酪酸 $C_4H_7O(OH)$、普罗庇翁酸（Propionsäure）$C_3H_6O_2$ 等，故麑之有特殊之臭。

劳作、沐浴，及阻皮蒸发，皆可致汗。又直加㩻于发汗中枢，亦能致之，如过昷之血（四十五度），及服 Pilokarpin $C_{11}H_{10}O_2N_2$、Nikotin $C_{10}H_{14}N_2$ 是。

皮脂输写后，即与肤屑共见剥落，不更吸收（？）。至其由来，则自于腺，盖以么之脂变及其分解，遂成液体，主输写管，凝而如脂，以出肤表，管口或塞，在面则生面疱。

吸收 皮之呼吸，为生理常经，顾酸素而外，亦吸他物，如以脱 Ether C_nH_{2n+1} $C_mH_{2m+1}>0$、珂罗昉 Chlorform CHC_{13} 等，注诸皮上，则蒸为气状后，即能吸收。又以毒药入水，用浴动物，亦致中毒。然取少许滴肤上乃往往无害，则以肤之角层，阻不令入，即有微量，亦随入尿中，输写体外，不能屯积于血，达中毒之量也。

效用 皮下结缔织及其脂么之用，联结肌肤而外，在实陷中，使之圆满。在掌、跖、臀部，则使所受压力，为之减杀，在腋下股节膝腘诸部，则使神经脉管，不见毁伤。革有弹性，可以缩张；肤作之辅，以御外力；表为角层，则不见血，不感痛，既以防毒，亦以护革也。皮脂于泽肤发外，且能防气水之侵蚀，肤又逼挼毫管，使其流质少所消耗，故偶或遭毁，其处轊渐润湿，且作赤色焉。

第四分　皮之摄卫

摄卫主旨，在使其官能具足无阙而已，为术如次：

一清洁 皮之表面，常附垢腻（汗、皮脂、上皮、盐类、尘、脂酸等），能沮阏官能，且为微生物寄生之薮。倘有疵伤，则每以是溃败发炎，故宜时时洁之，令无停垢。其法一为易衣，衣与肤密接，吸收输写物，故当屡涤；一为晶浴，使垢见水而软，去之净尽，复上升体温，亢进脉搏，令血行增速，全体为之爽然，且治疲劳。如服劳终日者，得浴后，则血中之郁积物悉去，肌力辄随之复。

以肥皂涤体，虽能溶解垢秽，而肤面为之不泽，其得失有所难言。

水之温度，以摄氏三十三度为最适，其时宜在劳作而后。未食，已食时，均有禁，盖腹虚则养分阙，腹实则消化止也。

二锻炼 固全体肤革，使能胜寒晶之变，而不罹感冒、痛风诸疾，则首在锻炼。体操而外，为术凡二：一为冷浴，一为游泳。冷浴宜在清晨，尔时体晶略高，可耐寒水，已而反应起，则加暖矣；游泳当在海水，以运动故，肌力遂增，又促代谢，而肤亦加固。惟此皆不当急行，必以渐进，有不能堪者罢之。

疾病 皮之色素，屯积一点则生痣；革之乳头，长大越度则生疣，以冰醋酸或硝酸反覆涂抹去之。

皮脂输写，不能出腺外则成疱；输写不足，或多加洗涤则生龟裂。

皮遇剧寒，则神经痹，官能遂失，脉管大弛，血集于此，是生冻疮，其色黯赤，初特痛痒，糜烂继之，治之以加晶及晶浴。

皮遇剧热，则成火伤，宜以冰或水冷之，次涂新牛酪、卵黄、石灰水及阿列布油之混合液，使勿触气，惟伤过全体三分之一，则皮之官能大弱，死者有之。

湿疹多本于先天，皮之炎症也，而摩擦抓搔，及衣服药品，亦能致此。

癣疥缘微虫之寄生，为传染之疾，其卵及输写物，可于肤中见之。与病人同卧起，或被其衣冠，皆能传染，故当急治，头虱亦然，第能洁理全身，则为患自鲜耳。

消化系第三

第一分　消化系之构造
Apparatus digestivus, Verdauungs Apparats

人得食品，先入于口，一分质变，而至血中，所余废品，自肛外写。质变之事，即名消化 Digestia Verdauung。司此诸管，曰消化系。此系所属，一消化管，二开口于管之腺。

消化管始于口腔，顿细而成食道，经匈直下，又过横膈，复扩为胃，又隘为大、小肠，而尽于肛。故其所在，上始头部，下迄尾骶。

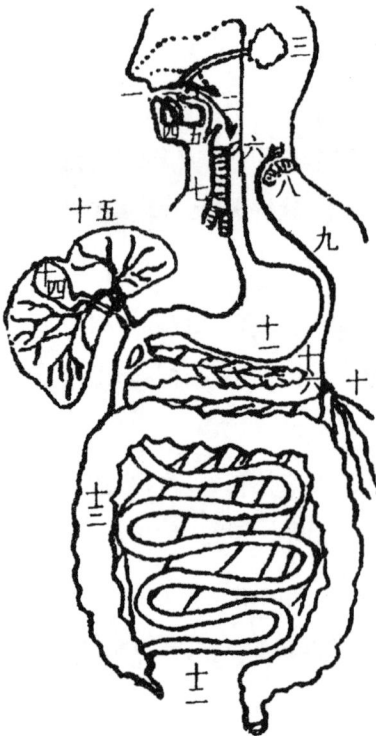

一	口腔	十四	胆
二	咽	十五	肝
三	耳下腺	十六	膵
四	舌下腺		
五	颚下腺		
六	食道		
七	气道		
八	大静脉		
九	匈管		
十	糜管		
十一	胃		
十二	小肠		
十三	大肠		

当发生时，形简而直，逮夫成人，乃迂曲萦回，长逾二丈，内被黏膜，泌分液体，以润泽之。

【一之一　口腔 Cavum oris，Muudhöhle】

黏膜　黏膜为皮之续，其色薄赤，成自三层：一曰上皮，次曰固有层，三曰膜下腠，富有脉管，而固有层中尤多。膜当上下唇内面中央，隆为襞积，是曰唇系。比近齿槽，则弥益加厚，直与骨膜联接，而为齿龈，又当舌下，亦作襞积曰舌系。根部左右，隆如两黍，谓之舌阜。舌下腺、颚下腺之输写管，共启口于此焉。

腺　口腔之腺，可分二种：一曰小腺，二曰大腺。

小腺遍布口腔黏膜前部，启口于表，输写管在固有层，腺体则在膜下腠，泌分液体，聚口腔中，是曰唾 Saliva，Speichel。

唾无色澄明，反应弱亚尔加里性，大分为水，且函唾素 Ptyalin、黏素 Mucus 及卵白质并盐类少许。其固形物，则有卢可企丁 Leukozyten，名之曰唾小体 Speichel kör Perchen，并剥落之肤幺，及食品之余屑。

大腺凡三：曰舌下腺，在舌之下；曰颚下腺，在下颚骨下缘内面，二腺之管，启于舌阜；最大者曰耳下腺，上起颧骨弓，下及下颚隅角，输管前进（高低略与鼻等），贯咬肌、颊肌，至上颚第二或第三臼齿近处而启，是腺时或分生小腺，则谓之副耳下腺。

按：大小诸腺，可据其所生之液，别为二类。生浆液者，曰浆腺 Serösudrüsen（耳下腺）；生黏液者，曰黏腺 Schleimdrüsen（口盖小腺、舌根小腺）。兼生二液者曰杂腺 Gemischte Düsen（舌下腺、颚下腺）。

腺之输写管，成自方形式圆柱形之幺一二层，结缔织被其外，至于下部，则有分泌幺一种，大都圆形。当靖止时，浆幺之核居中，黏幺之核偏下。若乎杂腺，乃涵有二者，末端中央，多为浆幺，其他多为黏幺。故浆幺受压，成半月状，是名瞿阿努契氏之半月 Gianuzzisepe Halbmonde，而哈覃哈谟 Heidenhain 则定为黏之稚者，谓之补阙幺 Ersatzzellen，其说曰补阙说 Ersatzthearie。

口盖 此凡二部，硬口盖以上颚骨及口盖骨为依据，故其质坚。后之软口盖则为肌质，末端下垂向咽，是名悬壅垂。前后各成穹窿，曰前后口盖弓。两弓之间，各有一腺，曰扁桃腺。

舌 其质为横纹肌，上覆黏膜，前部甲错而向口腔，后部坚滑而向软口盖及咽，肌中多函脉管神经，故其运动，至为自由，言语咀嚼，赖其成就。

齿 齿所以研食，成人所有，为三十二，骈列上下，各得十六，其著于骨，正如楔之入木也。任取一列，名其前四曰门齿 Dentes incisivi，次左右各一曰犬齿 D. canini，次左右各二曰小臼齿 D. molares minores，次左右各三曰大臼齿 D. M. majares。中之第三大臼齿，发达最迟，故亦谓之智齿 Dens seratinǔs。齿之外露者曰冠，在骨中者曰根，在龈中者曰颈。齿冠与根，状各殊异，其冠或锐或平，根或歧或直。根之中央，各有细管曰齿管，上通于腔，腔则实以物质曰齿髓。

齿之构造，主为象质 Sǔbstantia eburnea。齿腔、齿管，皆自此成。视以显镜可见小管，起自腔中，平行向外，管中则齿矛居之，向外尽处，又有空洞，象质遂突出作丸状，谓之象质丸。齿冠一部，则被磁质 S. adamantina，成自六棱柱状之矛，为质极坚。齿根一部，则被骨质 S. ossea，相其构造，无异于骨，惟无赫弗氏管，然人之暮年者，亦往往有之。

齿髓为结缔织幺，又有幺甚多，状为纺锥，或如星芒，互相联络。芒之长者为齿幺，入于管中，其循象质而列者则曰造齿幺 odontoblasten。

齿髓之中，甚多脉管，与夫神经脉管杪端，不入质内，神经终点，则未之知，惟磁质、象质，磋之无痛，因知其无有耳。

赤子既生，历月凡七，则齿见于外。及二周岁，共得二十，门齿二，犬齿一，臼齿二，是名乳齿 Dentes lactei。期之迟速，人不相同。大抵最初生下颚之内侧门齿，次生上颚之内侧门齿。迨一岁，则生第一臼齿，次生犬齿，末乃生第二臼齿而告终。

达一定年，乳齿复脱，新齿代之，是为久长齿 Dentes permanentes，其期约始于七龄，终于十二，外见次序，与乳齿同。然至五岁，未脱齿前，第一大臼齿必先见，故久长齿中，此其最古者也。次届十四至十五六岁而第二大臼齿生，十六至三十岁而第三大臼齿生。

按：齿之发生，始于孕后二月，初循上下颚齿槽之缘，黏膜陷为齿沟 Zahnfurche，已而上皮速生，填陷中至于隆起，又出突起，向固有层，其状如瓶，名之曰磁质胚 Schmelzkeim。此胚既见，固有层亦生隆起如乳头，名之曰齿乳头 Zahnpapillen。胚与乳头，终相接触，而胚端应之内陷，上皮幺之近乳头者日益长，远乳头者日益短，名长者曰内磁质幺 Innere Schmslzzellen，短者曰外磁质幺 Aussere Schmelzzellen，二者之间曰磁质髓 Schmelzpulpe。越百五十日，而外磁质幺之外，皆环以结缔织层，是曰齿囊 Zahnsackchen。齿髓之表，则生造齿幺以造象质，逮将外见，其齿囊下部，终成骨质，乳头全部，则为齿髓。此他结缔织，则与颚骨齿槽之骨膜，相密合焉。

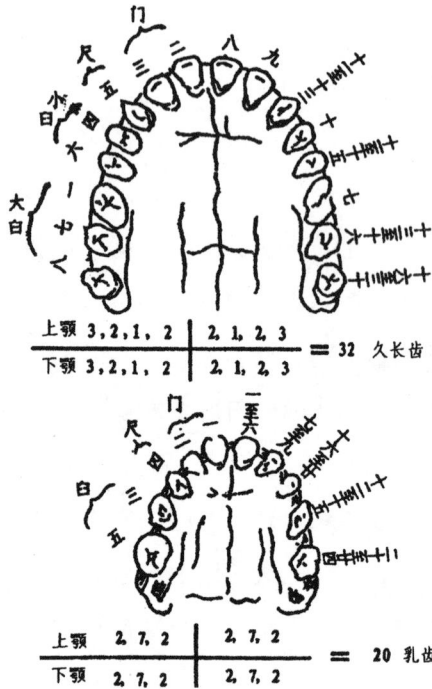

$$\frac{上颚\ 3,2,1,2 \quad | \quad 2,1,2,3}{下颚\ 3,2,1,2 \quad | \quad 2,1,2,3} = 32\ 久长齿$$

$$\frac{上颚\ 2,7,2 \quad | \quad 2,7,2}{下颚\ 2,7,2 \quad | \quad 2,7,2} = 20\ 乳齿$$

【一之二　咽 Pharynx，Schlundkopf】

咽在口鼻二腔之后下，形若漏斗，多所交通，上联鼻腔，侧通鼓室，前启于口及喉，下则续于食道，质为肌肉，外被黏膜。肌之类凡二：一曰缩肌，幺皆横走；一曰举肌，幺皆直行。

【一之三　食道 Esophagus，Speiseröhre】

此为膜管，上始于咽，至胃而终。初在气管后方，逮少下降，乃略偏左，至匈部则居大动脉之右，过横膈之食道裂孔，入腹以移于胃。

食道内面黏膜，与咽及胃者相续，次为肌层，内者横走，外者

126

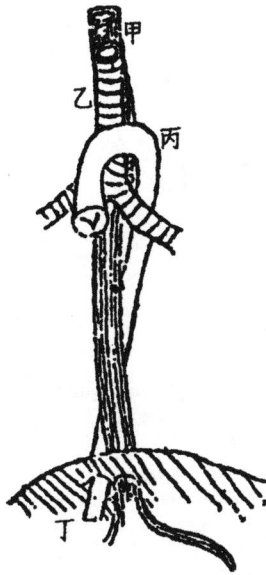

甲　食道
乙　气管
丙　大动脉
丁　横膈

直行，上部四分之一为横纹肌，下部四分之二为无纹肌，余则二者溷合，更次为羊层，即结缔织及弹力羊也。

【一之四　胃 Ventriculus，Magen】

消化管中，胃为最大，上联食道曰贲门 Cardia，下接小肠曰幽门 Pylorus，其处微隘曰幽门瓣 Valvula Pylori。胃之上缘作弓形而小曰小弯 Curvatura Minor，下缘较大曰大弯 Curvatura major。贲门近处曰胃底 Fundus，幽门近处曰幽门部 Pars Pylorica，其间曰胃体 Corpus。胃之大小，因人而异，惟最大者不当过脐，其位置则六分之五在督线左。贲门居左，近于督线，幽门在右，下行而续于肠。食饮以后，位置微变，大弯向前，小弯则向后下，胃体之大，遂益其度。

胃之黏膜，其色浅赤，幼者较深，老则灰白。当果腹时，面皆坦平；若未饮食，则生襞积。二襞积间，复有小窍曰胃窝 Foveolae

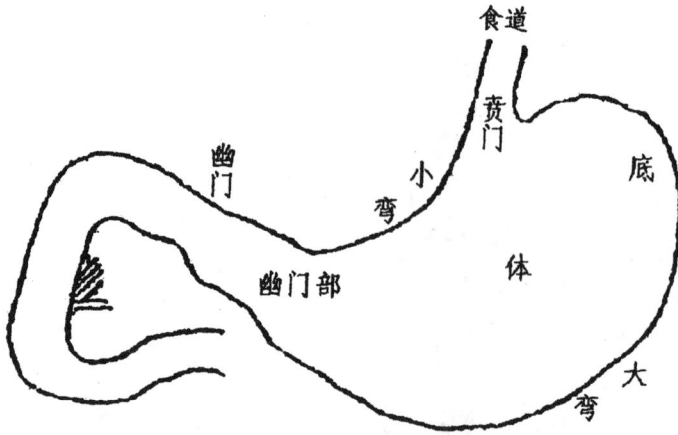

gastricae，胃腺之口，皆启于此。更言其细，则黏膜构造，一为上皮，次固有层，其中函腺，为数至多，是名胃腺 Glandulae gastricae。又有卢可企丁，聚而为团，名林巴节 Lymphknötchen，其逍遥者，则常入于脉中。次为肌层，次膜下膝，其外复环肌幺层，或横或纵，最外则浆膜裹之。

胃腺凡二种，在胃底者曰胃底腺 Fundusdrüsen，形作长管，函二种幺，其一核藏不见，所泌分者为沛普旬 Pepsin 及企摩旬 Chymosin，是名主幺 Hauptzellen；其一核偏近膜，泌分盐酸，是名盖幺 Belegzellen。在幽门部者曰幽门腺 Pylorusdrüsen，形稍迁曲，幺内之核，亦不居中，所分泌者，则黏液也。

【一之五　肠 lutestinum，Darm】

肠别为二部：一曰小肠，二曰大肠，其长约得人身之六倍。

小肠 小肠殆占全肠之五分四，横径初大而终小，亦区别为三：

十二指肠 Duodenǔm，为胃之续，长容十二指横径，曲如匚字，膵之首实其中。

空肠 Jajunum，为十二指肠之续，长居全小肠之五分二。

回肠 Ileum，为空肠之续，而界域甚不明晰。迂回屈曲，至督线右方而为瞽肠，其处有瓣，以防大肠内物之逆流，曰庖新氏瓣Bauhin'sche Klappe。

空肠、回肠，皆受腹膜覆裹，遂以相联，名是膜曰肠间膜。

小肠构造，凡分三层：第一层为黏膜，隆陷起伏，交互作轮形，其表满生突起，蒙茸如毛毳，谓之肠茸。茸之底部为腺，一曰肠腺Darmdrüsen，曼衍全部；二曰勃仑那氏腺 Brunnersche Drüsen，则仅十二指肠有之。第二层为肌膜。第三层为浆膜，皆同于胃。

大肠 殆占全肠之五分一，自骨盆内右侧续小肠而起，分为三部，终于肛。

瞽肠 Coecum 为大肠之始，状较弸大，下附小管曰虫状垂Processŭs Vermiformis。在他动物，如牛如兔，皆司消化；而在人类，则已失其官能。

结肠 Colon 为瞽肠之续，起骨盘内右侧，向上之肝曰上行结肠，次曲而左，曰横行结肠，又曲而下曰下行结肠，比达左侧骨盘内，则屈作 S 字形，曰 S 状部。

直肠 Rectum 起始，为 S 状部末端，达肛而止，其处有肌，为状如环，曰约肛肌。

大肠构造，亦分三层，与小肠同，惟黏膜不作襞积，肌膜则直肠而外，皆内彳横走，外彳直行，遂作三带，逼肠略如三角形，是曰结肠系。

【一之六　膵 Pancreas（肠管大腺一）】

膵在胃后下，首广末隘，有如牛舌，首接十二指肠，尾接脾肾，其间则谓之体。

膵之构造，与唾腺同，为蒲陶状腺，故亦称腹唾腺 Bauch Speicheldrüsen。其输写管曰膵管，与胆管合（亦或不合），而启其口于十二指肠。

腺幺之异于唾腺幺者一事，即内函微粒，屈光极强，食已辄隐，少顷复增，若不饮食，则居其半，偏于腺腔，下乃澄明，是名发酵小粒 Zymogen Kernchen。

【一之七　肝 Hepar（肠管大腺二）】

肝在横膈直下，大部偏右，色作紫赤，质坚而易碎，形略长方，上隆下陷，下面有沟如 H 字，因分四叶，前后叶间沟曰横沟，亦名肝门，肝动脉、门脉、肝管等，出入于是焉。

肝之构造，始于肝幺。幺形如骰子，中函微粒，司泌胆汁，多数相聚，而成一群，曰小叶。其幺间有空处，曰微丝胆道；叶间有空处，曰叶间胆道，众道集合，出于肝门为胆管。

胆者，储积胆汁处，其形顶广下锐，顶露肝缘之外，末向肝门，是为胆管，与肝管合，而启其口于十二指肠。

胆之构造，表为黏膜，次为肌层，最外为浆膜，共得三层。

第二分　消化系之生理

消化成于二事：一曰机动，二曰质变。机动云者，糜烂食品，和消化液，借诸官之运动，使以适宜速率，次第下行，写诸体外之谓；质变云者，因消化液，转变食品，俾其定质，渐成液体之谓也。

【二之一　机动】

口及咽　食品入口，若为定质，则先以切齿决之，次由唇、舌、颊三者之助，在上下白齿间，磨之令碎，是曰咀嚼。咀嚼者，为下颚之动，所向凡六，曰上、下、前、后、左、右。食品渐碎，唾液和之，又赖舌之调剂，遂成食团，转运向后，过咽及食道而入于胃。其入咽运动之次第如下：

（一）唇因口围轮状肌之收缩而合；

（二）下颚为咀嚼肌（下颚肌）微迫向下；

（三）舌举向上，密接硬口盖，推食团使向咽；

（四）食团既越前口盖弓，则软口盖略向下，与舌背接，阻其逆行；

（五）咽之缩肌递缩，逼食令下，软口盖之悬壅垂遂举向上，以阻鼻腔之通路；

（六）喉亦被掣，前向舌根，会厌软骨适蔽之，以阻气道之通路；

（七）食团过咽，入于食道。

食道　食团入于食道时，其下降一由于蠕动，二由于重量。蠕动者，环状肌纟以次缩张之谓，即甲缩乙张，乙缩丙张，其动循序，如蛇之行地是也。

胃　食团入胃，胃受其撄，幽门遂闭，胃肌俱缩，迫压食团，且起机动，其类凡二：曰回旋动，曰蠕动。

回旋动，如置物于掌，左右逆搓之，初沿大弯以至幽门部，又自幽门部而至小弯，如是反复回旋者屡，故食团外表，渐合胃液，次第剥落而成食糜，蠕动亦起，自贲门进向幽门部，惟食团既软，撄力渐退，幽门亦渐开，遂输内容物于十二指肠。

食品为流质，自胃至肠，需数分时；为定质，则需二至六小时。

蠕动逆行，爰成呕吐，而腹肌及横膈之挛缩助之，内外迫拶，食品遂过贲门、食道，以出于口，惟胃底发育愈进，则呕吐必愈难，故僮子之呕吐多，而成人则鲜。

呕吐之发，原于数事：（一）饮食过度，或撄胃之黏膜；（二）加撄于咽及舌根；（三）肠中之寄生虫；（四）方妊；（五）脑疾；（六）吐药。

小肠 此之运动，颇为著大：一为蠕动，自十二指肠渐及于次，输送食糜，使之下行，惟十二指肠之肠间膜，其度较短，故不如空肠及结肠之自由，而动之速率，则不甚大，故营养品，能以吸收，倘其反是，爰生痢疾；一为摆动，仅见于肠之一部，忽降忽升，有如钟摆。凡此二种，空腹及入睡则止，即撄以物，亦不之应，惟食品入肠，始能作之。

小肠内物，历一至三小时，则过庖新氏瓣而入大肠。

大肠 其机动如小肠，惟甚弱而缓，在腹壁菲薄者，可自外目睹之。

大肠内物，历十二小时，则转为固体，输写于外。

【二之二 质变】

口 食品既受咀嚼，得唾浸润，能溶成分，大抵液化，又因润泽，易成食团，而入于咽。

按：束缚大腺之管，则食品入咽极难。马之食刍，平日需十分时而入咽者，束缚以后，则需二十四分时（摩侃提氏实验）。

口中质变之要事，在化淀粉而为糖，其有力者，实为唾素，即淀粉遇此，生授水分解，经数阶级，乃转成糖。

按：昔之学者，咸以为唾素作用于淀粉，使成兑克希忒林 Dextrin 及糖，顾实非是。淀粉之为糖，所经阶级，乃至繁复，不成径成也（林德纳尔及杜勒氏说）。

蔗糖、卵白、脂肪，其在口中无变。

唾素合食品，入胃遇盐酸则力减，入肠遇膵液则力消。

食道 食品过此，仅为黏液所泽，其质无变。

胃 食品入胃，养素撄其黏膜，令起分泌，是生胃液，顾在人类及哺乳动物，则唾之分泌方始，胃液辄随之生，此他不消化物及液体，亦能诱之分泌，惟冷水及冰则抑止之。胃液之中，系于消化之要者三：曰盐酸，曰沛普旬，曰企摩旬。

按：盐酸生成，盖在胃底腺之盖幺，而其成因，则缘炭酸与食盐相作用，故若不以盐与动物，则盐酸亦止其泌分（复易忒氏说）。

胃中盐酸，其类凡二：若时有卵白或卵白之分解产物，则与相结合，曰结合盐酸；倘其无有，如当空腹时，则盐酸游离，曰游离盐酸，其量约居胃液之万分三。

胃中既存盐酸，则制止发酵，当无气体，然亦时时有之。寻其由来，一与食团同时咽下，一自十二指肠上升。气体成分，为 $N_2 66\%\sim68\%$，$CO_2 25\%\sim33\%$，$O_2 0.8\%\sim6.1\%$。沛普旬及企摩旬之生成，自胃底腺之主幺。其在幺中，甲为普罗沛普旬 Propepsin，乙为企摩堪 Zymogen，皆无消化力，逮泌分后，得盐酸之作用，始成沛普旬及企摩旬。

淀粉入胃，盐酸之量不多，则唾素仍使之糖化。递盐酸增其量，而唾素之力，始渐就微。卵白入胃，受胃液之作用，成沛普敦Pepton。若为肉类，则中所函之卵白先化，结缔织亦渐消，软骨坚骨，则胶质既化，骨面渐粗，终而亚质亦碎。

按：卵白至沛普敦，凡数阶级。

又按：钌验尸体，其胃往往自化，盖见蚀于胃液也。惟必具二种因，一曰胃中不虚，一曰体非骤冷，而在生人，则无此象。论者谓当生活时，胃幺之形素，富抵抗力，故虽盐酸，不能蚀之。更有一说，则谓胃动脉中血，具阿尔加里性，故环流时，能中和酸类，使不自化。此其为说，可以实验，即取一犬，束缚胃之小动脉管，使血绝流，则其胃辄自化。

脂肪入胃，固者溶于体温，若为脂幺，则幺膜受胃液转化，脂滴外注，集为一丸。

盐类入胃，能溶者即溶解入胃液中。

乳汁入胃，先凝集成定质，次转化为沛普敦。

胃液之力，一为转化，一为杀菌，故若胃不得疾，酸量弗减，则病菌与遇，往往灭亡。

按：马铃薯、豆等植物，颇不易化，其绿色部尤然，惟烹饪极熟，或蔬菜之嫩者，则消化较易（华氏凯氏）。酒类入胃，使卵白之消化较迟，若加非、茶、炭酸水及寻常水，则于胃之消化，无大影响云（绪方正规氏）。

小肠 食糜自胃入于小肠，则以膵液、胆汁、肠液之力，仍变其质如次。

胆汁之色，人及肉食动物为黄，草食动物为绿，味极苦微甘，具特异之臭，其成分之主者，曰胆汁酸（甘胆酸及牛胆酸），曰胆质色素（赤色素及绿色素）。作用之要，为乳化脂肪，俾肠壁易于吸收，又撄黏膜，增其蠕动，且止朽腐，与盐酸同。

　　按：人在平时，其胆汁泌分，亦不止歇，储于胆囊，临消化顷，乃写入十二指肠，至其生成，则胆汁酸来自肝么，胆汁色素成自血液云。

膵液无色澄明，味咸无臭，成分之主者三：曰膵提阿斯泰什 Pancreasdiastase，所以变淀糖之质，使转成糖，其力强于唾素；曰脱里普旬 Trypsin，所以转蛋白质为沛普敦；曰斯台普旬 Steapsin，则所以分解脂肪，使成脂酸及格里舍林 Glycerin，是又乳化之。

格膵提阿斯泰什在幺中时，亦为企摩堪 Zymogen，当唾中之企摩旬相类。

肠液作黄色，质不澄明，其中略含酵素，能作用于淀粉及麦牙糖，令转成蒲陶糖，其与卵白脂肪之关系，今兹未详。

大肠 不呈质变，仅有吸收。

【二之三　吸收】

凡荣养品，水及盐类而外，所含之主要者不过三，曰卵白、脂肪及含水炭素。是等入消化管，唾素、肠液及膵提阿斯泰什变淀粉使为糖，胃液及斯台普旬变卵白使为沛普敦，脱里普旬及胆汁酸则使脂肪乳化，所变诸质，爰受吸收，入于体内。

吸收者，摄物入血之谓。直摄于脉，谓之径接吸收；由林巴管而入脉，谓之间接吸收。古之所知，惟有径接。逮十七世纪，则专归之间接（一六二二年阿舍黎 C. Aselli 氏主张如是）。摩侃提出，始知甲乙二者，两皆有之。至其主因，又原于二：曰幺之自动官能，曰力学上之交流机。

口腔 食品在口腔中，为时极暂，故殆无吸收。

胃 食团既入于胃，质变已多，其时亦久，故糖之溶液，吸收最多，沛普敦较逊之。水则惟含酒精炭酸者，多量受摄，其纯者依然。他若盐类溶液及毒物等，亦吸收于胃。

小肠 食品吸收，以小肠为最著，盖所泌消化液，此为最多，加以襞积肠茸（约四百万），广其黏膜之面，中复饶有脉管及林巴管（即糜管），故养分经此，大抵见摄焉。

含水炭素至此，由毫管入于血。

沛普敦至此，径由毫管或自林巴管入于血。

按：人体摄受沛普敦，有一定量，倘逾此量，即见输写。当吸收时，在胃壁或肠壁间，已受类化，返为卵白，故若注沛普敦入脉，必随尿而出，倘其过多，状若中毒焉。

脂肪之乳化者至此，由毫管入于血。

按：人体摄受脂肪，亦有定量，其时有逍遥幺，至黏膜外，抱脂肪滴，以返林巴管内，或谓沛普敦之入血中，亦复如是。

水及盐类溶液至此，皆甚见吸收，水之见摄，几无定量，盐类溶液则不然。

大肠 此中吸收，以水为主，而沛普敦或卵白亦微摄之（罗培氏实验）。食糜至是，度遂益浓，渐出直肠而写于外。

　　按：养素既入体内，施行类化，用之诸官，爰生不足，则复补以养品，其已用者，输写于外，是谓之代谢 Elabaratio Stoffwechsel。代谢之事，起于么中，至要为卵白质，形素（其中之 Nuklein）之成，实基于此，而含水炭素、脂肪其次也，故纵无后二，么可以生，惟失卵白则死。

人需养品，又不特缘代谢而已，倘方生长，则一分储藏，以成膝理，故所用量亦较多，如养品足以应之，出入均等，则其生不匮。惟一日所需养品几何，乃因人为异，即一、生长与否；二、劳作与否；三、其体量之重轻是。今设有成人，亦事劳作，则平均代谢，二十四小时内，当需养品如左表。

品目(一日夜所需量以格阑为单位)	Pettenkofer	Voit	Moleschott	Forster	Valentin
	靖 时	动 时	中等劳作	同 上①	同 上②
卵　　白	一三七·〇	一三七·〇	一三〇·〇	一三一·二	一一六·九二八
脂　　肪	七二·〇	一七三·〇	八四·〇	八八·五	一二九·七二八
含水炭素	三五二·〇	三五二·〇	四〇四〇·〇	三九二·三	二六三·〇八八
淡　　素	一九·五	一九·五			……
炭　　素	二八三·〇	三五六·〇			……
无机盐类			三〇·〇	……	一九七·二七〇
水			二八〇〇·〇	二九四五·九	二六二六·八四〇

第三分　消化系之摄卫

食品宜于消化及吸收，则量虽不多，已足荣养，故其品质，先应简择，使其难于转化，乃纵多含养分，亦无宜于人身。

食品温冷，不得越度。过温则伤消化管之黏膜，过冷则阻胃肠之官能，而齿之磁质，亦蒙其损。又任食野蔬及自生之菌，中毒者往往有之。

储食之器，以平面不粗，涤之易洁者为佳，如磁、波黎、银、锡、铝等皆是。若杂铜、铅，则不可用。含铜者易生铜绿，含铅者遇醋酸则生醋酸铅，皆有毒。近时输入壶釜，金属为质，上敷白色物如磁，窃疑含铅，然未分析，不敢决也。

凡有食品，不当生食，若不饪熟，寄生动物每以是入于体中。

按：人体寄生动物，今兹所知，已得一百数十种，问其由来，大都导于食品，如不熟之肉，不沸之水是，病菌亦然。今就此二品略述之。

水中病菌之至有害者，为霍乱菌及谛普斯菌。然此二皆不能长生水中，往往见杀于他微生物。特在夏季，温度既高，水复不洁，则不但能生，且繁殖焉。

寄生物中要者有几，即绦虫类 Taenia Solium, Trichocephalus dispar，蛲虫 Oxyuris vermicularis，蛔虫 Ascaris lumbricoides，血二口虫 Distoma haematobium 等多寓于人；肝二口虫 Distoma hepaticum 多寓于兽。又线状虫 Filaria me dinensis，十二指肠虫 Ankylostoma duodenale 二者，亦其至有害于人体者也。肉中病菌，最有害者为结核菌，而在豚肉最多，必以华氏七十度热，煮三十分时始死。此他脾胱疽、马鼻疽菌及恐水病菌，亦能自未熟之肉，转移于人。

寄生动物之在肉者，亦为绦虫类：一曰裂头绦虫 Bothriocephalus latus，其囊虫多在于鱼；二曰有钩绦虫 Taenia Solium，其囊虫多在于豕；三曰无钩绦虫 Taenia medioeanellata，其囊虫多在于牛。而豕肉中又时有特别动物曰旋毛虫者居之，倘入人体，为害亦大。

绦虫之类，常多数相衔，其长者至数丈，上端较细为颈，顶具吸盘，常附着于十二指肠部，下乃循肠以降，成而产卵，或老而脱离，则输写于外。其卵（一）或入水内，或附植物，或混气中，偶入动物之胃，卵包溶于胃液；（二）遂去胃入肌，择处而止，变为囊虫；（三）任历何年无变，故其动物曰中间寓主，人既食肉，而不饪熟，则囊复消化，独留其头；（四）吸着肠间，日益长大，其人曰终末寓主。

人受寄居，久必衰弱，而驱除令去，事复綦难，遇无钩绦虫尤甚。言其要略，则一使肠空虚，二令虫麻醉，翌日绝食，服驱虫剂，次又以缓下剂促之，必见其头为度。

各种绦虫之囊虫，遇热约五十度则死，又食盐渍肉至透，亦能杀之。

蛔虫所在，全世界无不有之，而湿地及多雨之年尤甚。其形细长，可五六寸，寄居人体，常在小肠，少必二三，多或至数百，时或上行入胃，以至食道，又或下至大肠，其小形者，亦偶入肝管，以达于肝，或穿胃而入体腔，遂溃腹壁外出，转移于人。未详其故，或谓有虫类为其中间寓主，或谓可无待于此而发生，驱除之术与绦虫等。

蛲虫分布之广，亦如蛔虫。夏月气候及不洁或生食，皆其转移之因。寄居之地，则在大肠，入夜寝息，每自肛而出，以入他

有钩绦虫之发生

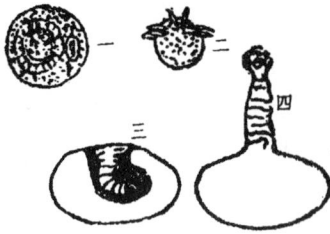

蛔虫

头

卵

绦虫之头

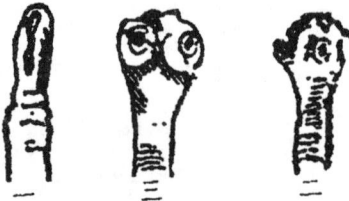

一
三
二

十二指肠虫

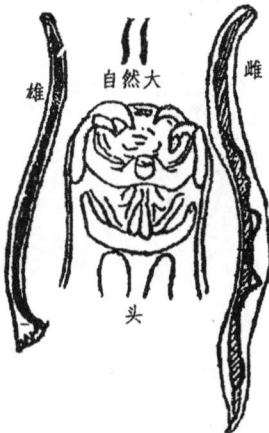

雄
自然大
雌
头

蛲虫

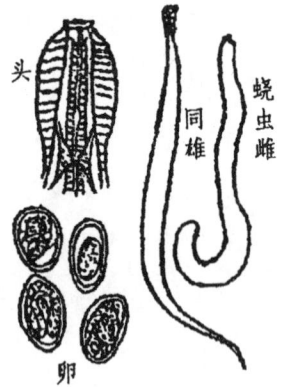

头
同椎
蛲虫雌
卵

肝二口虫

前吸盘
后吸盘

旋毛虫之囊虫

处。诱引诸病，且又难于驱除，其发生人体中，不待中间寓主，洛凯德尝生咽其卵，即生蛲虫云。

血二口虫居大静脉中，以血为食，惟埃及为独多。

肝二口虫形如矛尖，长约四分，色微透明，或作薄赤，常寄生于兽，而以软体动物（蜗牛）为中间寓主，然以人为终末寓主者，亦每有之。

线状虫黄色，长一二尺，横径则仅半分，以水中小虫为中间寓主，移入人体，多居下支之结缔织中，热带有之。

十二指肠虫雄长二三分，雌长三至六分，头作圆锥形，口具强齿如蛭，附著于小肠（十二指肠及空肠）黏膜，吸取人血，体则密比肠壁，尾亦内向，至不易驱。若其转移，则为卵达外界，在湿处或水中，蜕为幼虫，俟机以入人体。

旋毛虫形体极微，非显镜莫见，其囊虫寄寓于豚肉，多者一立方寸中，数至二三十万，人食其肉，消化于胃，虫囊为垩质，故亦被化，虫得自由，乃在肠中，胎生幼虫，穴䐈理分布于肌，变为囊虫而蜇，遇热至摄氏五十五度则死，又加盐渍，亦能杀之。

临食不可用思，食之前后，不宜沐浴。

齿 首宜洁净，食物留遗，久而腐败，能招龋齿，故必以牙粉及牙刷洁之。牙刷之毫，过软则无功，过坚则伤齿，当择厥中，其面择窈者善。

牙粉所重，在质细而柔，能溶于唾，止食屑之酸化，阻微生物之发生，倘无善者，不若用醇，加薄荷油数滴，时拭其齿，而龈缘沉垩，则以极细炭末去之。

龈缘沉垩，亦称齿石，实为矿质，自唾液来，成分大要，为磷酸石灰、炭酸石灰、脂肪及食屑等，堆积既久，能损齿根，并伤龈肉，宜就医剔除，且防其复积。

温度急变，及食物过坚，皆害磁质，故饮冰及啮坚壳果，齿截丝麻，皆所当慎，否则磁质一损，象质亦蚀，遂病齿痛，或至脱落。齿既有疾，咀嚼必因之不全，而胃病随起。

胃 食物入胃，胃必扩张旋动，故勿紧束腹部，或前屈其身以迫压之。

酒醇勿饮，辛香宜少，肉与菜类，宜杂食而勿单，食品种类，亦当时易。观是人之所喜，即适于是人之食品，苟非有害物，可任与之，惟勿过度，如小儿之于糖是。

咀嚼食品，宜至极碎，加汁放饭，甚害于人。盖液体过多，能阻碍咀嚼，薄释胃液，使消化力为之不完，而食物过量而频，则胃亦病。倘其方始，可绝食一二日，时取流质食品少许饮之。

毒物入胃，当急令呕吐，法在以指探喉，或用吐剂出之。

肠 食品不良，腹部遇冷，皆生肠病，或下痢，或腹痛，宜加温以治之。至便秘之疾，乃缘大肠，灌肠使降，愈之甚易。否则仅有运动，或服下剂，又赖习惯，亦能渐愈。

循环系及林巴管第四

第一分　血 Sanguis，Blut.

血为赤色液体，循环体中，味咸，反应碱性，量较水稍重，居体重之十三分一。检以显镜，可见水状液，是曰血汁，及极小固体，游浮于内，是曰赤血轮，曰白血轮，曰血小板，曰原粒。

【一之一　固体成分】

赤血轮 Farbig Blutzellen 形在人类及哺乳动物（除刺摩 Lama 及橐佗 Kamel），皆作正圆，两面微陷，写之体外，少顷即相联如缗钱，增血汁之浓度，则收缩作荔支实状，其质至软，故出入细隙至为自由，每一立方米密中数可五百万，径之大小在人类为七·五密克伦，然若排比全体赤血轮，作正方形，则一周可八十步。

　　按：一密克伦为一米密之千分一，每一米密等于华尺约三分三厘。

又：鸟类、两栖类、鱼类之赤血轮，形皆椭圆，中央有核，今举数种动物赤血轮之大小如左。

（一）圆形赤血轮

　　　象　九·四密克伦　　　人　七·五密克伦

　　　犬　七·二密克伦　　　兔　七·一六密克伦

　　　猫　六·二密克伦　　　绵羊　五·〇密克伦

　　　山羊　四·二五密克伦　麝　二·五一四密克伦

（二）椭圆形赤血轮

刺摩　小四·二　大七·五

鸠　小六·五　大一四·七

蛙　小一六·三　大二三·〇

守宫　小一九·五　大二九·三

赤血轮有膜无核，中藏形素，其内含主要成分，曰血色素 Hämatoidin，故色遂赤。血色素能与酸素相离合，离则暗赤，合则鲜朱，性溶解于水，复能结晶，且易分解，分解后所成质曰赫摩丁 Hämatin。此复化为二：一曰赫摩妥定 Hämatoidin，二曰赫明 Hämin。赫明易于结晶，久则愈易，故法医学用之。

白血轮 Farbloze Blutzellen 白血轮无色亦无常形，成自形素。是中函核，或一或二，其在血中为数较少，与赤血轮若一与五百之比，然亦以时有差，如消化、刺络、化脓时则增，空腹及荣养不良时则减，倘顿增其数，与赤血轮成一与六十之比，则成疾曰白血病 deǔpämie。

白血轮具固有官能二：一吸收沛普敦，至黏膜而成卵白，使身体免于中毒；一防止病菌不入血中，使身体不罹传染之疾，必病菌大增，数不相埒，其力乃衰。

血小板 Blutplattchen 无色而小，约得赤血轮之三至四分一，形圆或椭圆，每血一立方米密中，数可二十万，一遇空气，辄即消失，故碻定殊难，此一八九二年时，毕卓察罗 Bizzozero 所发见者也。至其作用，迄今未喻，为之说者有几：一曰后当化为赤血轮，二曰与血之凝固有相涉，三曰为赤血轮之缩小物，四曰为白血轮之破片。

原粒 Elementar körperchen 脂肪小丸也，在草食动物及哺乳动物之方哺子者，往往见之。

血之固体成分中，四者而外，又有微粒，妙罗 Müller 氏名之曰赫穆珂宁 Hämokonien，其发生由来及作用所在皆未之悉。

按：赤血轮发生，在胚胎之始，其中含核，且不具血色素，以间接性判分，次第增益，递肝成，判分始止，核亦随消，其发生之处，即为肝脾及淋巴腺。递夫成人，亦不止歇，如女子天癸 menstruation 月至，而血量不减，又如动物冬蛰，赤血轮皆减其量，顾入夏即增，皆其凭证，然发源所在，乃无确说。或则谓出自骨髓，其说曰骨髓之中，函幺一种，名造血幺 Hämatoblasten，中亦函核，与见于胎儿之有核赤血轮相同。或则谓变自白血轮，其说曰：（一）已在脾静脉及骨髓中，见其方变之中间物；（二）且培克林好然 Beoklinghausen 亦常取蛙血置巨波黎器中，日通湿气，而目击其形变。

白血轮即卢可企丁，发生自脾及淋巴节，入于血中。赤血轮生存之长短，未能确言，经一时期而后，往往消灭。其消灭之处，或谓即在肝脾及骨髓中，故于此诸官，常有血色素及残分，又胆汁色素，亦自此成，则消灭于是，可以想见。

白血轮之小分，多变性为脂，因而消灭。

【一之二　液体成分】

血除固体成分外，所余者为血汁，既出脉外，一分又凝而固，是曰糸素 Fibrin，余为黄白色液，曰血清。

糸素　之力，能令血凝结。设脉壁受病，或触空气，遇大热，皆能致是。而健康之人，则无此象。又多函炭酸、卵白，或加糖、盐、水及亚尔加里液，皆能缓之。

按：糸素凝血之理，旧谓血汁之中，函物三种，一曰糸母 Fibrinogen substanz，二曰糸形素 Fibrinoplastische Substanz。三曰糸酵素 Fibrinferment。比写体外，则因糸酵素之作用令糸母与糸形素抱合为一，而血遂凝（A. Schmidt 氏说）。惟据最近研究，知实非是，纵无糸形素，而血之凝固自若。盖糸母实溶解性卵白质，一得酵素作用，即成定质，无待与糸形素相抱合也。然血在脉中，不函酵素，仅有其前级物曰前糸酸素，必待他因，始成为亚酸素，以作用于血云。

血清 中所函，为血清卵白、血清格罗勃林、脂及水分大半，并蒲陶糖及盐类少许。

第二分　循环系之构造

循环系之成，本于二者：曰心，曰脉。心在全系，实为中枢，以其官能，血乃入脉，环流全体，复归于心，是曰血循环。

【二之一　心】

心为圆锥状中空之官，成自无纹肌，与拳等大，内外有膜，内曰内膜，外曰心囊，位居两肺之间，大半偏左，前当匈壁，后由食道大动脉以与脊柱相隔，尖之所在，适当第五肋间腔，乳之内下，顶则与第四匈椎对，体具二面，前者隆起，后者较平。又具二缘，居右者锐，左则稍圆。

心之内部，由纵隔判为两腔，各腔俱有横隔，又判为二：上之二腔，曰左房，曰右房；下之二腔，曰左室，曰右室。心房容积，小于心室，其壁亦较弱，左右各有附赘，是曰心耳。二房之中，为静脉启口也，在左者四，为肺静脉；在右者三，为上下大静脉及大冠状静脉。房底各有椭圆

心前视图

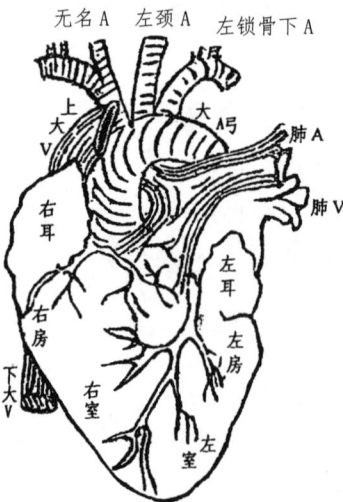

无名 A　左颈 A　左锁骨下 A
上大 V
大 A 弓
肺 A
肺 V
右耳
左耳
右房
左房
下大 V
右室
左室

146

形孔，与室相通，其孔曰房室孔。

左右心室各具二孔，右之一曰肺 A 孔，左之一曰大动脉孔，与大动脉干相通，一即房室孔，咸有瓣膜，开张向室，即受心房之血，闭则驱血入动脉中。心尖内面，有肌突起，勾联如网，谓之肉柱。上行以向心房，其杪化而为腱，是曰腱束，分联瓣膜之端，以防其反张而入房内。

右室之壁，较薄于左。房室口瓣膜，曰三尖瓣，肺动脉起发于此，有三半月瓣界之。倘右室开张，是瓣即闭，俾血不反流以入于室。

左室与房之界，具瓣膜二，是曰双尖瓣，或曰僧冠瓣，大动脉起发自此，亦有三半月瓣界之。倘左室开张，俾血之已入动脉者，不更逆流以入于室。

【二之二　脉】

动脉　动脉之干，大抵居体之深部，若在四支，则以屈侧为多，其分布于体，常与静脉骈行，包以脉鞘，时或二脉分枝，交相连合，则谓之吻合。

动脉构造，凡分三层：自内数之，则一为内皮，曰内膜；二为肌层，曰中膜；三为结缔织，曰外膜。内皮成自扁平之幺，其中函核，肌层之幺，状如纺锥，脉之大者，则往往函弹力幺，而结缔织内，亦函此至多。

毫管　毫管接动脉杪端，勾联如网，分布全体腠内以及诸官，为状至微，非显镜不能见，言其构造，则仅内皮一层而已。

静脉　此为送血于心之膜管，位有浅深，深者与动脉骈行，浅者即居皮下。质之构造，与动脉同。惟三层之中，时有所缺，而弹力亦复至微，其枝亦交相吻合。内复有瓣，状如弦与月，内膜之襞积也。

【二之三　脉之区分】

脉出自心，可别为二：曰动脉，曰静脉。其间曰毫管，已如前言。动脉者，谓自心输血于体之脉，而血之性质，则所不论。静脉反是。详言之，即血既循环，乃由以归注于心之道也，为区分如次。

第一动脉

甲　肺动脉　此出于右心室，分为二枝，曰左右肺动脉，以布于肺。

乙　大动脉　此出于左心室，上行渐曲，成大动脉弓，沿椎体之左而下，至第四腰椎处，歧而为二，成左右总肠骨动脉，名上行部曰上行大动脉，下行部曰下行大动脉。

壹　上行大动脉　此为心囊所包，分歧仅数小枝，分布于心，其干上行而为大动脉弓。

贰　大动脉弓　在匈骨后方，自右曲左，出脉凡三：曰无名动脉，曰左总颈动脉，曰左锁骨下动脉。

一无名动脉　此复歧而为二：曰右总颈动脉，曰锁骨下动脉。

（一）右总颈动脉复歧而为二：曰外颈动脉，分布于面、颅及颈之前部；曰内颈动脉，析为三枝，一布于目，曰眼动脉，二布于脑，曰前大脑动脉及中大脑动脉。

（二）右锁骨下动脉分布于上支，至第一肋骨处，曰腋窝动脉。下曰上膊动脉，更下曰下膊动脉，此析而为二：曰桡骨动脉，曰尺骨动脉，比至于掌，则二者相吻合，曰掌弓。

二左总颈动脉　直起自大动脉弓，分枝与（一）相似。

三左锁骨下动脉　直起自大动脉弓，分枝同（二）。

外颈 A
内颈 A
总颈 A
锁骨下 A
锁骨下 A
腋窝 A
无名 A
匈部大 A
一膀 A
肾 A
上肠间膜 A
腹部大 A
下肠膜 A
桡骨 A
骨间 A
总肠骨 A
尺骨 A
下膜 A
外肠骨 A
中荐骨 A
膝腘 A
前胫骨 A
腓骨 A
后腓骨 A

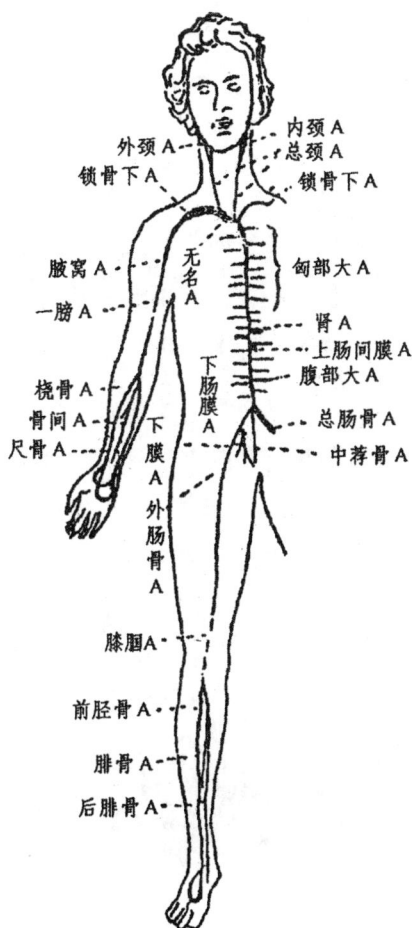

叁　下行大动脉　其干与大动脉弓联，贯横膈而下，歧为总肠骨动脉，可分二部如次。

一匈部大动脉　其分歧皆为小枝，布于肋间及气管、食道等。

二腹部大动脉　凡分二大枝：曰体壁枝，曰内藏枝。

（一）体壁枝　属此者二：曰横膈动脉，曰腰动脉。

（二）内藏枝　属此者六：曰大内藏动脉，布于胃、肝及脾；曰上肠间膜动脉，布于小肠及膵；曰下肠间膜动脉，布于结肠；曰副肾动脉；曰肾动脉（较大）；曰内精系动脉。

三　中荐骨动脉　在腹部大动脉分歧处。

四　总肠骨动脉　此又分为二枝如左。

甲　内肠骨动脉分为三枝：一曰体壁枝，布于臀部；二曰内藏枝，布于旁光；三曰末枝，亦备内阴部动脉，布于内阴部。

乙　外肠骨动脉，仅二小枝，其下股动脉继之，布于上腿，更下则贯肌至后面而成膝腘动脉，居膝腘中，次更析而为二：一出前面，曰前胫骨动脉，其端为足背动脉，布于足背；一居后面，曰后胫骨动脉，至于足蹠，其分枝与足背动脉之一分枝吻合而为足蹠弓。

第二静脉

甲　肺静脉　左右各二，始自左右肺之毫管，出肺门而注于心之左房。

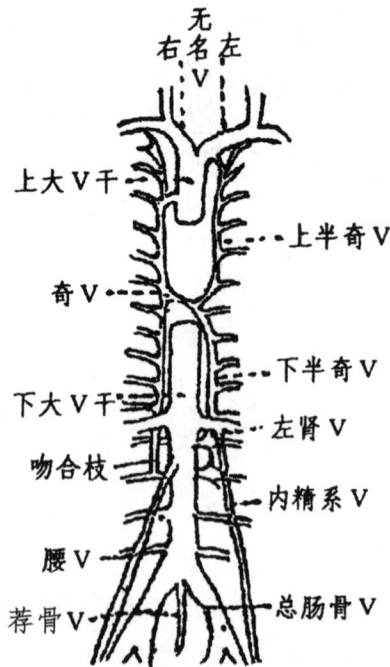

150

乙　大静脉　区别为三：曰心静脉，曰上大静脉干，曰下大静脉干，全身之静脉血，因此归于心之右房。

壹　心静脉此凡三枝，分布于心。

贰　上大静脉干　居上行大动脉之右，上行而注于右房，左右无名 V 之所会合也。

无名 V　此在左右，皆为外颈 V、内颈 V 及锁骨下 V 之所会合，细枝则降注者有椎骨 V、深项 V 等，上注者有上肋骨间 V、内乳 V 等。

（一）内颈 V　在内颈 A 之后，与相骈行，脑中颈部之分枝注之。

（二）外颈 V　此为细枝，位颈部之 V 注之。

（三）锁骨下 V　此为上支 V 之干，分为二群，一深一浅，深者与 A 骈行，浅者布于皮下，其他有在椎骨左右，以收肋间回流之血者，右曰奇 V，左曰半奇 V。

叁　下大 V 干　居下行大 A 之右，上行而注于右房，左右总肠骨 V 之所会合也，区别为三。

（一）体壁枝　分枝凡二：一曰腰 V，二曰横隔 V。

（二）内藏枝　分枝凡三：一曰肾 V，二曰内精系 V，三曰肝 V。

此他有脾 V 及上下肠间膜 V 三枝，会合为一者，曰门 V，简称门脉。入自肝门，左右分歧而布于肝内。

（三）终枝　是即总肠骨 V，与同名 A 骈行，分枝凡二：一曰内肠骨 V，二曰外肠骨 V。其二为下支 V 之主干，分为二群，一浅一深，与上支等。

第三分　循环系之生理

血居脉内，恒动不居，首出自心，入大动脉及肺动脉。次至分

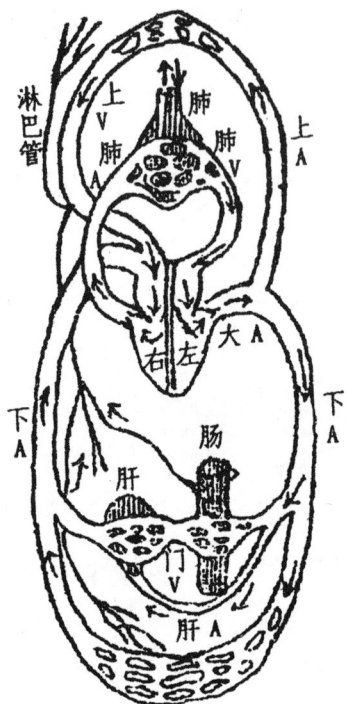

枝，终达毫管，更经较大之静脉，复归于心，是名循环。出自心之右室，由肺动脉以入肺，更经毫管，集肺静脉中而归左房者，曰小循环，亦称肺循环。出自心之左室，由大动脉干布于全身，更经毫管，会于上下大静脉干以入右房者，曰大循环，亦称全体循环。

大循环之动脉，其血函泌分及荣养所需诸品，复饶酸素，当循环时，用溉全体之膝。静脉所函，则多炭酸，及诸废品，为膝理所已用与代谢所生成者，以归于心。故一则鲜朱，一则暗赤，而小循环反之。

心之运动 心之运动，一缩一张，交互而起，休憩间之，故血因以环流，周于全体。运动之法，首为房之收缩，次为室之收缩，次为休憩，名前二者曰缩期，后一曰舒期，其要略如次。

一房之扩张 假取右房为例，则大 V 之血，灌注于中（如左房则为肺 V 血），又因呼吸，引心令放，房之四壁，遂以扩张，即心耳中，亦复受血。

二房之收缩 心耳先缩，逼血入房，房壁继之，静脉孔口，因轮状肌，并时收缩，血遂莫入，过三尖瓣，注入室中，而肺之引力，引室令大，亦为其助。

三室之收缩 室既受血，遂起收缩，房室口瓣，同时闭塞，血无他道，遂入脉中。

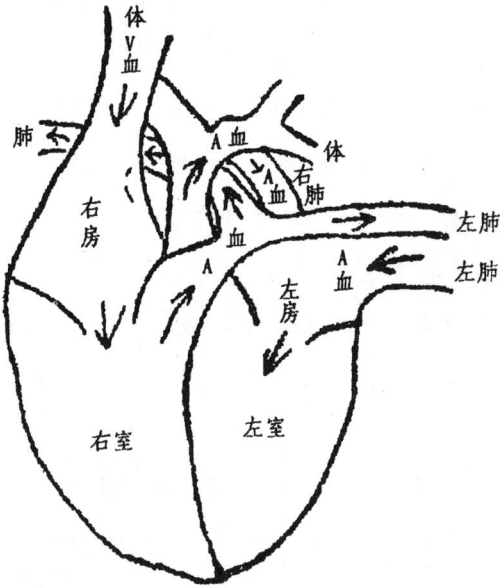

四室之扩张　收缩既毕，半月状瓣皆闭，以防血之逆流，而室乃扩张，继以休憩。

心搏　左匈第五肋间（间或为第四肋间）乳腺略下之处，时有搏动，可以触知，是名心搏。盖心收缩时，位置及形状皆变，初之椭圆，突呈圆形，心尖触击于匈，遂生此象。故体势转易，能微变其位置，又罹疾病如肋膜炎等，亦然。

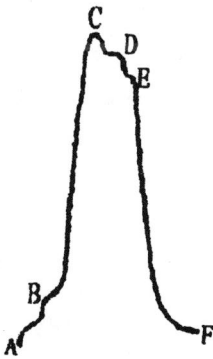

A 至 B ＝休憩＋房之收缩

B 至 C ＝室之收缩

E 至 F ＝室之扩张

D ＝大 A 瓣之闭锁

E ＝肺 A 瓣之闭锁

心搏之状，可作曲线示之，其曲线曰心波线 Kardiogramm 如次。

心音 以耳抵匈之第五肋间，可闻心音二种，一浊而长，一清而短。浊而长者，为室收缩时，肌肉皆缩，遂成杂音，房室瓣之紧张及颤动，亦为之助；清而短者，则纯为动脉瓣闭锁之音，而大动脉中血之分子振动，亦补助之。

心之自动中枢 分布于心之神经凡三种：一曰肺胃神经（以其道径不定故亦称迷走神经），职司制止；二曰交感神经，职司鼓舞；三曰雷摩克氏神经节 Remok's Haufen，及毕特尔氏神经节 Bidder's Haufen，在心之实质中，昔谓心之能自动者因此。顾近今新说，则谓不然。纵取动物心肌，切去神经节，而波动固不休止，则非此之力，憭然可知。盖心之运动，全属肌质，以幺传幺，遂生自动，即静脉末端之肌幺，受撄最易，故先收缩，次传于房及室之肌幺，而次复波及大动脉，爰起收缩，促血运行。

脉搏 心收缩时，逼血入脉，冲突管壁而联动不止者，曰脉搏。若在浅部，可以触知，能借是见心之运动状态。成人脉搏之数，每一分时，平均得七十至七十五，过曰盈脉，不及曰绌脉。又因心收缩速

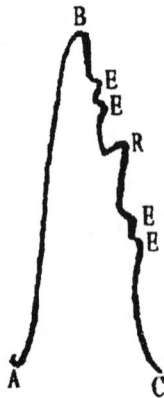

A 至 B（上行线）＝动脉之扩张

B 至 C（下行线）＝动脉之收缩

E＝弹力性隆起

R＝反冲波动

率之异而别为二，过曰疾脉，不及曰徐脉。此他大脉小脉，则视脉管扩张之度；坚脉软脉，则因脉管内压之强。

脉搏之状，亦能用曲线示之，其曲线曰脉波线 Sphygmogramm 如次。

心收缩时，血入脉而使管扩张，故隆起为上行线，已而脉管收缩，则又陷为下行线。惟脉管虽缩，而大动脉瓣已闭，故血之一部流入分枝，一部逆行而触已阖之瓣，遂生反冲波动。脉管缩张颤动，则成弹力性隆起。露动物之脉，令进血为图，亦复同此，是名阑陀氏脉波图 Landais' Hämatograph。

速率 血行速率，因脉之种类及大小而异。大抵大动脉及肺动脉为最速，渐至分枝，速亦渐减，迨及毫管而达极度，次入静脉，乃渐复增多。如每一秒时，大动脉中血，行三六六米密；右颈动脉中血，行二六一米密。若在静脉，则为所属动脉之负〇·五至〇·七倍。

循环之因 此之主因，在血所受压力之不等，如大动脉与上下大静脉，及肺动脉与肺静脉是，惟不均等，故脉中之血，历就其压力低处，差异愈大，环行愈强。

循环之助 血入静脉，道程颇远，当在途中，历受抵抗，故得于心之进行力，已失太平，其为运动，半由二力之助，一曰匈廓之吸引力，一曰肌收缩时之迫压。

循环之用 大静脉聚林巴管及门脉所赍之养品，与诸小静脉所赍腠理之废品，归纳于心，复入于肺，与一分之空气接，授以废品之一分，更取养气，成鲜朱色肺静脉血，由心入大动脉，循环全身，随其所至，以养品及养气供给腠理，废品余分，则送之输写之官，故全体之腠，咸赖于血，设其无是，必至死亡。在动作时，尤须多量，如

155

消化时之肠胃，运动时之肌肉，思虑时之脑，所用血量，咸较平时为多。

第四分　林巴管之构造及生理

血流脉内，故所赍养品及养气，不能直与腠理之幺，必待林巴为之介。林巴者，液状如水，沿毫管壁，充满幺间。成分所函，略同于血，惟无赤血轮，其与白血轮相当者，曰林巴幺，作用亦类。盖血中养分，常以渗透作用，通过脉壁，以注林巴中，林巴则分赋于幺，并集幺之废品，以注于血。

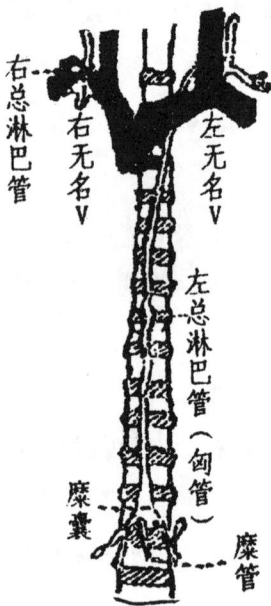

幺间之林巴，一分归血，而其大半，则集注于林巴毫管，诸毫管次第相合，遂为林巴管。是管从静脉而行，其壁至薄，内具瓣膜，至体腔内，乃会合为二大枝：一曰右总林巴管，为体上半之林巴管所会，启口于右内颈静脉与锁骨下静脉之歧中；一曰左总林巴管，亦称匈管，为体下半之林巴管所会，启口于左内颈静脉与锁骨下静脉之歧中。管在腰部，则张大其端，谓之糜囊，由肠胃来者，则谓之糜管。

林巴系中，常有圆形或椭圆形节，曰林巴腺。其主要者，居颈之外侧及腋下与鼠蹊部，内函林巴幺无数，曰髓；外裹结缔织，曰膜，林巴幺之生灭处也。

第五分 脉腺之构造及生理

脉腺构造，略类他腺，惟无输写管，而其作用，亦不甚明。要者有三：曰脾，曰副肾，曰甲状腺。此他更有匈腺，仅见于婴儿，生三月则萎；有血林巴腺（Blutlymphdrüsen），去动物（或人类）之脾，则循大动脉而见，意其作用，在生血轮，顾不甚要，故略之。

【五之一 脾 Splen，Milz】

脾在腹腔左方，胃底外侧，状如大豆，色暗赤，与空气遇，则成浅蓝，外被结缔织膜，曰白膜，膜之所包曰脾髓，为质极柔，且饶脉管。白膜入于质中，交互若网目，腺幺实之，是名脾材。脾门者，在脾内面之中央，脉管神经所出入也。

脾之作用，今兹未详，所能知者，仅制作白血轮一事而已。

　　按：食后六七时间，脾必膨大，故或谓恐尔时生成物质，入于血中，又入肠胃，则能振起酵素之作用，以助消化云。

【五之二 副肾 Capsula suprarenalis，Nebenniere】

副肾为三角形小物，被左右肾之上若冠，其色黄赪，外包结缔织囊，内为实质，质分二部：外曰皮质，色正黄；内曰髓质，其色较黑。

副肾作用，不能详知，今所探索，凡左数事。

一孚克 Füich 氏自副肾析出物质一种曰苏普刺来宁 Spurarenin，注于动物皮下，则脉管收缩，而循环益盛，故知副肾当有令血行增盛之作用。

二去动物两侧副肾，则瞬息中毒，而成麻痹。惟用副肾浸水，注诸皮下，乃立愈，故知副肾当有扑灭血中毒品之作用。

三副肾变性，则成安提孙氏病。又去兔之副肾，辄见其唇吻皮下，盛生色素，波纳 Boinet 氏验之于鼠，亦然。或谓髓质中有物曰诃摩堪 Chomogen，倘其失此，则体中大生色素，逾于平时，故知副肾当有制止色素形成过多之作用。

【五之三　甲状腺 Glandula thyreoidea，Schilddrüse】

甲状腺在气管上部，形如马蹄铁，二端向上。当胎儿时，尝有输写之管，启于口腔，顾将生则灭。是腺外被结缔织膜，且浸入实质，形成网目，腺幺实在目中。

腺之作用，今兹未详，所可言者如次。

一去动物之甲状腺，则头部血行，辄失其序，故知有调节头部血行之作用。

二去动物甲状腺，则神经及肌肉，皆呈异状，初为战栗痉挛，少顷遂死，以所取出者饲之，辄平复少顷，故知有扑灭毒品之作用。

甲状腺灭毒之有效成分，弗阑该尔（Frankel）氏尝取得之，为之名曰谛罗安替托克旬（Thyro – antitoxin），用治自甲状腺所得诸病，然服之过量，辄病脱虚云。

第六分　摄卫

心为循环系之中枢，所系甚大，而获疾亦易，如劳作过度，及多饮醇酒烟草，皆能使膨大肥厚，及罹瓣膜之疾。醇酒尤能伤脉，饮之多年，脑内小动脉，往往变质，易于绽裂，血温而殒，名曰卒中。又若阻其循环，如过屈身体，或衣不宽博，亦能令全体腠理，贫于营养，故压抑束缚，至所不宜。

摄卫循环系，亦以适宜之运动为首要。若其如是，则肌肉作用，因而亢盛，需血颇多，又能压迫静脉，令中之血行，益加敏速，循环全系，为之一新，然过于剧烈，又所当禁。

创伤失血，或急生热症，及赤血轮发生之处罹疾，皆令赤血轮减其数；又运动或休息之不足，衣食及居室之不良，及患疟与寄生虫居于体内等，厥果亦尔。如是者谓之贫血，其状皮色苍白，荣养不完，往往为他病之因，宜视其最初之原，加以治理。

荣养及同化作用，过于旺盛，则皮色深赤，动脉怒张。脑中充血，乃觉冥眩；肺中充血，乃觉呼吸之艰，如是者谓之多血。节饮食而行适宜之运动，足以治之。

止血术　倘遇外伤，出血如注，置而不理，足以危生。故宜先止之以待治，惟伤口小而浅，则以血有凝固之力，顷刻自止。独有动脉之稍大者断，乃必迸鲜朱色血，为势甚猛，尔时可就伤口上部，即近心一侧，力压其脉，血当顿止，可以就医。倘用指压之过久，渐觉疲乏，则取布条作巨结，适当脉上，结其两端，用木杙或他物绞紧之。

血出平等而不急者，为伤毫管；血出徐缓，而暗赤者，为伤静脉，力压伤口，良久可愈。

输血术　人遇变故，失血至其三分二或四分三，则可用他人之血，注入脉中以为之助，其术曰输血 Blut Transfusion，即以血注射者曰直接输血，去血之纤素（血清）而注射者曰间接输血。惟所用血，必为同属，如犬之与狐，驴之与马，人之与青明子 Schimpanse 皆是（H. Friedentteal 氏说）。倘其异属，则他血入于脉中，赤血轮即时崩溃，立失其生命者有之。

近亦有以〇·九％食盐水，代血或血清之用者，所获成效，亦复甚良。

呼吸系第五

第一分　呼吸系之构造

呼吸系者，为口鼻二腔、喉、气管与肺，口腔已见消化系，鼻则归五官之分言之。

喉　为三角形物，上向于咽，下连气管，饮食之际常自上下，可视而知。内面咸被黏膜，与咽接处，会厌软骨在焉。

气管　联喉者为气管，作圆柱状，在食道前，其下歧而为二，曰左右气管枝；比达肺门，又益分析，曰小气管枝，布于肺之各叶。

气管构造，以软骨为本柢，骨状如玦，阙处实以无纹肌芊，数自十六以至二十。每玦之间，有结缔织为之连结，是名轮状系。管之内面，满被黏膜，上覆毡毛上皮，又有黏腺而在两软骨间及管之后部为最多。气管支构造，与前大同，惟略细小，软骨之数，左凡九至十二，右凡六至八。

肺　在心之左右，形如圆锥，外被浆膜，面见切痕，右三而左二，肺因受判为数叶，故名其痕曰叶间切痕。视肺内面，有穴为林巴管、气管支及脉管神经之所出入，是名肺门。出入于是者，束以结缔织，如为肺之支柱，故亦有肺根之称。细察肺表，可见多觚之文，黑色为其界画，老则愈显，色素之沉着者也，名曰肺小叶。

进言细微构造，则以肺亦为腺，故作复胞状。其气管、支气管及喉，与输写管类，若与常腺之分泌部相当者，曰气管支呼吸部。盖小气管支之末端，分而益细，终成小囊，四壁变形，隆如半鞠，是名肺胞，众胞会集，被以结缔织，则成肺小叶，更会诸叶，始为一肺，故肺胞会集处，正与复腺之分泌部相类似也。

肺之动脉，来自右心室，分而入左右肺，更析为孙枝，遂成无数毫管，缠络肺胞之外，有如鱼网，次复相集为肺静脉，归于心之左房。

横膈 见消化系。

匈膜 亦有肋膜之称，实为浆膜，凡分二叶：一以包肺，曰肺匈膜，或内藏匈膜；一密著于体壁，曰体壁匈膜。甲至匈骨及匈椎处，则翻向体壁而为乙，心居其间，是成二腔，曰前后纵膈腔。

第二分　声官（喉）之构造及发声

呼吸之管，自呼吸而外，亦兼发声之用，其要者莫如喉。喉之构造，主为软骨，一曰甲状软骨，作 V 字形，下接环状软骨。是骨之颠，有二小骨，曰披裂软骨。

甲状、环状二骨，联而能动，会厌软骨则居舌骨后下，饮食之际，屈而下覆，使毋妄入于喉。

喉之腔中，每侧各有二系，上被黏膜，左右相对，而留隙于其间，是名声带，上曰假声带，下曰真声带，隙曰声门，空气所出入也。

当呼吸时，声门辟启，前隘而后广，故空气出入，至为自由。若喉肌收缩，则声带紧张，左右相接，声门后部，亦几阻塞，呼出气流，为之窒碍而难行，于是进力上升，声带颤动，而声音始以发。此声既出，经咽口鼻诸部，因其形状之变，爰成诸音。顾声之要官，惟真声带，若在其上者，乃于发声无关，故谓假声带焉。

发声要因，厥数有三：（一）左右相对二缘，当几相接；（二）有呼息之流，其力足以突出声门，而振动其声带；（三）声带当具弹力，且不着黏液，振动至为自由。

喉俯视图　　　　　　　　　　喉之构造

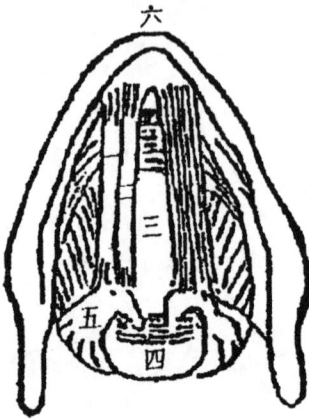

一	假声带
二	真声带
三	声门
四	环状软骨
五	披裂软骨
六	甲状软骨

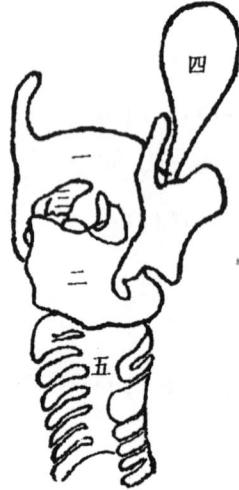

一	甲状软骨
二	环状软骨
三	披裂软骨
四	会厌软骨
五	气管软骨

　　声之高低，亦关三事：（一）声带长短，如婴儿、女子、男子，后较诸前，皆薄且短，故声亦前者高而后者低；（二）声带紧张之度，其度强者，发声必大；（三）呼气之强弱，呼气愈力，声乃愈高。

　　声带弛张，主以肌肉，其目如次。

壹　前肌

　　环状甲状肌　此肌收缩则声带二附着点，相距加远，故遂紧张。

贰　后肌

　　一后环状披裂肌　所以扩张声门。

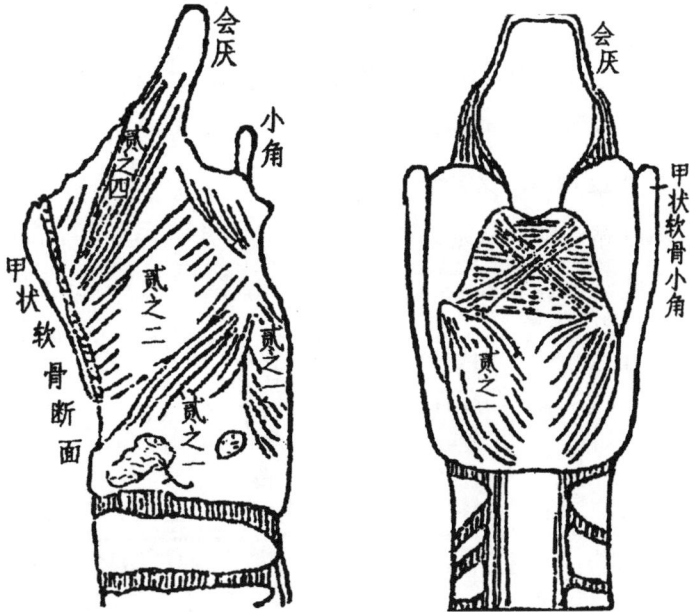

二横披裂肌　所以隘小喉之上口。

三斜披裂肌　同前。

叁　侧肌

一侧环状披裂肌　缩则声门变隘。

二甲状披裂肌　以隘带门，且张声带。

三甲状会厌肌　此为后肌（二）（三）之助。

声之发于咽及口鼻二腔者为低语，声带同时而颤，其语乃高。语之诸音，可别为二：一曰母音，合于乐律；一曰子音，则杂响也。

第三分　呼吸系之生理

血中气体与空气及䐃中气体相交换者谓之。言其主的，在输入酸素，以供所需，代谢之废品（炭素），则驱诸外。其血中之气与至气相交换者，谓之外呼吸，主以肺以皮；膝与血之气相交换者，谓之内呼吸，则大循环血与所及膝理间之作用也。

呼吸 审度匈廓，或缩或张，当其张时，空气入肺曰吸 Inspiration；已而匈廓顿缩，肺亦从之，压迫内气，更出于外曰呼 Expiration，二事成就，谓之一息 Einatemzug（或曰一呼吸）。次乃休憩继之，倘止不行，死亡随至，故知人体需气，量当至多，肺定不动，固以内外气自生之交流，能成代谢，而肺血得此，犹未为足，必别有运动以催促之焉。

呼吸运动 凡有气体，必自压力高处，以就于低，故两肺既缩，内压乃高，肺中之气，自向口鼻二道而逸于外；已而复张，则外气之压，反高于内，遂复流入，充其空虚。故呼吸之成，一归于肺容积之增减，亦即匈腔容积之增减，而匈腹肌肉，实左右之。

一横膈在匈腔底部，平时隆而向上，肌纟收缩，则隆度顿减，下压肠胃，推腹向前，匈腔之内，增其容积，迨复故处，而容积亦从之减。

一肋骨在匈腔周围，平时邪而向下，此骨与椎骨间，有举肋肌。二肋之间，有内外肋间肌，举肋肌与外肋间肌缩，则提肋向上，腔之四面，容积以增。迨二肌之收缩止，内肋间肌之收缩起，而容积亦从之减。

按：呼吸时动作之肌，若更举细目，则如下方。

一平常吸息时收缩诸肌：横膈、外肋间肌、举肋肌。

（一）强剧吸息时收缩诸肌：躯肌、颈肌、鼻肌、口盖肌及咽肌。

二平常呼息已缩诸肌之弛及匈廓重量。

（二）强剧呼息时收缩诸肌：腹肌、内肋间肌、方腰肌。

平常呼吸时，男子皆隆陷其上腹部，而肋骨殆无动，是名腹式呼吸；女子反是，肋动偏胜，腹动极微，是名匈式呼吸。顾强剧时，则无间男女，混有二式，是名匈腹式呼吸。

呼吸量 肺中空气，决不因呼吸而具易，所出入者，其量有定，顾量之多少，则一系于呼吸之浅深。若呼吸具足，犹有留遗，则曰余气 Residualluft，在康健无疾者，约得一二〇〇至一七〇〇立方生密（兑飞及格垒安 Davgh, Grehant 氏实验）。平常呼吸而后，尚能力呼而出者曰储气 Reserveluft，其量约得一〇〇〇至一五〇〇立方生密（赫钦孙 Hutschinson 氏实验）。若平时呼吸，则出入之气，约得五〇〇立方生密（同上），在婴儿则为成人之四分一。

深吸而后，即行深呼，所出空气之量，谓之活量 Vitalkapazität，盖空气交换之极量也。在德意志人，平均得三二二二立方生密，日本人平均得三〇一二立方生密（明治生命保险会社统计为二万人之中数）。计之之器曰赫钦孙氏检息器 Hutschinson's Spirometer。

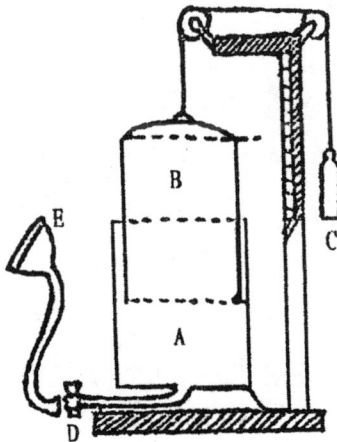

按：检息器构造，要略如图，有器 A，上附量尺。其内注水，次覆一器如 B，系索过活车，加重物 C，俾其平均，迫届检息，则启活塞 D，人作深吸，乃以口当 E 处作深呼，器 B 受托渐升而上，至呼已，则闭 D 活塞，读 B 顶与尺所刻画相平之数，为肺活量。

量之差数，又系属于数事，言大较如次。

一身长　长者量多，短者量少。

二躯体容积　积大者量多，大抵为其体积之七分一。

三体重　过体重中数者递减，如每增重一启罗克兰，则肺活量减三七立方生密。

四年龄　以三十五岁为最多，上至六十五，下至十五，皆每差一年，辄减二三立方生密。

五男女　男子中数约三六六○立方生密，女子二五五○立方生密，其差为一一一○（Arnold 氏）。

六职业　此盖以荣养善否，而影响及于肺活量者，可别三级：一曰军人及航海者，二曰工人、巡士，三曰贫民、贵人及学生，每一级约差二○○立方生密（同上）。

七体之位置　直立及空腹时则量多，劳作后及衰疲则量少。

总上七事，视肺活量大小，又可施以为内籀，归于四因：一为匈廓大小，二为呼吸肌力之强弱，三为肌肉动作之抵抗力（如肋软骨之弹力及腹部充实等），四为肺之扩张力。

呼吸数　呼吸之数，每一分时中，在成人以一三至二四为中数，脉搏四至，则行一息，顾亦以外缘生差如左。

一体位	次为一分时中，成人呼吸之中数
卧	一三
坐	一九
立	二三
二年龄	壮者最少，老幼递增，如下
○至一岁	四四
五	二六
一五至二○	二○
二○至二五	一八·七
二五至三○	一六
三○至五○	一八·一

呼吸变态 平常呼吸而外，更有为其变态者数事。

咳嗽在先行深吸，闭其声门，乃俄作强剧呼息，逐气或他物出于外。

馨欬为延长呼气，令过舌根及软口盖隘路之间。

嚏为先作反覆短吸气，次顿生强呼，突过鼻腔，挟黏液等与之俱出。

鼾为当睡眠时，软口盖弛而向下，空气经此，颤而成声。

哭为先隘其声门，次作短深吸息，继以长呼，如是相续。

笑为紧张其声带，时相离合，短促呼气，过之上出，若继若联。

欠者，张其口，作深长吸息也。

换气 检平常一呼吸之气，炭酸得四·三八％，酸素得十六·○三三％，则人在空气，摄取酸素多于所呼出炭酸之酸素，可以了然。凡此酸素，一分转成炭酸，大分则用其他之诸酸化作用，今举成人二十四时间中换气量如次。

一吸入酸素　七四四克阑（五一六五〇〇立方生密）。

一呼出炭酸　九〇〇克阑（四五五五〇〇立方生密）。

一水　　　　三三〇至六四〇克阑。

然炭酸排出之量，复以种种因缘而生差异，其著如左。

一年龄　年愈进则量愈增，迨二六至三〇岁而达其极，迄六〇岁不变，后乃渐衰。

二男女　男子量多。

三强弱　强者量多。

四晨夕　晨之呼吸疾而深，故量增，将午稍减，正午复增，达于极度，午后又渐衰，夕而就食，是乃更增，逮就眠则减。

五寒温　凡温血动物，体温减则量减，若体温无变而外界寒，则量增。

六劳逸　劳者量多。

七饥饱　饱者量多。

八呼吸数　呼吸愈多，则排出之量愈微，如左表。

每一分时呼吸数　呼出气百分中之炭酸量

每一分时呼吸数	呼出气百分中之炭酸量
一二	四·三
二四	三·五
四八	三·一
九六	二·九

肺内之气体交流　肺胞内之空气，较之他部，尤富炭酸，上而至喉，乃渐与外气似。故设断一呼息为二，收集其气，则前半呼息所含之炭酸，必少于后半呼息，此以甲气出自喉与气管，而乙气之来，则从深部故也。气在肺中诸部，既异其构造，遂生交流作用，终相溷合，达于肺胞，而外气乃与肺毫管之血相接。

肺毫管中血与肺胞间之换气　为之说者，今世有二。一为力学作用，亦即交流，谓静脉血中之酸素压力，小于肺胞内气体之酸素压力，而炭酸压力则胜之，因有此差，气以相易，顾究其实，乃不尽然。设令人吸纯酸素，而所摄取者不加多，其证一；闭动物于密室，比死而室内之气，已无酸素，其证二。

一为质学作用，谓换气之成，全由于血色素，赤血轮在静脉中，搜集炭酸，以至肺之毫管，与肺胞内之大气接，乃放散炭酸，摄取酸素，成酸化血色素，环行全身，以所函酸素，分与腠理，故外气或变，而所取不异其量。

异性气体之呼吸　凡温血动物，偶阙酸素，即失其生。空气中酸素，平时为二一％，是为最适；若减至七・五％，则呼吸渐艰，至四・五％而达其极，比及三％乃全体痉挛而殒，是曰绝息。

酸素而外，可分气体为三类：一曰无力性气体，吸之无害，顾亦无益，如轻气及淡气是；二曰绝息性气体，其量若多，则声门作痉挛性锁闭以拒之，使为小量，乃致咳嗽，如绿化轻、硫化轻、次硝酸、亚谟尼亚、绿气等是；三曰毒性气体，则不独无益于生，且实足以致死，如炭酸、亚酸化淡素、酸化炭素、硫化水素等是。

呼吸中枢　呼吸运动中枢，在延髓之生点。生点云者，微毁即死之部也。

第四分　呼吸系之摄卫

换气一事，在人生为首要，使非收吸酸素，排出炭酸，则人之生命立殒。欲其圆满，当慎二事：一曰空气宜择清新，二曰呼吸官宜使康健。

空气 空气之于肺，犹养品之于胃。人体欲健，固需养品，而尤赖有酸素之空气。故所呼吸，必求清新，保持健康其效一，治理疾病其效二，而小儿为尤然。若在校中，空气匮乏，则积渐成疾者，所在多有。故若操坐业，居暗室，则宜时出户外，或得暇辄逍遥卉木繁列之地，运动身体，或作深吸息以匡之。

空气污浊者，易令人病，如尘埃、煤臭，足以撄肺。而尘埃之中，常函病菌，故尤所当警。他若众人群居，室少户牖，呼吸既久，酸素益匮。或冬日拥炉燃烛，而大气不能流通，则数小时后，空气即污，使百分中含炭酸及〇·七至一分，已可齅而辨之；假其更多，居者乃觉头痛耳鸣，呼吸艰苦，心跃加疾，颜面紫赤，更不趋避，遂至绝息。又入窖室、古井，或至储积酒类及石炭之地，中炭酸而绝息者，亦恒有之，故慎者当先探以火，见不灭，则就之无害。

人类呼息及烛炬炉火所生炭酸量，为数颇大，如左表。

	炭酸 每小时所生之量以立得为单位（一立约中国之五合半）	水气（同上）
婴儿（男）	一〇	二〇
僮子	一七	四〇
成人　靖定时	二〇	六〇
劳作时	三六	一二三
蜡烛	一五	一〇——一二
石油火	五六——六一	三五——四〇
菜油火	三一——五六	二六——四〇
煤气灯　平光	九〇	一二〇
圆光	一三〇	一五七

炭酸而外，呼气中又函有机物质，其毒尤烈。一人居室，窗隙诸

处，自能通风，或不为害。顾冬日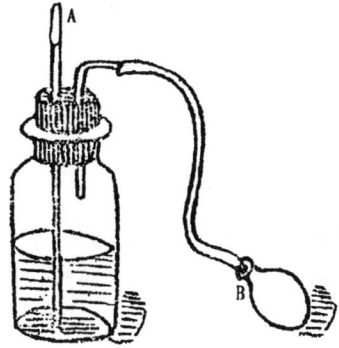
懂户，或众人集会，则所当慎，甲
宜懂不过密，乙则必畅开窗牖，俾
迎新气。若患病之人，卧室窗棂，
尤不当闭，第亦不可使风直吹其
体，故宜立屏风为之蔽，使新气回
环入室，以速其痊。

按：计室内炭酸量，以仑该 Lunge 氏术为最简。术如下图：为波黎瓶，内容一〇立方生密，口加树胶之塞，上植长短二波黎管，长管一端殆达于底，一端则联树胶管 A，短管一端，则联树胶之丸 B。空其中，容七〇立方生密，C 处有穴，可以出入空气。次用炭酸素特 Na_2CO_3 五·三克，斐诺尔支笞林 $C_2OH_3O_4$ 〇·一克，同溶于蒸水一立中，取其二立方生密，加蒸水一立，则成淡红色液。临测计时，先取此液一〇立方生密，纳瓶中，乃以二指压 A 管，又捺 B 丸，则空气过 C 而出，次纵二指，外气即入瓶内，加以震荡，则所函炭酸，为素特水所收，成重炭酸素特 $NaHCO_3$。次复压 A、B，又纵之如前，至淡红液褪为无色而止，乃计加压次数，检下表，即得炭酸之含量。

次数	四八	三五	二七	二一	一七	一三	一〇	九	八	七	六
炭酸性	〇·三%	〇·四%	〇·五%	〇·六%	〇·七%	〇·八%	〇·九%	一·〇%	一·二%	一·四%	一·五%

空气之要，既如前陈，而日光则有扑灭病菌之力，故居室要事，既需空气之流通，亦必使日光无匮，久居暗室，病必随之，故凡人家，宜择明朗。又植物能取空中炭酸借日光之力，使之分解，归酸素

于空中，故草木繁茂之区，其空气必洁。欧土大都，人烟所会，必有公园。即一族之家，亦好辟土治畦，以植卉木，就一面言之，固可云赏其华实，顾云所以保人体之康豫，固蔑不可也。

呼吸官本体之摄卫　欲呼吸官之健康，首重三事：一曰圆满之匈廓，二曰壮健之呼吸肌，三曰清新之空气。人当婴儿时，匈部不施逼拶，或著隘小之衣，束缚躯体，读书习字，其身不屈曲伛偻，则匈部之发达全，又借运动及体操，亦能匡而正之。

计呼吸肌之发达，要因凡二：一曰养品，二曰运动。摄卫合律，自益加强，若不然，则呼吸极微，全体遂弱。

感寒虽小疾，然为肺病之因，故当深警。豫防其发，宜坚皮肤（详见上），又不可谈话唱歌，或呼吸温气而后，即当风寒。设不得已，则坚合唇吻，呼吸以鼻，眠时亦然。盖鼻腔曲折，空气经此，能增其温，而腔内毫毛，又能阻尘埃入于气管，今人有喜薙刈之者，则犹战士之祖裼而迎敌刃矣。

疾病　衄血为鼻腔黏膜之出血，无害者多。是时宜端坐，以指压鼻，或取绵蘸明矾末塞之，设尚不已，则用布片浸冷水绕其额及颈，即愈。

加答儿之起于鼻腔、喉、气管、气管支者，为黏膜之发热，肿而色赤，泌黏液颇多，且作咳嗽，惟皮肤强健者，不罹是疾，既病而后，则呼吸不宜自口，且戒吸烟。

肺炎为肺胞之发炎，肺结核为腠理之坏灭。究其初因，皆缘病菌，惟肺强固不蒙害。一人之疾，能传于众，故必有唾壶，盛消毒药及水，以贮其痰，使不干燥，否则病菌溷入空气，传于他人。

声嘶者，为喉内黏膜之发热，避尘埃及湿空气，且不多言，则愈。

口吃为声官之肌肉痉挛，其运动不受神经之命令，故意所欲语，口不随之。若先作深吸息后，徐徐发语，以练习此肌肉之运动，即能匡正之。

吃逆者，亦呼吸变态之一，因横膈痉挛，逼气上出而然，久则有害，举手向天，联作吸息即愈。

泌尿系第六

第一分　构造

人体废品，其一分为尿，有机关以司制造输写，曰泌尿系。属于系之官四：曰肾，职在造作；曰输尿管，职在输送；又所以储输入物之处曰旁光；所以泄输入物之处曰尿道。

肾　左右各一，傍腰椎骨相对，新者色暗赭，形如蚕豆，前面微隆，左肾略隘而长，右肾较广而短，后面与腹壁相接，借前面所被腹膜出入之脉与含脂之结缔织以固之，是名脂囊。男子之肾，常较大于女子，又亦有浮游不著于腹壁者（右肾为多），曰悬肾；有左右下端相合者，曰蹄铁肾。

肾之外面，被以结缔织膜，离之极易，内见浅窈，区为数叶，名之曰肾小叶。其内缘之陷处曰肾门，内通肾窦，肾动静脉之出入处也，剖视其质，可析为二：在表者曰皮质，其色深赤，复有血管如丸，是名摩尔辟基氏小体 Corpuscula malpighii；在内者曰髓质，作锥体状，数凡一〇以至十五，名之曰肾锥 Pyramis renales 底向皮质，顶向肾窦，谓其顶曰肾乳头 Papillae renales，锥体之中，有线状物，自

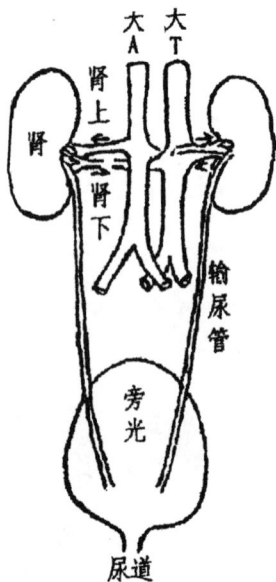

底集合而趋顶，在底者尤巨，谓之髓线。

肾之两质，咸为极小管之集合，其管曰细尿管 Tubuli renales。因其状态，复别为二：一曰曲线尿管，主在皮质；一曰直细尿管，主在髓质。曲者回环迂曲，始于摩尔辟其氏小体，渐下益直，径亦益大，成乳头管，终启其口于肾乳头。

摩尔辟其氏小体之内，函丸状脉，亦称丝丸，为肾动脉之末，入者曰输入管，出者曰输出管，输出管至小体外，即易为静脉，出于肾门，包丝丸者为小囊，成自两叶，内叶与丸直接，外叶则否，各集自扁平之幺，逮离丸较远，是成方状，即为细尿管。

输尿管 髓质之间，挟有空隙曰肾盂。下而成管，其状细长，是名输尿管。左右相对，沿腹壁而降，斜启其口于旁光。

此之构造，凡分三层：内为黏膜，次为肌膜，最外则结缔织被之。

旁光 在耻骨软骨接合之后，实时正圆，虚则略椭。前下部之中央，启有孔道，所以通尿道者也。

此之构造，亦分三层：如输尿管，惟黏膜皱作三角形；其顶向下，是为旁光三角；又旁光与尿道之界，肌膜特为发达，是名旁光约括肌。

尿道 起于旁光之端，女子微曲，男子则作 S 字形。此之构造，凡分二层：内曰黏膜，外曰肌膜。

第二分　尿

尿当新时，为澄明之液，色微黄以至赤黄，具特异之臭，反应酸性（惟草食动物为弱酸性或亚尔加里性），每二十四小时中，排泄量为八合，女子逊之。

尿所含质，其有形者，有脂肪及上皮之幺，而百分之九六则为水，余亦为固形分，溶于水中如次。

一尿素 Harnstoff $CO(NH_2)_2$

此为有形物之主分，且占多量，置之稍久，则受细菌之作用，取水而成炭酸亚穆纽谟 $CO(NH_2)_2 + 2H_2O = (NH_4)_2CO_3$。

尿素之成，一由于卵白质之分解，其代谢有盛衰，即泌分有多寡，故常因时而变如下。

（甲）食蛋白质多则加，胃虚则减。

（乙）男子尿素，多于女子，小儿虽少，顾较之体重，则多于成人。

（丙）晨起最少，次乃渐增，至五时而造其极，后此复减。

（丁）食格里科尔、硇沙、炭酸及植物酸亚穆纽谟盐类，则其淡素在人体中，转成尿素。

与尿素类者，又有尿酸 Harnsaure（Trioxypurin）$C_5H_4N_4O_3$，克来爱谛宁 Kreatinin $C_4H_7N_3O$，克珊丁 Xanthin $C_5H_4N_4O_2$ 等。

二马尿酸 Hippursaure $C_9H_9NO_3$

此在草食动物为最多，顾人类亦有之。

三蓚酸 Oxalsaure $C_2H_2O_4$

四尿色素 Harnfarbstoff

其著者曰乌罗比林 Urobilin $C_{32}H_{40}N_4O_7$。尿输写后，少顷即生，

与以微黄色者也，考乌罗比林之成，由胆汁色素，而胆汁色素之成，则由血色素，故尿之色素，与血相关。

五无机物

最多者为食盐，每日所写，至十六克，其他有硫酸、磷酸及铁少许。

六气体

尿一立中，约含气体百至二百立方生密，其中炭酸约九〇，淡素约一〇，酸素极微。此他亦有异常成分，则惟病时见之，如（一）血中多卵白质，（二）血过漓薄，渗出而生浮肿，（三）不食含盐等，则见血清阿尔勃明；（一）罹糖尿病，（二）中亚硝酸阿弥尔毒及（三）罹膵病，则见蒲陶糖；获黄疸病，则见胆汁酸与胆汁色素。

第三分　泌尿系之生理

脉中之血，环流全体，因取其废品，如卵白质分解物，用遗盐类及水分等，经肾动脉而入肾，其毫管络摩尔辟其氏小体，故因血压之力，滤水分及盐类入细尿管中，混管壁诸幺之泌分物为尿，降至乳头，出输尿管，入旁光，储之少顷，乃经尿道而写于外。

尿之色与量　尿素、尿酸及盐类之量多则色浓，水之量多则色淡。若尿量多寡，则关及肤。如酷暑时，皮之脉张，血集于此而汗盛，则尿之量自少；逮夫冬，皮部之血行就衰，输写之事，肾负其责者大半，则汗少而尿多。故皮之与肾，实一致其作用者也。顾亦有异常者数事，如饮水不辍及心之官能亢进，其量亦增，反是者减。

尿之成就　尿之成分尿素及尿酸等，考其成就，如在于血。试去动物之肾而察其血，则动脉中所含，常多于静脉，其成不在肾，视

176

此可悟。更索原起，麦思那（Meissner）氏则以归诸肝，顾为学者所斥。近以炭酸亚穆纽谟合血，令过未死之肝，见尿素之增，至于二倍，乃始复信之。

然有不可解者，为血中尿素，其量甚微（○・一％）。而人体日所输写，则居全尿量之百分二，多寡之异，莫可比方。使仅借毫管之滤析，当难至此，路特惠克（Ludwig）遂为之说曰：滤自丝丸者，本非甚浓，第以经曲直细尿管，水分遂受吸收，而益增其浓度耳。波曼氏又反之曰：丝丸所泌，厥惟水分，若有形成分如尿素，则曲细尿管上皮幺之所分泌也。二说孰是，以下列实验决之。

哈覃哈因（R. Heidenhain）用靛硫酸钠注家兔血中，逮其尿初呈蓝色，即截肾一薄片检之，则见靛硫酸钠仅在曲细尿管中，丝丸及直细尿管，绝不有此。观于是，可必丝丸所泌，仅为盐分及水，而尿之主分如尿素等，则泌自曲细尿管之上皮幺，两相溷合，遂经直细尿管以外写。固形、液体二者，泌分之处不同，则多寡悬殊，固无足异矣。

尿之输写 尿既聚于肾盂，因输尿管之蠕动而入旁光，分泌愈多，则蠕动亦愈速，旁光渐廓大以受之，借约括肌之鏖收，抑不令泄，所储既多，则知觉神经受其撄，生蓄尿感，而约括肌亦因反射作用，约之益坚，比旁光紧张越其度，则亦以反射作用而鏖收，其力胜约括肌，尿遂作逆意之输写。顾在平时，则随意输写者为多。

闭锁旁光之神经中枢，在于脊髓，当第六及第八椎间，病则旁光立弛。

第四分　摄卫

肾与皮肤，关系至密，既如前言，而肺亦分司体中水分之输写，故三者而病其一，则他二之责，益重且劳，作业越常，遂亦疲病，是以肺、皮及肾之发达，当力图其平均。

酒精入体，能加肾以攧，设饮之久长，则肾乃发热，为慢性肾炎。

肾既受疾，输写作用必为之不完，体内废品，写出无自，则成水肿。

食卵白质过多，形成尿酸及尿酸盐类，亦逾常度，并生沉淀，则成结石，在肾者曰肾结石，在旁光者曰旁光结石，或仅由沉淀，或有黏液（？）黏合之。

肾疾之因，主在感冒、纵酒及身体濡湿等，顾皮肤病及传染病等，亦能致之。摄卫之道，惟有戒酒慎寒，及预防传染之疾而已。

其他又有尿闭之疾，大抵缘尿道之闭塞。至于遗尿，则以约括肌之麻痹，或脊髓之障害而得者也。

五官系第七

凡质学或力学之作用，加于神经杪末，则由神经幺以达脑，各就中枢，生某感觉，其作用谓之攧。觉有二：一曰通觉，其起无定域，如痛如快；一曰别觉，其起有常处，如见如闻。二者虽俱发于中枢，顾复转达至杪，而令其处生某觉，是曰离心性觉律。

就根底以论通别二觉，则甲惟在身内生觉，乙必待外物乃生觉耳，而其应各各外物，又各各异，每就一事，则有一官，惟一定攧，可以兴起，总名其官曰五官，名一定之攧曰适攧。如目所以感光，而光即为目之适攧；耳所以感音，而音即为耳之适攧是。

178

第一分　触官

【一之一　构造】

前言肤革，尝谓二者之界，多见隆陷，是名乳头，脉及神经，咸藏于此。此神经者，实亦杪端之一也，若司触觉末官，则状凡种种，可区别为四如次。

层板小体　亦称跋提尔巴希尼氏小体 Vater–Pacini'scheKörperchen，在掌跖之皮下结缔织中，关节周围及生殖器，其状卵圆，外环结缔织为囊，远疏而近密，隙含流体，视之透明，神经杪末，贯囊而入，弸大其端而终于囊内。

神经终丸　此在结膜、舌及软口盖，为丸形小胞，膜有结缔织性，内函液体，神经矛之末即终液中，其端锐细而不弸大。

触觉小体　此在革之乳头中，状略椭圆，被结缔织膜，有文如螺旋，幺核亦横走应之，一小体函众触胞，神经端即终其内，故螺旋之文，殆即生于触胞之重叠者耳。

神经终节　在角膜上皮中，端作结节状而尽，角膜知觉神经之末端也。

【一之二　生理】

触觉　以隘谊言，触觉者，为知抵触"而知物形"之官，皮及舌中具之。触觉适撄，曰压，曰引，若越一定之度，则成痛而触觉亡。皮之触性，随处殊异，最发达者在指及舌，故欲辨别微密，辄指抚之。

然以广谊言，则触之为觉，必非单一，抵触而后，他觉随生，其觉曰处觉，曰压觉，曰温觉。

处觉　设就人肤，触以锐物，则是人所觉，不仅为见触于物，且并所触之处而觉之，是名处觉。

处觉精粗，可检以威培尔 E. H. Weber 术。术用不锐之规，略展两足，令受检者闭目，触诸皮上，历问所觉，为单为双，则得成果如次。

（一）在或一距离时，常生单一之觉。

（二）部分相异，则距离必或大或小，始能与单觉浑融，此规足距离大小，即所以测处觉之钝锐。发育而大，则距离小，亦知其变，最锐为舌端，即距一分，亦尚能觉。次为指端之掌侧，距与舌同，历腕渐升，觉亦弥弱，而背侧尤钝于掌，必距五分乃知非单。其他则颊及眼睑最敏，唇次之，而背为最钝。

压觉 皮上置重物，人即知所生压之大小，是名压觉。其官为压点，肤薄则敏，厚者反之，故在前额，虽置一米克，亦生压觉。四肢则离心愈远，敏度愈增。据麦斯那氏实验，盖此觉之发，乃在受压与非受压之界云。设载重略多，而支以肌力，则压觉而外，更生肌觉，能识其重，敏较压觉尤胜之。

温觉及寒觉 温度变化，肤革能感其异，是为温觉及寒觉。其官为温点及寒点，所遇物之导热力大，则较诸导热力小者，愈益感寒，此以感其夺温作用故也。觉之最敏者为舌，而颊、眼睑、外听道次之。温之细别，以指能觉自摄氏一五至三五度之异，更大或小，则渐莫知。温觉之兴，亦关皮表之大小，设有四〇度水，探以一指，辄不若探以全手之温。

上述四官，独存于皮。设去动物之皮，攫其各点，则不复有触、处、压、温诸觉，独有通觉，即痛苦而已。

痛觉 凡知觉神经所在地，一受强攫，莫不感此，其觉发于神经全干，而以受攫之处为尤。痛之由生，其因有几，如迫拶、挈引、药物、寒、热等属之。中之寒热，较易研索，据所实验，则摄氏四八度

180

乃生热痛，一二度而起冷痛，顾复与受撄面积之大小相关。

痛之强弱，因神经之勃兴度而异，故各有差，以全体言，则三叉及内藏神经，勃兴最大，他皆逊之。又以撄言，则受撄之地愈大，其痛即愈剧。

其余通觉　此谓饥、渴、痒、快、战栗、恶心等。此诸觉中，惟痒似能指其处，他皆不然。

【一之三　摄卫】

见第二十五至二十七叶。

第二分　齅官

【二之一　构造】

齅觉之官为鼻部，区而为二：曰外鼻，曰内鼻。外鼻为状，略作三角形，以软骨为基础，上覆皮肤，多函脂腺；内鼻则为鼻腔及其黏膜，膜皆密着于骨及软骨，强厚弥大，类于海绵，函脉甚富。此复别为三部：曰前庭部，曰呼吸部，曰齅觉部。

前庭部　在鼻孔近处，上皮之中，多含小腺，并生毫毛。

呼吸部　此为毡毛上皮，其色赤，中亦函腺，以泌分黏液及浆液，而数劣于前庭部。

齅觉部　所在最深，色作褐黄，徒目可判，齅神经分布于此，名其膜曰齅上皮，支柱幺及齅幺在焉。

支柱幺上部，作圆柱状，于函黄色色素粒；下部甚隘，而歧其端，与邻幺吻合，成形素网，每列之幺所函核，略同其高。齅幺之形，上下皆锐，弥大之处有核，环以形素，上端生茸毳，下端则锐灭，与神经乡联，其核之高，亦悉等一。

上列两种而外，亦有类髞幺并类支柱幺而实非是者，盖其中间物也。

【二之二　生理】

髞神经杪，布于髞觉部，臭素达其地，则受黏液吸收，以撄其杪，经神经而达于脑之一中枢，中枢感之，爰生髞觉。

臭素之触髞幺，厥初最敏，历二三分时则倦，越一分时复其初，惟既倦于甲，而以乙易之，则复敏。

臭虽觉于吸息之际，顾亦能觉诸呼息时，如函臭素于口，呼而出之，则鼻亦能觉，特不如吸入之敏耳。

髞触钝锐，因左三事：一曰接触面之大小，如海豹鼻腔，具无数襞积而覆以髞上皮，故髞觉之敏，殊超其类；二曰臭素接触于髞幺之多少；三曰臭素与空气溷合之浓淡，然或种臭素，则虽极淡，尚能觉之。

臭素生觉，大抵溷于空气，以入鼻腔，若为液体，则令鼻黏膜有变，故悉不能觉，然若合诸〇·六％之食盐水中，亦能别其香臭，惟较气体为逊而已。

臭素种别，繁不可理，近亦有为之析分者，顾论者罄其未备，今姑录之如次。

（一）以脱臭 Ether　一切果实；

（二）阿罗摩臭 Aroma　酒精等；

（三）巴尔撒谟臭 Balsam　华；

（四）安勃罗希阿臭 Ambrosia 琥珀、麝香等；

（五）蒜臭　蒜及盐素等；

（六）焦臭　焦米及烟草等；

（七）膻臭　干酪及汗；

（八）毒恶性臭　阿片等；

（九）呕哕性臭　腐朽之动物质。

嗅觉性质，亦如臭素，数多而性殊，今兹未知其细，惬之者谓之香，不与惬者谓之殠，惬与不惬，其故安在，亦未详也。

【二之三　摄卫】

嗅官平日，常宜洁净，亦不当时受过度之撄，如强烈之气体等，否者辄成麻痹，又中国之鼻烟，亦甚害于嗅官，故当戒绝。

人罹感冒，或多吸函尘空气，则黏膜肿胀，出水状液，嗅觉忽钝，且病头痛，是名鼻加答儿，能波及于喉及气管点，是宜慎寒，以防斯疾，倘其既发，则时时吸温水或盐水入鼻以涤之。

外鼻道之毫毛，所以去气中尘埃，使不入于深部，故以刀薙刈，至所不宜，其甚者或因此而中传染病之毒。又小儿好以指探鼻孔，或纳他物，亦当止之。

第三分　味官

【三之一　构造】

味觉之官在于舌。舌者犹前此消化系所论列，在口腔中，成自横纹肌纟，上被黏膜，虽徒目视，亦见前后二分：前方大半，面极甲错；后方小半，则面平滑而坚。其甲错之处，乳头在焉。

乳头凡二种，为黏膜之隐起，互相混殽，存于舌面：一曰纟状乳头，视之如毳，检以显镜，则见每乳头之端，分散如草，为上皮纟，且多角变，乳头之内，结缔织及弹力纟实之；二曰菌状乳头，状如所名，而数少于甲，彌其端，上缀第二乳头，惟在舌侧舌端者，端皆平滑，内亦实结缔织，少弹力幺，皮不变角，故其色丹。

舌前后二分之间，有圆物一列，数自七以至十二，曰轮状乳头，其直径一分余，高一分，作角度状。而颠向后，邻比隆起，周围陷而成沟，味神经杪多存于此，是曰味蕾。其处在轮状乳头侧面，为上皮幺数个所集成，回环如华之蓓蕾，上端辟启，谓之味口，味神经杪入于底，而终其中，幺之形凡二，咸隘且长：一曰支柱幺，形素澄明，其核多在上部，向外而隆；一曰味幺，核之所在，亦复隆起，顾以在下部者为多，上端缀小茎，仿佛有光，达于味口，故亦谓之小茎幺，下端或细或粗，亦有分歧者。

味蕾除轮状乳头外，亦存他处，如菌状乳头侧面，软口盖后面，及悬壅垂等皆有之，惟数乃甚少。又轮状乳头之后，更有小隆起，作圆形，中央有孔，内函卢可企丁，名之曰舌滤胞，囊状腺也。

【三之二　生理】

多种物质，置之舌面，则令人起一种觉，名曰味觉。是觉概别为四，曰甘、酸、苦、咸。味之甘者如蔗糖、蒲萄糖，酸者如酸类，苦如植物性碱类，即几那马菲等，咸如食盐，凡此数者，或本为液体，或遇唾能溶，倘不如是，即无味觉。

含味之液，既着舌面，则触味蕾，撄其神经，似因质学作用，爰生味觉。而觉味之处，复各不同，如舌端善觉甘，舌根善觉苦，舌缘善觉酸，舌面前部善觉盐，盖其味觉神经杪，当有种种，各导兴奋至于中枢，遂起特异势力，令在觉官，生某味觉也。

味觉锐钝，系属于数事如左。

一接触物质之面积，即味面愈大，觉斯愈锐，而最敏者为轮状乳头。

二所味物质之浓淡，次所胪列，即受离难易次序，先者加水，易于失味，后者递难。

　　一饴　二糖　三盐　四芦荟　五几那　六硫酸

　　即最易者为糖，而硫酸虽羼水极多，犹不失酢，然若浓厚，则味蕾败坏，味觉遂亡。

　　三物味去口难易，因物不同，盐最速，甘酸苦次之，故食盐而后，少倾失咸，而一食几那，则苦口至久。

　　四味觉敏否，多由先天，然亦成于练习，惟久食略同之味，或善撄之质，则渐就衰。

　　五味之不同，亦时赖齅觉及视觉之助，顾其别异，为谬非诚。

　　六食物温度，极关味觉，最适者为摄氏十度至三十五度，此上此下，皆能夺之。

【三之三　摄卫】

　　舌面宜洁，亦勿屡食撄舌之品，以钝其神经。

　　舌受病及干燥被苔，皆害味觉，前二当就医治理，倘遇后一，则刮之令去，留意于消化系即痊。

第四分　听官

【四之一　构造】

　　司听之官为耳，析之得三：曰外耳，曰中耳，曰内耳。

　　外耳 云者，在外为耳翼，少进为内听道。耳翼基础，悉属软骨，外被以皮，惟聃独含脂而无骨。外听道继之，其状微曲，所被与耳翼同，上具茸毛，并藏脂腺，名之曰耵聍腺，所泌分者曰耵聍。外皮渐进，乃益菲薄，终移合于鼓膜，以作外耳与中耳之界。鼓膜为状，略作椭圆，外面正中，向后微陷，受槌骨柄之所牵掣也，名之曰脐。膜质凡分三层：中为结缔织；外为外皮，即外听道外皮之续；内为黏膜，与鼓室黏膜联。

中耳 此为颞颥骨中之一腔，外隔鼓膜，以接外耳；内为鼓室，其上下前后内外六壁，咸覆黏膜。室容小骨三：其二较大，曰槌骨，曰砧骨；一较小，曰镫骨。槌骨之柄，联于鼓膜；镫骨之底，则正抵内壁之穴曰卵圆窗；而砧骨居二骨间，各联以系（韧带），善于运动。鼓膜前壁，又渐次隘作管状，开口于咽，曰欧斯泰希 Eustachi 氏管，长可三〇至四〇米密，常通耳与口腔之空气，且输写黏液，出之口中。

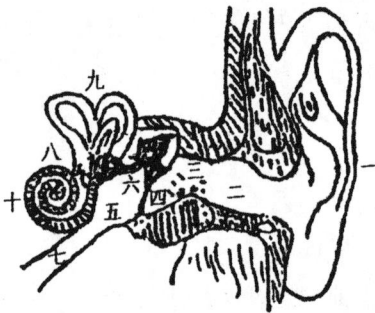

一	耳翼	七	欧氏管
二	外听道	八	前庭
三	耵聍腺	九	三半规管
四	鼓膜	十	蜗牛壳
五	鼓室	1	卵圆窗
六	耳中小骨	2	圆窗

内耳 此藏颞颥骨实质之内，为状觚奇不正，神经终末在焉，析之为二：曰骨状迷路，曰膜状迷路。二者之形，皆略相似，而乙藏于甲中，微具间隙，其隙与膜状迷路中，皆实水状液，隙中者曰外林巴，膜中者曰内林巴。

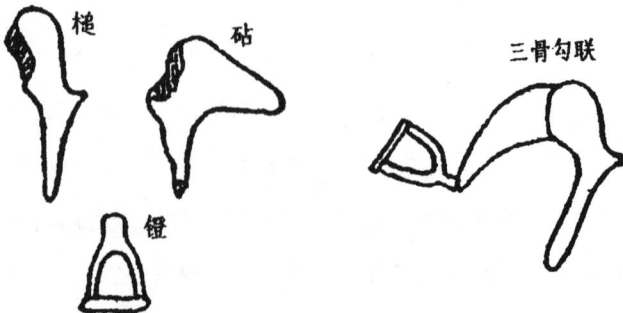

（一）骨状迷路凡三部：曰前庭，曰三半规管，曰蜗牛壳。

前庭在三半规管与蜗牛壳之间，形略卵圆，外界鼓室之处，有穴二，皆蒙薄膜，一曰圆窗，一曰卵圆窗。又具五孔三半规管足之启口处也。

三半规管别之为三：曰上、后、侧，皆在前庭之后，弯环如半规。各具二足，一足则弸其端，谓之壶腹，上后二管之各一足，相合为一，是名总足，故其启于前庭，仅五孔焉。

骨状迷路图式

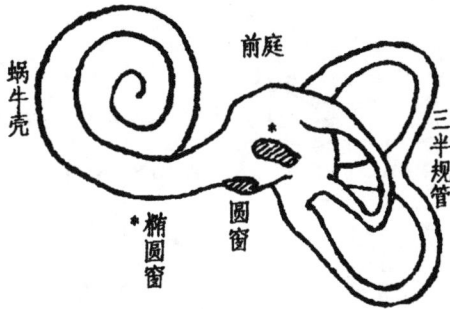

蜗牛壳在前庭之前，状如所名，端与欧氏管相对，区为三部：曰骨，轴，曰骨螺旋管，曰骨螺旋板。骨轴之起，即自蜗牛壳底，其端渐锐，有如圆锥，质具小孔无数，以藏神经。骨螺旋管绕轴而上，至颠凡二周半，内有骨螺旋板，一端著轴，一端游离。是处锐而翘起，名之曰钩，旋管得此不具中隔，遂判为二：上前半分曰前庭道，由卵圆窗通于前庭；下半分曰鼓室道，由圆窗通于鼓室。二道至蜗牛壳颠，遂以小孔互相交通，是曰旋孔。

（二）膜状迷路为透明薄膜，在骨状迷路中，亦应其状，区为三部：曰前庭小囊，曰膜状三半规管，曰膜状蜗牛壳。

蜗年壳当轴纵剖

一　骨螺旋板

二　膜螺旋板

三　赖氏那氏膜

四　骨轴纵管

膜状迷路图式

前庭小囊凡二：一曰卵圆囊，一曰正圆囊。卵圆囊有启口处六，其五通膜状三半规管，其一通膜状蜗牛壳。侧壁一分，较形甲错，谓之听斑，正圆囊属之，以一管迂回相接，侧壁甲错之处，亦有听斑在焉。

膜状三半规管者，起自卵圆囊，状与骨状三半规管相应。壶腹之中，亦有听斑，高者谓之听栉，成自神经上皮，而以柱状幺拥之。神经上皮所含，有幺二种：一曰支柱幺（亦称千状幺），弸其两端，下部函核，且亦弸大，而下端时或分歧；一曰毳幺，作圆柱形，存于表部而不达上皮之底，中亦函核，下端微弸，上端则被薄膜，毳丛其上，是称听毛。神经至壶腹内，更分细枝无数，交互成络，杪末则终于幺中，小囊听斑，亦复如是。

卵圆及圆囊听斑之上，更覆白色胶状物质，曰听石膜。中藏听石多数，其状极小如梭，炭酸石灰之结晶体也。然或种下级动物，则有合为一较巨之石者。

膜状蜗牛壳在骨状者之内，状与之符，膜之一分，自侧壁横行，以接骨状螺旋板之钩，前庭鼓室二道，交通遂绝，名之曰基膜。前庭道内，复有膜起自骨螺旋板，斜上著壁，前庭遂复区而为二，名之曰赖式那尔氏膜 Reissners Membran，成自单层上皮，联于基膜，以与珂尔谛氏官 Corti's Organ 相接。珂尔谛氏官者，居基膜之上，听神经终末之地也。

蜗牛壳螺旋腔剖面

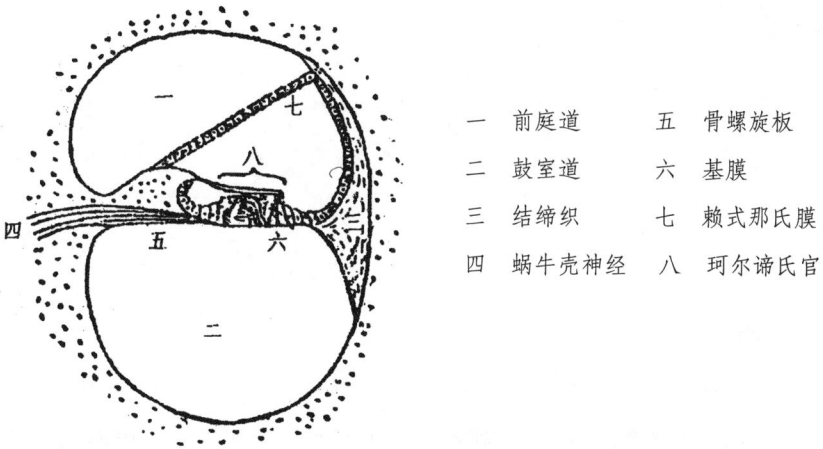

一	前庭道	五	骨螺旋板
二	鼓室道	六	基膜
三	结缔织	七	赖式那氏膜
四	蜗牛壳神经	八	珂尔谛氏官

珂尔谛氏官之主部，为珂尔谛氏弓 Corti's Bogen，内外相依，内弓有唇，以覆外弓之项。全螺旋之数，约四至六千，两侧又各拥幺二种，一曰支柱幺，一曰毳幺，状与在听斑者类。毳幺在人，大都四至五列，比其渐远，而达蜗牛壳壁，乃为上皮幺。两弓之上，又覆网状小板，具孔三列，位置井然（Kölliker 氏说）。

内耳神经为听神经杪末，入蜗牛壳之骨螺旋板根部，乃隆起作神经节，自节更出丝路，布于珂尔谛氏官，此他分歧，则布于小囊及壶腹之听斑，惟决不入三半规管之内。

膜状迷路内听神经
分布想象式

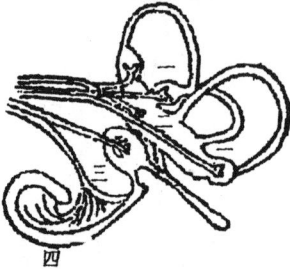

珂尔谛氏官放大

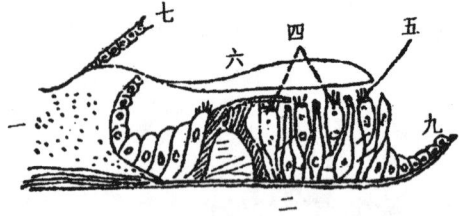

一 壶腹　　三 圆囊

二 椭圆囊　四 蜗牛壳

一 骨螺旋板　　六 珂氏板

二 基膜　　　　七 赖氏膜

三 珂氏弓　　　八 神经

四 毳幺　　　　九 上皮幺

五 支柱幺

【四之二　生理】

声之传导　声所由生，本于弹力体之振动，道经空气，以达神经，爰生听觉。故若绝无空气，则纵有振动物体，亦无物导其声波，媒介既亡，而听官亦废矣。

声波之来，先抵外耳，耳翼使之集合，入听道中，复因共鸣，增其强度，次乃至于鼓膜，声波击之，有如击鼓，鼓膜应之而颤，力及于槌骨之柄，由是传诸砧骨，复传诸镫骨，此骨之底，当椭圆窗，故窗膜亦颤，有如鼓膜，则又传其动于外林巴，更及内林巴，令起波动，次第以进，至于前庭，则触小囊及壶腹之听斑，乃入蜗牛壳之前庭道中，动珂尔谛氏官，出旋孔而降鼓室道，抵圆窗之膜而止。惟液体容积，莫能蹙收，故受压于椭圆窗膜，则自必相推益前，至于圆窗，逮窗膜外隆，其流始定。由是审之，椭圆窗及圆窗之膜，其作用实相反，而借以生内林巴之波动者也。

波动经过，至于小囊，动听石膜，力及于听石，遂传导至石下之幺，诸幺受撄，爰以兴奋（然在下级动物有合为一石者，则如是作用，亦肒测耳）。而其壶腹，则毳幺感之，在珂尔谛氏官，今兹未知其细，审别以肒，殆亦毳幺之力也。

声传自外耳而外，亦能由头盖骨以至迷路，设微击音叉，令作微颤，经过外气，不能闻其声，顾置诸头上，则振动自此递传，了然可辨。

欧氏管之用　鼓室中压力与外界空气之压力，使不相同，则鼓膜状态，不能无变，故欧氏管为之介，用平匀之，惟其道路恒阖不开，必咽物时乃启。作之证者，有跋尔萨勒跋 Valsalva 氏术，即吸息而后，闭口及鼻，继以咽气，则大气入管，至于鼓室，增高内压，迫鼓膜外隆，遂闻微响；又呼吸而后，施行前术，厥果亦同，惟尔所闻，乃口腔收吸空气，出诸鼓室，内压为降，而外气迫压鼓膜，令其内陷之响耳。

听官导声图式

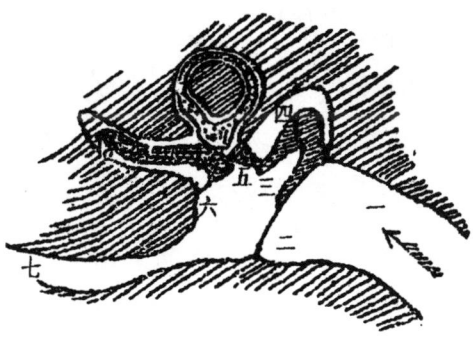

一　外听道		五　镫骨	
二　鼓膜		六　圆窗	
三　槌骨		七　欧氏管	
四　砧骨			

欧氏管之不恒启者，为益有三：（一）使其不尔，则传导语声，令生恶感；（二）呼吸之际，杜绝孔道，使鼓室之气，不为动摇；（三）输写鼓室泌分物，出诸口腔，使无停滞。

三半规管之用　此与听觉，漠焉无关，弗罗连斯 Frourens 氏尝去鸠之三半规管，而见其体重平匀，几莫能保，故谓职在衡身，且主冥眩。然斯泰尔纳 Steiner 氏施诸鲨鱼，则不甚验，爱华德 Ewald 氏仍施之鸠，厥果亦同。故此官为用，今兹未之能决。

音之性质　撄耳之声，种类至杂，从力学所区别，大较凡二：一曰乐音，生于弹力体之律动；二曰噪音，则非律之动为之也。

乐音类别，又可得三：设有琴弦于此，张而拨以指，则动生音，使张之之度同，而拨之之度异，音乃生差，是曰强弱；惟尔时动数，初无有异，特其动之大小，有损益耳，次就同弦，更立一轸，俾判为二，又拨以指，为力如前，则拨之之度虽同，而弦鸣之高，乃胜于昔，此之增益，缘于动数多少，是曰高低；盖当尔时，半弦动数，实加于全弦，至二倍矣，他若乐音二种，高低强弱，度悉相同，而来撄听官，碻知有别，如琴与笛，不可楖同，是曰音色，则乐音固有之性也。

独弦所生，其动止一，此所成就，谓之单音；单音越二，而相楖合，则曰复音。复音之中，有惬非惬，设乙之动数，二倍于甲，则能惬耳，是名协音，故协音者，二弦动数，当成比例；假其反是，比不能适，则其为音，即难惬人，是曰不协音。

觉音之理　如前所言，音出动体，以成声波，进撄鼓膜，爰生听觉，故为声强，即其动大，则声波随之大；为声小，即其动小，则声波随之小，神经受撄，于是有差，兴奋之度不同，而强弱亦以辨。

声之高低，原于动数，然其最低，即一秒时之动，不及十六，乃莫能闻；又使极高，越于四万，则惟感痛，听觉亦亡。故高低之度，当有定数，不越此数，则声波递传入耳，基膜应之。基膜之中，函有众彴，中之某彴，仅感某音，感此音者，应之而动，力及毳幺，且攖神经，俾之勃兴，导至中枢，高低以辨；若为复音，则入耳而后，各分为单，比至中枢，合而觉复，其闻噪音，亦复如是。

　　按：觉音之说，今所成就者如上，总其要约，乃归功于毳幺。至珂尔谛氏官，则未详悉，如赫绥 Hasse 氏言，奏乐响，鸠亦能听取，顾钘验其蜗牛壳，则无珂尔谛氏官，仅有毳幺而已。故是官设之何事，尚存疑也，若夫听栉、听斑，乃仅生普通声觉云。

音乐方向及距离之识别　别声之由来，多据强弱，至至要者为耳翼，觉前强则定为前，左强则定为左，别距远近，为理亦然。第仅赖听官，恒致巨谬，故非辅以他觉，往往不诚。

两耳合听　人用两耳，盖以别音原之方向以及距离，又赖首之运动，可就至近之侧，即行倾听。而一音之发，感于两耳，是否同然，则未详也。据陀威 Dove 氏实验，乃不一致。术即用同调之音叉二，各就一耳，甲定不动，乙则转旋，尔时受验者所闻，时甲时乙，定动二音，不能合听，故此殆如麑官，亦行交代，又使左耳受攖之性，强于右耳，则仅有左耳，觉其二音之一而已。

【四之三　摄卫】

听官要部，深伏颞颥骨中，故在平时，不易受创，然其疾病，亦以所在隐奥，颇难知之。耳之蒙损最易者，为外听道，屡以耵聍屯积，或阑入异物，至于不聪。此他亦因疾病，如炎症及化脓，则得耳痛、重听、耳聋、耳鸣诸疾。

鼻加答儿及扁桃腺肿，常使欧氏管闭而不启，则亦患重听及耳鸣，吸温空气及水蒸气，可以治之。又隙风入耳，亦所当忌。

过微及过大之声，无不劳听神经，而高低二者，倏忽转换，或倾听一事，至于久久，其害尤甚。如是多日，则神经为之麻痹而失其听者有之，故从事于日闻大声之业者，所当团绵为丸，塞左右耳。倘偶闻极烈之声，则声波过猛，鼓膜或裂，宜掩以掌，或即张口，令欧氏管中空气，得以自由，用退避之。

耳病原因，多在感冒。盖寒气（或冷水）入耳，每侵鼓膜或鼓室，俾生急性炎，其本有慢性炎者，则令转成急性，寒或剧甚，乃侵迷路，瞬息之间，即至耳聋。故履寒地，游海水，或烈风方作，中挟沙尘，则出门必塞以绵，用防其入。

耵聍屯积，以至不聪者，可用微温汤或素特水涤去之，次更徐拭令干，毋使存水。惟不当用不净或锐利之器，或以薙刀，薙外听道，盖以刀若用经多人，则能为丹毒或其他传染病传导之具也。

第五分　视官

【五之一　构造】

视官区为二部：一曰睛（眼球）；一曰辅官，如睑如睫，所以护睛者也。

（一）睛

睛居头骨之眼窠中，其状近圆，外被囊膜，内有函质，借视神经联于脑。膜壁凡二分，前之小分，澄澈通明，后之大半则反是。全膜区分，可得三层：曰外膜，曰中膜，曰内膜。函质亦凡三分：曰水晶体，曰波黎体，曰房水。

外膜 其质甚强，更别为二：曰角膜，曰白膜（亦称巩膜）。角膜澄明通光，为外膜之前小分，世谓之青眼者此。前隆后陷，其缘接于白膜，细微构造，可分五层：一曰角膜上皮，为圆柱状幺所集合；二曰前弹力膜；三曰角膜固有层，为此膜主部，极微之幺，凑会以成；四曰后弹力膜；五曰角膜内皮，则单层扁平多角形幺之所成就也。

角膜之中，有林巴道，有神经，皆在固有层中，而独无脉管，惟与白膜接处，有管如环，为静脉窦而已。

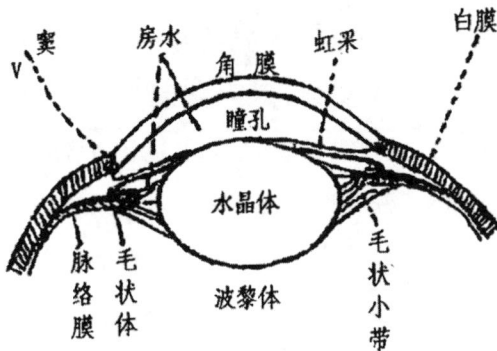

白膜续于角膜，积占全外膜之五分四，滑泽而色白，老人微黄，僮子青色。后方偏内，较厚而有孔，以通视神经，全部构造，俱为结缔织，亦含弹力幺，神经血管及林巴道出入之。

中膜 此凡三分：曰脉络膜，曰毛状体，曰虹采。

脉络膜占中膜之大半，前接毛状体，后有圆孔，以通神经，为质甚薄，脉管饶多，并含色素。其质或自四层：一曰脉络膜上层，即结缔织，亦含弹力幺及色素幺，与白膜联，颇不易析；二曰脉管层，内函动静脉管，静脉至此，曲如旋状，名之曰涡状静脉；三曰毫管络层，为毫管之所构造；四曰基膜，则波黎状之薄膜也，故亦称之曰波黎膜。

毛状体即脉络膜前端，惟较肥厚，相接之处，皆如锯齿，其体多具鬠积，曰毛状鬠积。更上则与虹采联，体中多函无纹肌彳，作辐射或轮状，谓之毛状肌，所以缩张毛状体者也。

虹采为毛状体之续，居角膜与水晶体间，密接水晶体前面，为状如轮。中央有孔曰瞳孔，能应光线强弱，或缩或张。其面被上皮幺，次为结缔织，终则具色素层，所含色素或寡或多，视人种而异。亦含肌彳，其一环走，所以使瞳孔收缩；其一辐射，所以使瞳孔开张。

内膜 亦称网膜，为囊鬠内层，色白而薄，后方大半，有神经杪末，可以感光，谓之网膜视神经部；前方小半，则覆毛状体及虹采，谓之网膜毛状部及网膜虹采部，皆无杪末神经，并阙光觉。睛轴内侧，有孔以通视神经，其缘微隆，谓之视神经乳头。轴之中点，略作黄色，是称黄斑，中心稍陷，曰中心窝，视觉最敏之处也。网膜视神经部，为质虽极菲薄，顾检以显镜，可得十层。自外举之，则首一曰色素上皮层；次四曰神经上皮层，为视幺所在地；次五曰脑层，则出入于脑之幺之所在地也。

色素上皮层为单层之幺，内函色素，作六角形，进覆毛状体及虹采，则为网膜毛状部及网膜虹采部。

柱状层之中，有幺二种，一如圆柱，排比整然；一如圆锥，则稍陵杂。下端均作彳状，入于脑层，二幺之性，并有光觉。

外境界膜在前者之下，证明薄膜也。

外颗粒层为层较厚，圆形之幺实之。

外网状层则为薄层，神经突起，织作网状，而圆形之幺，函于隙间。

内颗粒层椭圆或圆锥形有核幺之所凑合者也。

内网状层成于多角形神经幺之突起，交互错综，有如网络，且亦函圆形之幺。

神经节幺层成于多角神经幺，其突起入内网状层，织作网状。

网膜构造想象图式

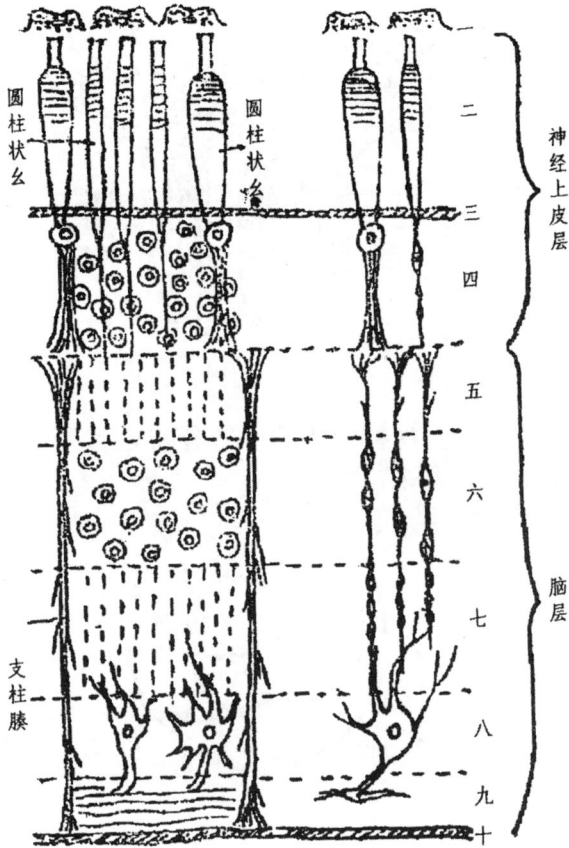

视神经纤层质如其名，为视神经纟之所构造。

内境界膜所在最内，亦证明薄膜也。

波黎体　在网膜内面，形略近圆，质为胶状，可以澈光。外被囊膜，曰波黎体囊；前有陷处，曰水晶体窝，以容水晶体。

水晶体　在波黎体与虹采间，前面微隆，而后面尤甚，位于水晶体窝内，名前面之顶曰前极，后面之顶曰后极。二极之间设直线，曰水晶体轴，轴长度，凡四米密，周缘则钝圆而游离。是体构造，外被

197

睛及视神经之纵断

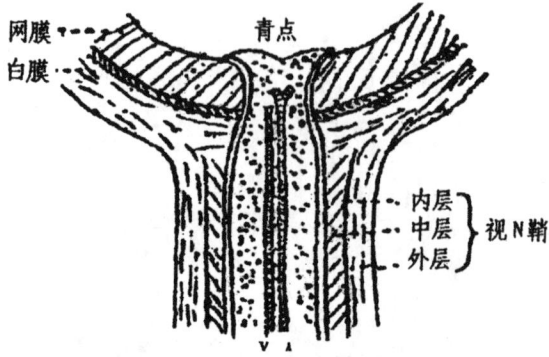

视神经中心 AY 分布之状

通明薄膜，曰水晶体囊，内容则前面有单层圆柱状幺，其下即发育为状，是名水晶体矣。诸矣之端，会于两极，有黏质联合之。

水晶体周缘，环以矣束，其束起于毛状体，至缘而成环状，故曰毛状小带，亦曰辛尼氏带。

房水　角膜虹采间及瞳孔之处，爰有空虚，曰前眼房，中所含液体，曰前房水；虹采水晶体间，亦有空虚，曰后眼房，所函液曰后房水。

视神经　起自视神经交叉，经蝶骨之孔，以入目瞳，逮至后壁，乃贯白膜而分布于网膜，其分散中心，名之曰盲点。神经之外，被鞘三层，皆为脑膜之续。外中二层，移合于白膜，内层则至网膜而终。中央函二脉管，曰网膜中心动静脉。比出乳头，即分二枝，以扩布于网膜之内。

（二）辅官

辅目之官有几，所以动之者有眼肌，所以卫之者有眼窠，有睑，有结膜，所以润之者有泪，其官谓之泪官。

眼肌　司眼启闭者有轮状肌，已述于前，次有上睑举肌，缩则睑启。若纯以动睛，则有二种，各依排列而为之名：曰直肌，曰斜肌。其细目如次。

一上直肌　令睛上转；

二外直肌　其一端析为二，令睛外转；

三内直肌　令睛内转；

四下直肌　令睛下转；

五上斜肌　令睛回转；

六下斜肌　同上。

眼肌（自外侧视）

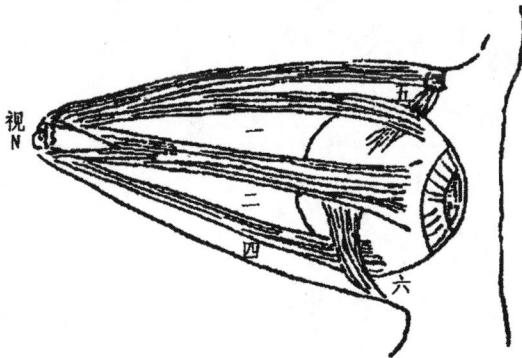

眼窠 为七骨之所构成。其上为前头骨，下为上颚骨、口盖骨、蝶骨，外（及下）为颧骨，内为筛骨、泪骨。眼窠之中，目睛眼肌及视神经外，复实脂肪，以为之卫。脂与睛之后壁，则隔以薄膜，曰提农氏膜 Bursa tenoni。此与白膜间，复有微隙，曰提农氏腔 Spatium tenoni，所以使目瞳运动，不受窒碍者也。

睑 在睛之前，上下凡二，闭则适相合会。二睑交处，内端作钝角曰内眦，是处上下，各有一孔曰泪点；外端较锐曰外眦，游离之缘，则骈列坚毫曰睫毛。上睑之大，胜于下睑，而眉在其上。

睑之最外，被以上皮，密生嫩毳，次为肌层，即眼睑轮状肌，次为睑软骨，亦上大下小，与睑相应，形如弦月，其后有腺曰麦逢氏腺 Meibom's drüsen，泌脂状物，谓之眼脂。

结膜 为外皮之续，被睑内面以及目睛，谓甲曰睑结膜，谓乙曰睛结膜。

泪官联合

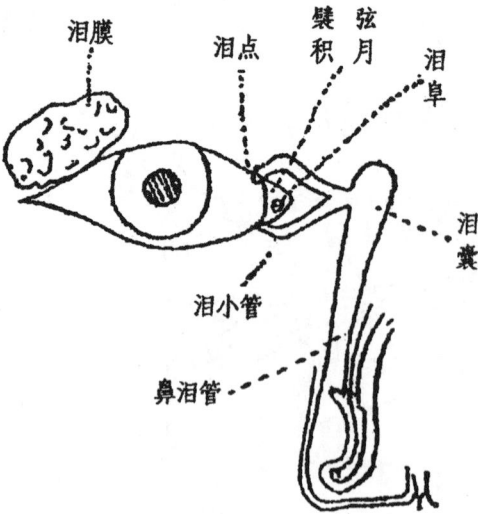

睑结膜密著于睑之内面，函脉络至多，故其色赤。有小黏腺，以泌黏液，上行复下，则移入睛结膜，名其处曰结膜穹窿。睛结膜则先覆白膜，后乃密著于角膜之缘，内眦近处，成一襞积，谓之弦月状襞积，泪湖、泪阜等在焉。

泪官 泪之由来，本于泪腺。是腺作椭圆形，居眼窠外上部，小腺多数，集为腺体，而启输写管之口于结膜穹窿，凡所泌分，先注泪湖（在内眦之睛结膜上，中央稍隆，是名泪阜），次入泪点，过泪小管，储诸泪囊，更出较大之管而至鼻腔，其所经之管曰鼻泪管。

五之二　生理

屈光　视官之用，如摄影篋，是篋前面，具一灵视，后置于板，适如网膜，设有物体，放射光线，如 A 与 B，则 A 点之光，通过灵视，遂作屈折，比及干板，即成影于下，有如甲图。B 点之光，亦复如是。而干板之上，成倒影焉。

睛之构造以及造象，绝不异此。中层多脉，供给以血，又函色素使不通明，惟其屈光，较为繁复。盖在暗中屈光之体，为数有三，非如摄影篋，只一灵视，故光线入目，当经角膜、房水、水晶体及波黎体，历受屈折，而其结果，乃如乙图，网膜结影，亦复倒置。

明视　自发光点射来之光，先屈于角膜，受其束集，达水晶体，再受束集，乃落网膜。故必一切光线，悉集网膜上之一点，始得明视。假使过近过远，则所造之象，即落网膜前后，觉官所见，为之蒙龙，是称散象。设视距不相同之物，其一著明，一必隐约，即以一当明视，一成散象故耳。

调节　目之明视，恒有定数，较远或较近物体，或莫能审，则有官能，用调节之，使一切物，皆可审辨。其主曰水晶体，此在平时，由毛状小带之掣引，常与波黎体密接，轴亦较短，递视近处之物，则毛状体缩而向前，小带亦弛，水晶体遂以前隆，增长其轴，屈光度大，而物象结于网膜，如是屡变，爰得明视诸物。此他则瞳孔收缩及虹采前行二事，亦辅其成（图丁）。

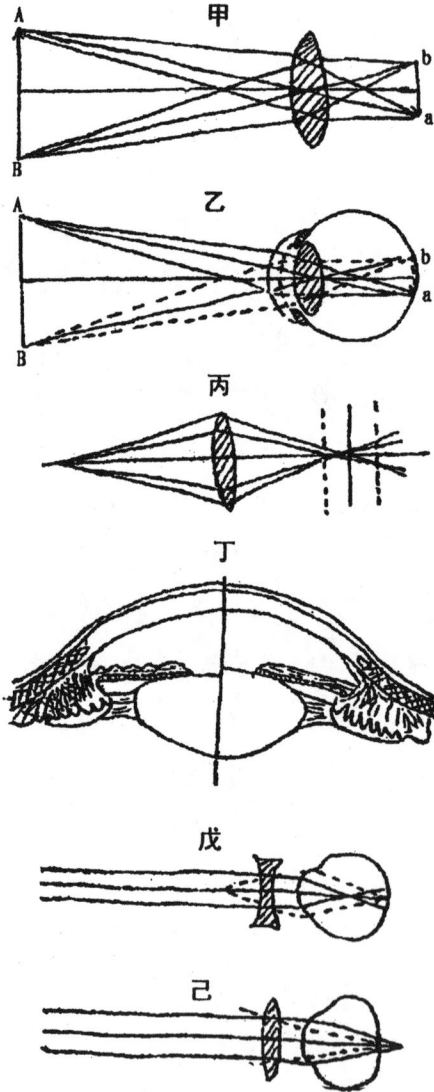

甲

乙

丙

丁

戊

己

正视及远近视　明视距离，其界有定，顾亦以人而生差别，名距目极远，尚能明视之极限曰远点；距目至近，尚能明视之极限曰近点。倘在靖时，远点至于无限，远距物体之平行光线，亦能结于网膜，而近点凡五卓尔（华尺约四寸），则曰正视，倘不能尔，是为远视，或为近视。

近视者，远距之光，靖时不能结于网膜。盖其目睛，缘先天或遗传性，过于修长，故如戊图，光线之来，未达网膜，既已交叉于波黎体，而所见象，遂以恍忽，倘欲匡正，当用陷中灵视，置目睛前，令光扩散，始导入目，则外象适结于网膜，所见始以了然。若其反是，而目睛之轴，为度过短，则如己图，光线集合，在网膜后，所结物象，亦以蒙龙，爰成远视。匡救当反前术，用隆中灵视，集合其光，俾方至网膜，正已结象，则其

202

所见，始明晰焉。

虹采之用 虹采为用，所以遮光，阏阻周围之光，使物明晰。倘其过烈，则轮状肌彡收缩，令瞳孔小，入目之光，遂减其量；假使过晦，则辐射状肌彡收缩，纵瞳孔大，所入之光，量亦遂增。二肌主宰，甲为动眼神经，乙为交感及三叉神经，故撄其一，则瞳孔之变应之。

瞳孔大小，左右常同，又以诸因，而生变化，即仅撄一侧瞳孔，而他侧瞳孔，亦与俱变焉。

（一）光撄网膜，则瞳孔缩，撄视神经亦然。

（二）注视近距之物，则瞳孔缩小以调节之。

（三）虹采充血则缩，贫血则张。

（四）中毒则瞳孔变其状，如服阿忒罗宾（Atrobin）则张，服马菲则缩是。

光觉 光觉在于网膜，其尤要者为圆柱状幺及圆锥状幺，若其无此，即无光觉，盲点是也。

凡视神经彡，决无觉光性，故视神经所入之盲点，不能感光，而感光最敏之黄斑，不存视神经彡。

圆柱及圆锥状幺为状，各如所名，每幺可分二节：端曰外节，末曰内节。圆柱幺外节，含紫色素，倘遇日光，其色即褪，寇纳（Kühne）氏名之曰视紫。视紫遇光，虽即分解，旋复新生。故网膜者，正如干板，视光晦明，能结物象，结象而后，顷刻已消，又生视紫，以为之补，见千万象，无冲突焉。惟视紫为物，虽不存于圆锥状幺，顾黄斑所函，乃悉锥状，其觉最明，则网膜中，自当尚存他种视素，始能如此，然殆无色，故不能详。二幺末端，则咸与视神经彡相接，故此所变化，即导入脑，至于中枢，复从离心性觉律，返至视官，而见外物。

同强之光，撄目久久，则作用渐弱，而目疲劳，必靖少顷，其力始复。光之生感，亦有一定，倘光线倏忽，为时极短，则网膜得此，或不勃兴。然黏之如电，人亦能见，则其时不妨至暂，了然可知。又勃兴而后，其象亦不即去，如眙目视日，旋即闭睑，而日之为象，尚在目前，是名残象，生轮之作，本此理也。

色觉　依据力学家言，则光线成因，乃在光原子之波动，其波大小，亦如声波。撄视官而别强弱，动数多少，则犹声音之有高低，来撄视官，爰异色采。譬如日光，为动数殊异之光波多数所合成，入目感白，然使过三棱波黎，则因屈折之度不同，见析为六，遂与人以特别光觉，亦即色觉。其色曰赤、赭、黄、绿、青、紫，是名单色，单色之间，犹有色存，则曰椇色。

六单色中，赤色之屈折度最弱，紫色最强。然赤紫二色前后，实乃犹有光波，特因动数过弱，或则过强，故不能起人视觉，亦如过高或过低之声，不能起人听觉然也。

色觉之理，未能确知。据扬克 Young 及赫仑霍支 Helenholtz 氏说，则谓网膜所函，有神经糸三种，撄甲则生赤色感，撄乙则生绿色感，撄丙则生紫色感。此三种糸，受色之撄，必为同质，其奋兴之度乃大，如以赤之光波，来撄甲糸，乃大奋兴，倘以撄乙，则其度小，余糸仿之。故色觉之成，当有原觉三种，撄有强弱，而相溷合，爰觉诸色。倘三觉奋兴，强度同一，乃仅觉白色而已。左所列图，即以阐发此理，今更演解，有如下方。

至色觉主官，则当为圆锥状幺，色觉之糸，与相联属，倘三种中，或阙其一，是成色盲。色盲者，为有疾之目。其类凡几：或不感赤，或不感绿，或不感紫，是名偏色盲，而中以不感赤者为最众；倘其一切色采，俱不能感，则视察万有，只见黑白，观采色画，亦如墨描，是名全色盲。

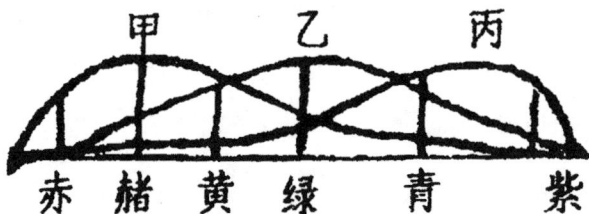

一　赤色觉　樱甲仝最强乙丙仝皆弱

二　赭色觉　樱甲仝最强乙仝较弱丙更逊之

三　黄色觉　樱甲乙仝皆强丙仝较弱

四　绿色觉　樱乙仝最强甲丙仝皆弱

五　青色觉　樱丙仝最强乙仝较弱甲更逊之

六　紫色觉　樱丙仝最强甲乙皆弱

七　白色觉　樱甲乙丙仝强度相同

双目视　视以二目，其益有四：（一）所见者广；（二）网膜造象，成自二发光点，故物之容积；（三）可以察知距离与夫大小；（四）一目缺点，可借他目以补之。

大小之别，主在网膜造象之大小，象大者知大，象小仿之。顾距离不同，则大小常妄，故宜审慎其距而判断之，如月与星，其一例也。

距离之别，主在调节，即劳者为近，逸者为遥。若远近二物，造象于网膜者同大，则据往之经验，以近者为小，而远者为大焉。

单视　凡网膜造象，其数止一，则见物一，二则见二。顾平日视物，左右二目，各结一象，合之成二，而所见物，不觉为复者，缘左右目有符合点，使物体之光，适落于此，则遵离心律，在外见象，适相合符，故觉为一。

实体视　注视实体时，两目所见，实非相同，因目之位，而有微异。如右目所见，必稍偏右；左目所见，必稍偏左，二目合见，始总其全。如实体镜 Stereoscopep，即用斯理，如图有二棱锥体甲乙，置于左右，各稍稍偏，然入境中，二目合视，则左右相合，状遂如丙。

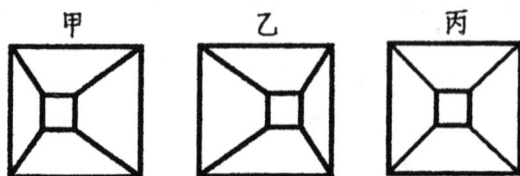

甲　　　　乙　　　　丙

幻视　依目所见，而别大小距离，多缘经验，以及判断，既如前言。故所决定，时有幻妄，如月之初升，与至天半，目之所见，似有大小。盖思想中，谓同一物，远小近大，而仰视天半，颇若远于地平。又月行渐上，终乃孤立，非如在地平时，可与他物，互相比较，故所判断，遂迷误矣。

他若二目所见。有物甲乙，其状全异，不能相容，则当并见二物，或偏见其一，是名视野竞争。如用赤青二色波黎，罩目视物，则所见或为斑赤，或为斑青，其色采不能一定，已而视觉麻痹，外界之物，遂成灰色。

【五之三　摄卫】

睛在眼窠之中，骨环于外，前则稍隆，可御撞击，表又覆以眼睑，启闭如意，且能反射闭阖，避外物不意之袭来。睑缘有睫毛列于上下以去尘，上复有眉以阻汗，结膜则平泽濡湿，令睛之运动，无所滞著。瞬目屡作，则尘埃既去，而角膜亦因以不干，其天然之摄卫，诚可谓近于美备者矣。

顾人为摄卫，亦非可怠，在先天弱目，尤见其然。譬如撞击敲扑以及外物入目，可不待言，即尘埃烟灰大热冷水以及隙风，亦所当避。又如光线过度，为害亦多，而灿烂之光，撄网膜之力特强者，厥害弥甚，故对日、月、火焰、明镜等发大光耀物，勿应久视，亦不得对极强之光线，作画读书。倘其如是，皆令目弱。若就微光，如黄昏以及昧爽，以治用目之业，结果亦然。此他则以不定之光，如跃动之烛或风动树阴之下，而读书至久，亦令目劳，故所当禁。

目之获疾，亦每因于职业。假使制作精微之品，如描写彫镂，或有光泽，或过暗黑，或发大光，则从事久之，每发目疾，故当时行休养，展视远处暗色物体，或暂易他事，以纾其劳。而所治物体，距目过近，则日久渐为近视，当深慼之。

近视亦为学校病之一，如校室光线，过弱过强，或就坐姿势，不能合法，皆得斯疾。据近年欧土调查结果，则大抵学校愈高，而近视者亦愈众。如德人珂谟言，村小学为一·四％，市小学为六·七％，中学校为一〇·三％，师范学校为一九·七％，高等学校为二六·二％。易言之，即中学校占十分一，师范学校几占其五分一，而高等学校乃越四分一也。

近视之原因及其预防，要略如次。

原因之主者：（一）读书习字时，目之离案过近，劳调节者久，故目肌疲劳，水晶体渐益弸隆，更推网膜向后，而眼轴遂长于常人；（二）卓倚高卑，不能合度，故读书习字或作画时必屈曲其体，俯首向前，眼窠之内，遂至充血，而目眼受其压迫，渐益以长；（三）读细字书籍过久；（四）在光线不足之处，久劳视力；（五）不眠及目之不洁等，亦间接诱至。预防之术，乃在审察原因，施行矫正。语其要略，则为：（一）在家庭或学校读书习字时，必当端坐，体勿前屈，亦勿俯首；（二）卓倚高卑，必使相称；（三）书籍文字，宜择其大，纸勿粗糙，亦勿有光，色则微黄或白；（四）日光须足，而不当令其动摇，入夕明灯，亦复如是。

卓倚之度，与目极相系属，近视而外，亦致他疾，故小学校尤应慭之，揭其要旨如次。

（一）倚之高度，与坐者下腿之长等；（二）倚之广，与坐者上腿之长等；（三）卓倚相差，以坐者端坐后，两腕适量卓上，而不待肩胛有所低昂为度；（四）卓倚距离，当用无距，或用负距。

目病之中，有传染病，流毒人群，为害亦大，最甚者曰颗粒性结膜炎。是疾初在结膜之上生黄白色椭圆或圆形粒，继而结膜赤肿，泌液体如黏液状，视力稍衰。使数年不治，则结膜因瘢而缩，目遂失其运动，睑软骨曲而向内，睫毛亦然，日撄目睛，厥疾益甚。校中之一人患此，传播及全校者有之，故若未盛，则当禁病者登校，传毒之具，悉取以消毒，并禁取用。若传播已及多人，乃必暂时闭校，待流行稍衰，始复开学，而患者则速就医者理之。

神经系第八

凡神经系，厥类有二：一曰动物性神经系，二曰植物性神经系。如是两系，又析二分：一曰杪末，二曰中枢。中枢云者，实其主分，而末梢则为所分派，此分派物，通称神经。

动物性神经中枢为柔软质，头骨腔及脊髓管即动物性管中，分枝外行，多布于肌以及觉管。布于肌者，受撄则缩，爱生运动，故曰运动神经。布于觉管者，受诸种撄，乃即奋兴，因以生觉，故曰知觉神经：其受质力之撄，能识其性者，谓之通觉神经；惟遇适撄，乃始兴

208

起者，谓之别觉神经。运动及知觉神经二者，盖犹电信，时时往来，甲传内攌，达于杪末，乙传外攌，纳诸中枢，故亦名甲曰求心性神经，乙曰离心性神经。又缘二者皆以脑脊髓为中枢，故亦总称之曰脑脊髓神经系。

植物性神经所在，为植物性管之内，脊柱左右，中枢为神经节，多数相联，有如贯珠，杪末则作纟状，大都分布于内藏及脉。其在脉者，命之缩张，俾有节度，故亦有动脉神经系之名。若所统御，乃为荣养及孳殖二能，于知觉运动，绝无系属，然亦与志及识，善相感应，以其感状，表见于外，故亦谓之交感神经系。

神经形成，本于三质：一曰神经幺，二曰神经纟，三曰神经胶质。惟一与二，实其主分，总称之曰诺伦（Neuron），或曰神经元。（一）神经幺形状大小，凡有种种，中函颗粒或色素，复具一核，核中更有微点曰小核，体则有突起外延，或神经纟，名曰轴索。其他复有突起多数，状如树枝，则名之曰形素突起，轴索绵延，长如丝缕，爰成（二）神经纟，外包髓鞘，质如脂肪，时或断而不续，髓鞘之外，又被结缔织膜，处处函核，谓之勖横（Schwann），氏鞘，兼有二鞘者，曰有髓神经，具乙阙甲者曰无髓神经。而神经幺及纟而外，则有（三）胶质为之支柱，成自幺与极微之纟似结缔织之物也。

神经幺为生理之中枢，纟则职司传导，外攌与遇，即以奋兴，将其所受，报告于内，惟荣养失正，则初呈奋兴之状，而久乃衰弱，又断以器械，使不与中枢联续，厥果亦同，顾其后乃入于死。

神经成分，主为蛋白以及脂肪，靖止之时，呈中性或弱亚尔加里性反应，劳作而后，则呈酸性，死后亦然。

第一分　脑脊髓神经中枢部之构造

【一之一　脑】

脑在头盖腔中，状与骨腔，略相一致，即为椭圆，左右相称。其质柔软，内之质白，名曰白质；外则有灰色质被之，是名灰质。其表被膜三重，自外数之，则一为坚膜，密着于骨，颇厚而强，亦谓之硬脑膜，顾至脊髓，乃以脂肪与骨相间，是为硬脊髓膜；次曰蜘蛛膜，在前者之内面，为质极薄；三曰脉络膜，亦称软膜，直接脑面，与蜘蛛膜共入于回旋及罅隙之中。此诸膜中，有流质少许，往来于脑与脊髓间，则名之曰脑脊髓液。

脑之析分，可得三部：曰大脑，曰小脑，曰延髓。延髓本为脊髓之变形，顾以构造繁复，故亦置诸此分，而说述之。

（1）大脑外面　　　　（2）大脑内面

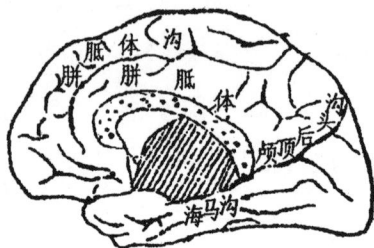 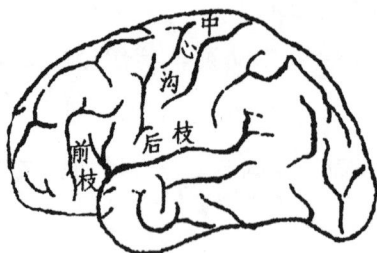

大脑　此为脑之最大分，形略卵圆，其表多见隆起，谓之脑回旋。诸回旋间，多见陷处，谓之脑沟，深者曰主沟，浅者曰副沟。中央有深沟直走，界脑为二，左右相等，是名大脑纵裂。其半脑曰大脑半体，所以结合左右半体者曰胼胝体，而半体大分，则自上及外，覆脑干以及小脑，故亦谓之脑盖。

左右半体，均分三面，曰内、外、下。至大主沟，在于外面，曰什尔雅 Sylvü 氏窝，亦称外沟。次分为二，名直而上升者曰什氏前枝，横走向后者曰什氏后枝。脑在前枝之前，则为前头叶，在后枝上，为颅顶叶，在后枝下，为颞颥叶，此叶深处，更有回旋五六，是为岛叶，或曰雷侠儿之岛。

大亚于外沟者，有中心沟，始自纵裂，至外沟近处而灭，以作前头及颞颥二叶之界。前后更有副沟，谓之前后沟，其回旋曰中心前后回旋。脑之后半，则复有亚于中心沟者一，内面尤显，是称颅顶后头沟，脑在是沟之后者曰后头叶。此他则半体内面上部，即半体与胼胝体间，有胼胝体沟，又其下部，即后头叶与脑干间，有海马沟，皆主沟也。胼胝体为结合左右两半大脑之主部，其纟横走，入于脑中，体之前端，细如鸟喙，名之曰嘴；次乃顿巨，名之曰膝；自膝后行，则谓之曰干；干之下面，廓然而广，爰成苫盖，下覆脑室，后端弸大，是为副木。胼胝体干之下，有物屈曲，是名穹窿。此二者间，以透明中隔结合之，而穹窿后下，则视神经系在焉，视神经之发原地也。

（3）脑之前额断

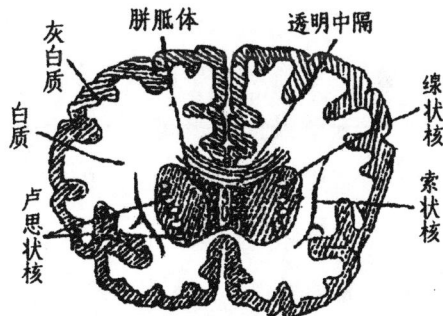

灰白质　胼胝体　透明中隔
白质　　　　　　　　　缘状核
　　　　　　　　　　　索状核
卢思状核

脑室亦曰脑侧室，由透明中隔界为左右，其中部曰中央室。自此分向三方，伸张为角，是曰前角、后角及下角，后角最小，下角最大。

大脑之质，内白外灰，顾白色质中，亦有灰白色质，是名大脑神经核，一曰尾状核。在脑室之底，白灰二质，互相缭绕，故亦谓之线状核。此核之中，又有小核一列，名之曰卢斯状核。线状物外方，更有一核，为状隘长，曰索状核。

（4）大脑纵断

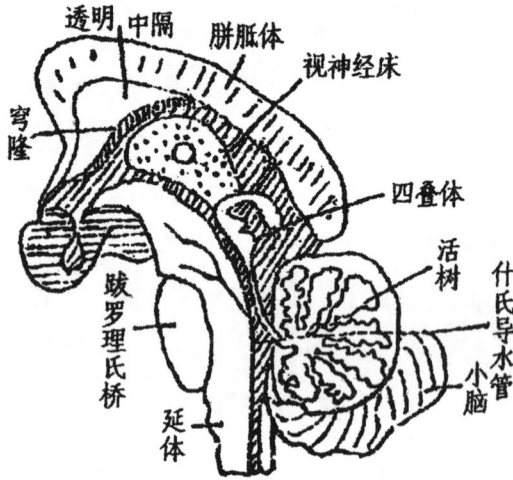

脑干者，成于众纟，其纟来自小脑及延髓，入大脑中。属于此者，有跋罗理氏桥，居延髓及大脑之间，状略隆起，其后与小脑联，成自白质与灰白质，后者成核，谓之桥核。干之上部，则有钝圆隆起一列，厥数凡四，谓之四叠体。是体之下，存一小空，曰什尔维氏导水管，与脊髓之正中管相通者也。

小脑 在大脑后头叶之下，状略椭圆，上端微隆，谓之上虫；下端中央，亦复下陷，是名小脑纵裂，裂中有小隆起，谓之下虫。全体分为三叶，又具三足：一联跛罗理氏桥，曰桥足；一联四叠体，曰四叠体足；一联延髓，曰延髓足。

小脑构造，亦有白灰及白色二质，与大脑同。白灰色质居于其表，为质甚菲，白质则在内部，实为主分，向外角张，如枝柯状，是名活树。

（1）脑之侧视

（惟略使大小脑与延髓相离以便观览）

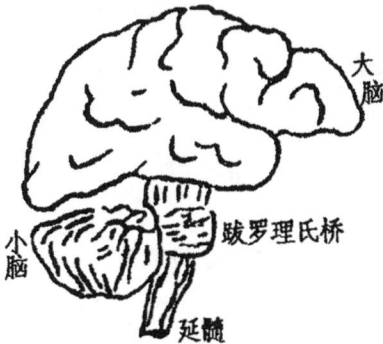

（2）延髓前面

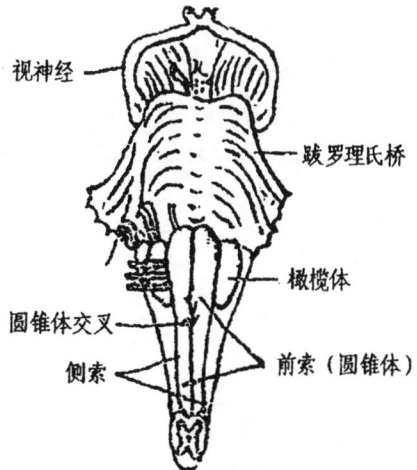

延髓　即脊髓上端，颠较弸大，与跛罗理氏桥相联。前面中央，具一细沟，曰前纵裂沟，故延髓遂分作左右两半。又因神经根纵裂，分为三束：一曰前束，即圆锥体，束之下半，有神经爻相错，是名圆锥体交叉，上半缀以椭圆小体，是名橄榄体；二曰侧索，在体之左右；三曰后索，则在体之后面者也。后面亦具裂沟，与前面等，曰后纵裂沟。

横断延髓下端，则中央有极小孔，曰正中管，上联什氏导水管，下与脊髓之同名管相通。孔周有灰白质，略可通光，是名中心胶状质，次为寻常灰白质，次为白质。前纵裂沟与灰白质间，有神经纤维左右交互，是即圆椎体交叉，而灰白质则多作突起，角张向外，名向前外者曰前角，向后外者曰后角。

【一之二　脊髓】

脊髓在脊柱管中，略呈圆形，上接延髓（约以第一头椎为界），下则至于尾骶，全经过中，弸大之处凡二，一曰颈弸大部，二曰腰弸大部，分布于上下支诸神经之发原地也。腰弸大部之下，乃更锐细，是名终末圆锥，毕于第二腰椎骨管中。

脊髓前后，各有裂沟，名之曰前后纵裂。因有此裂，而脊髓遂略分为左右二半，每半更分三束，曰前、后、侧索，与延髓同。前索侧索之间，略陷向内，后索侧索之间亦然，名甲曰前侧沟，乙曰后侧沟，其中央小孔，接延髓之孔而下者，则仍谓之正中管。

（3）延髓下端横断　　　　（4）脊髓横断

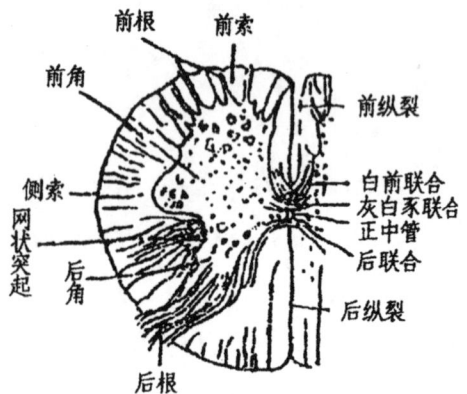

脊髓之质，亦为灰白质及白质，惟甲被于外，乙藏于内，与大小脑正反，横断而视其状，见白质如 H 字形，上端较大，谓之前角，神经纤维之自此出者曰前根；下端修长，谓之后角，神经纤维之自此出者

曰后根。二角之间，更有小突起多数，交互如网，伸张向外，曰网状突起。

第二分　脑脊髓神经系杪末部之构造

末梢全部，更析为二，名出自脑者曰脑神经，出自脊髓者曰脊髓神经。

【二之一　脑神经】

凡十二对，咸出自脑及延髓之底，自前列数，则如下方。

（1）齅神经　为别觉神经之一，具求心性，司齅觉，为状本细而弸其端，自此出小枝多数，名曰齅沬，皆过节骨之孔，入于鼻腔，乃更析分，交互成网状，以分布于鼻中隔及侧壁之黏膜。

（2）视神经　为别觉神经之一，具求心性，司视觉，其经颇粗，外包坚膜曰视神经鞘，起自视神经交叉，过头骨之视神经孔，至于眼窠，更贯白膜与脉络膜，析为细枝，分布于网膜，是为视神经夅层（第九层）。

（3）动眼神经此为纯粹运动神经之一，具离心性，司动眼肌，起于导水管底，贯脑膜而出，以入眼窠，更析二枝，其上枝分布于上直肌及上眼睑举肌，下枝则分布于内直肌、下直肌及下斜肌，又以细枝，走入虹采，而布于虹采中肌夅及毛状肌。

（4）滑车神经　此亦为纯粹运动神经之一，具离心性，司动眼肌，为状较细，起于四叠体近处，前走以入眼窠，而布于上斜肌，是肌亦名滑车肌，故神经之名应之。

（5）三叉神经　脑神经中，此为最大，以前后二根，发于跋罗理氏桥之侧。后根较细，司运动，具离心性；前根颇巨，司知觉，具求心性。二根并行，贯脑膜而出。前根乃析为三：名甲曰眼枝，或曰第一枝，更析为之，以分布于（一）前额，（二）毛状体与鼻翼及（三）泪腺；乙曰上颚神经，或曰第二枝，较甲尤巨，更析为二，以分布于（一）眼睑、鼻翼、唇、上颚诸齿及（二）颞颥部、颧部之外皮；丙曰下颚枝，即第三枝，诸分枝中，最大者此，三叉神经之后根，并入其中，故兼运动知觉二性。次复析分，一种为知觉枝，一种为运动枝。知觉枝复别三数：（一）布于齿槽、齿龈、颐之外皮；（二）颞颥外皮、下颚关节、耳翼、鼓膜；（三）舌之黏膜及舌下腺等。运动枝则别为四，布于（一）咬肌，（二）颞颥肌，（三）翼状肌，（四）颊肌及口吻外皮、颊部黏膜等。

三叉神经之三枝，各缀神经节一枝，甲曰毛状神经节，乙曰鼻神经节，丙曰耳神经节。运动及知觉神经之糸，时或分于节，乃更分布于他分。

（6）外旋神经　此为纯粹运动神经之一，具离心性，专司运动外直肌，起自跋罗理氏桥之缘，前行入眼窠内，而分布于外直肌。

（7）颜面神经　此为纯粹运动神经之一，具离心性，起自延髓之上外方，与听神经共入内听道，遂分数枝：其布于内者，在鼓室中；其外行者，则分布于颜面肌之大分，及颈肌之一分。

（8）听神经　为别觉神经之一，具求心性，司听觉，起自延髓之上外分，颜面神经之后，与颜面神经偕入内听道，遂分二枝：一布于膜状之半规管，一布于蜗牛壳。

（9）舌咽神经　此兼运动知觉二性，又函别觉性神经糸，司味觉，起自延髓之上外方，析为二枝，又以小枝布于鼓室黏膜，主枝之一曰舌枝，二曰咽枝，舌枝终于轮状乳头中，咽枝则分布于咽肌及其

十二对脑神经之所从出

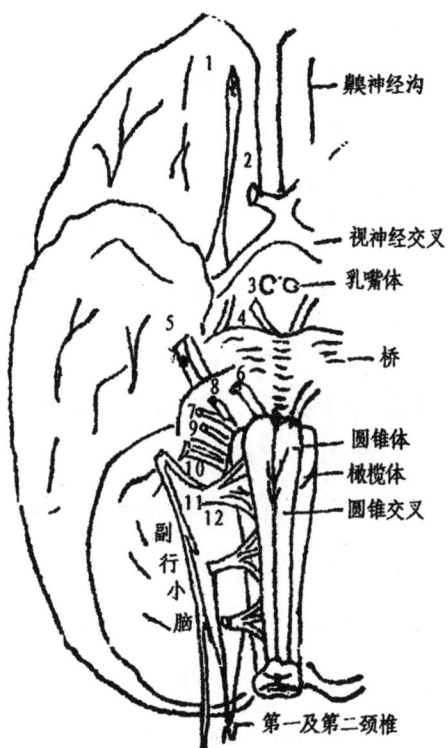

图中标注：
- 嗅神经沟
- 视神经交叉
- 乳嘴体
- 桥
- 圆锥体
- 橄榄体
- 圆锥交叉
- 副行小脑
- 第一及第二颈椎

黏膜。

（10）迷走神经此亦兼运动及知觉二性，分布区域，至为广大。起自延髓之上外方，合纤束一〇至一五而成一干。其经过中，枝别至众，列布于软口盖、咽、食道、喉、气管、心、肺、胃及肝等，又以分泌纤，赋于所经之诸腺焉。

（11）副行神经　此为纯粹运动神经之一，起自延髓与脊髓间，歧为二枝，一布于匈锁乳头肌，一布于僧冠肌。

（12）舌下神经　此为纯粹运动神经之一，以一〇至一五束，起于延髓前面，橄榄体与锥状体间，已乃合为一干，出头盖腔，更析二枝，布于舌肌。

【二之二　脊髓神经】

凡三十一对，各以前后二根，起于脊髓之前侧沟及后侧沟。后根颇大，主知觉，基部弸张，曰椎间神经节；前根较小，主运动。二根相合，成神经干。次乃复分为二，名甲曰前枝，布于躯干前部与夫四支；乙曰后枝，则分布于躯干之背部。

脊髓神经可据发原之处，为五部，自上举之则如次。

（1）颈椎神经　此凡八对，出自颈椎各侧，前枝互络，成神经丛。自此出细枝，布于颈及肩胛，又以较巨之干，循腋下及上膊而降，途中多分细枝，布于皮表，干之最末，则止于指端。

（2）背椎神经　此凡十二对，出自匈椎各侧，布于肋间，名曰肋间神经。上方七对，穿大匈肌，布于匈部之表面；下方五对，则出腹部皮表，分布于斯。

（3）腰椎神经　此凡五对，出自腰椎各侧，互络为神经丛，布于腰部诸肌。又以较巨之干，至于下肢，凡所经过，多分细枝，分布于皮及肌，而杪末则终于趾端。

（4）荐骨神经　此凡五对，在骨盘之内，以细枝错综交互，成神经丛。自此更出分枝，布于臀部上腰以及孳殖之官。又有巨干，循上腰后侧，经膝腘而下，终于蹠侧趾端，名曰坐骨神经，人体神经干之最大者也。

（5）尾骶骨神经　在尾骶骨两侧，为极小枝，布于是骨之端，与夫皮表。

附　交感神经系之构造及官能

构造　交感神经本干，为二索条，在脊柱两侧，自上而下，处处弸大，成神经节。各依位置而与之名，曰颈神经节、背神经节、腰神经节、荐骨神经节及尾骶骨神经节。

交感神经与脊髓神经之关系

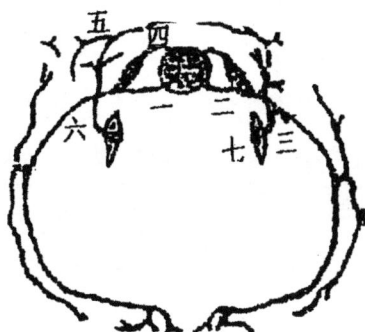

一	脊髓
二	前根
三	肋间神经
四	后根
五	后枝
六	内藏枝
七	交感神经节

此诸神经节，实为中枢，自此更出枝别，其一分与脊髓神经相交通，他之大半，则勾联为神经丛，以分布于脉及内藏，亦依所在而为之名，曰头部、颈部、匈部、腹部及骨盘部交感神经。

官能　交感神经所分布，主在脉及内藏，故所主宰，为荣养挛殖，已言于前，然以与中枢相交通，故亦受其兴奋，以发起运动及分泌，或阻止之。

第三分　中枢神经系中神经弁之径路

中枢部成自二质，灰白质多幺，白质多弁，而其诸弁，又相勾联，故神经全系，绝无窒碍之患。其在脑者，略有三群：（一）居同侧半体中，互联邻部，谓之联络弁；（二）自一侧半体至于异侧，最大者为胼胝体，谓之联合弁；（三）自大脑皮质（灰白质）下行以至小脑延髓脊髓诸部，总称之曰放线冠。其诸弁中，要者有四：一曰圆锥体径路，始自中心回旋之皮质，经跋罗理氏桥而入延髓，或圆锥体，已而转入异侧脊髓中，易响之处，则为圆锥体交叉；二曰大脑桥径路，其一分起于前头叶，一分则起于后头叶，各至跋罗理氏桥之桥核，乃与小脑桥径路联，小脑桥径路云者，神经乒之始自小脑皮质而至桥核者也；三曰知觉性径路，始自颅顶叶皮质，降至圆锥体后，乃作交叉，次入脊髓之后索，与索中神经乒联络，爰出后根，溷入知觉神经中，布于诸部；四曰颜面神经及舌下神经之中枢性径路，始自中心回旋之皮质，过脑干以至延髓，与同名之二神经相联。

　　若在脊髓，则徒目审察，亦见三群，即前索、侧索及后索。顾（一）前索之乒，复为二分，在内方者曰圆锥体前束，发达之度，因人而殊，大抵始自匈部，愈上升则愈益盛大，后乃终于圆锥体；在外方者曰固有前索，其乒有运动性，入于前根。（二）侧索之乒，更析为四：甲曰圆锥体侧索，亦始自匈部，上升而益发达，与圆锥体前索同，比至交叉，其乒遂各入于异侧，次更前进，达大脑皮质而终；乙曰孚微游 Foville。氏索，居甲之外侧，司随意运动，其长亘全脊体，上升入异侧小脑而终；丙曰前外索，亦名格威 Gower 氏索，更在乙前，司知觉，长亦亘全脊髓，上升入延髓而终；丁曰固有侧索，则极细之乒之所凑会者也。（三）后索之乒，亦犹前束，析而为二，在内方者曰皋尔 Goll 氏索，在外方者曰楔状索，二者乒皆上行，终则入于延髓。

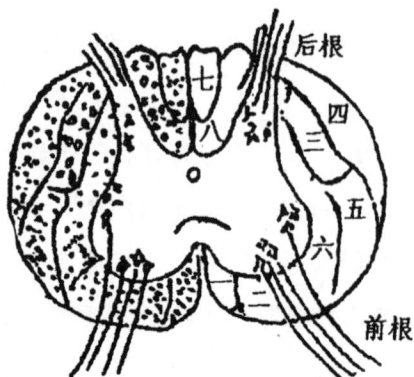

一　圆锥体前索

二　固有前索

三　圆锥体侧索

四　孚微游氏索

五　前外索

六　固有侧索

七　皋尔氏索

八　楔状索

第四分　脑脊髓神经中枢部之生理

【四之一　作用】

精神作用　凡人举手投足，多因意识之力，如是意识，在中枢幺。此幺具固有能力，能自偾兴，次传诸离心性彳，以至外部，俾生动作，是为随意运动。

设体表受撄，则其处之神经杪末，为之偾兴，次由求心性彳，传诸中枢，爰生感觉。故中枢幺，又有特别能力，能知外界之撄。惟有此觉，乃有外界观念，且此观念，又非刹那之间，即归消亡，即于中枢，永久不灭，故人遂以有忆。

中枢之幺，每遇外界事物，既有忆力，则尔后倘逢同一事物，自能征诸前之所忆，而断其性质之同，如是作用，其名曰知。

又中枢幺，既具忆力，则人自可据此，以求同事物之显见于方来，如是作用，名之曰志。若联前后所忆，用应外界事物之变，则名曰才（智）。

凡此诸力，咸为中枢之幺所固有，其显见于外者，则总称之曰精神作用。

反射作用　因知觉性神经而生之运动，曰反射运动。如是动作，不必受意识之命令，而能自行，如操锥刺指，则当方觉未觉之际，指已先退。又用撄性气体，薰人鼻腔，嚏必先作，觉乃与偕。凡此见象，皆应外撄而来，非任人意，故谓之反射作用。

盖外撄频繁，沓来纷至，使尽借精神作用以应之，则不特不胜其烦扰而已，每来一撄，必先辨其撄之性质，次由意识以生动作，故其应之也迟，或且有害于生命，缘此二因，则有反射作用，使外撄之来，不必一一有判别于大脑，仅由知觉性神经彳，导入脊髓灰质中之幺，次即移入运动性神经幺，爰生动作，以应外撄。故初之待精神而动者，久久益习，则能自行，所谓熟练或习惯者，此也。

顾反射作用，亦能制以意识。苟其立意不动，则伸指触睫，亦不目逃，以手搔肤，可不失笑，是名反射制止机。惟在此机，亦有定限，设外撄过强，或其时过久，则官能遂消。又反射作用中，虽意识所莫能制止者亦有之，如男根勃起、分娩、虹采运动等皆是。

自动作用 人体诸官之中，有不因意识，不根外因，而自动作者，谓之自动作用，有如呼吸，即属斯例。盖中枢幺，具一能力，能自偾兴，令杪末所布之官，自生动作，由生至死，更无休时，且动止有序，无紊乱焉。

传导作用 如第三分所言，诸神经幺，互相勾联，故甲之偾兴，可传于乙，是名传导作用。譬如偶逢一撄，则由知觉性神经幺，传入反射中枢，更移入运动性神经幺，而动作见于外，惟尔时亦传此撄，至于精神中枢，故反射起时，亦并生觉。

上述作用，非同一中枢，兼有其四，乃各以固有能力，分任其事者也。

【四之二　官能】

大脑 凡精神作用，咸为大脑所主宰，发育有害，知能必低，倘蒙毁伤，亦复如是。惟仅毁半体，则他之半体，尚能代之；逮毁其全，而所司作用，遂以丧失。

大脑之中枢，要者凡三，皆在皮质如次。

（一）运动中枢　居大脑全表，倘一侧偾兴，则他侧之肌，能生运动，其在前头叶之一分，特名之曰言语中枢，司舌、口及颚诸肌之运动，倘加毁坏，则得失语之疾。

（二）寒热中枢　与运动中枢偕。

（三）感觉中枢　司五官觉：一曰视中枢，在后头叶；二曰听中枢，在颞颥叶；三、四曰齅中枢及味中枢，在前头叶；五曰触（广谊）中枢，在胼胝体及前后中心回旋之处。倘其某中枢毁，则某觉亡。

小脑　此虽受伤，于觉官知能及精神作用，咸无核碍，惟全身运动，为之不调，步行亦失常度，故调整身体之细致运动，及支持躯干，当属小脑主之。

延髓　此之中枢，可作二类，一为自动，一为反射，亦有统辖脊髓一切之反射者，则曰主中枢。其自动中枢中，于保续生命之要，有出大脑及脊髓右者，今分别记之如下。

自动中枢第一

（1）呼吸中枢　此在小脑与延髓间之菱形窝中，位于下端，毁之则呼吸止息，生命立殆，故亦谓为主点。而其兴奋，则与血中酸素及炭酸素之函量相关。使酸素极多，炭酸至少，则中枢不为所撄，遂无呼吸；二者不越常量，则呼吸均齐，有如恒态；惟炭酸量多，酸素量少，则呼吸遂频数而艰，久而噎喝，终乃绝息。

（2）心制止神经中枢　偾兴弱则心动为之衰，强则为之止。

（3）心鼓舞神经中枢　偾兴则心搏为之数，而收缩之力亦加强。

（4）动脉中枢　偾兴则动脉收缩，心与静脉，遂以廓张。

（5）张脉神经中枢　官能与（4）正反。

（6）痉挛中枢　延髓贫血或静脉性充血，则撄此中枢，令发痉挛，加以质学及力学之撄亦然。

（7）主发汗中枢　此统御脊髓之发汗中枢者也。

反射中枢第二

（1）闭睑中枢

（2）喷嚏中枢

（3）咳嗽中枢

（4）发声中枢

（5）啜入运动及咀嚼中枢

（6）泌唾中枢

（7）咽下中枢

（8）呕吐中枢

（9）开瞳中枢

（10）主反射中枢　统辖脊髓中一切反射中枢者也。

脊髓　脊髓所存之中枢，厥数凡八，咸有反射作用，即与延髓断绝，亦尚能暂保其官能，惟在健体，乃悉受延髓之主反射中枢所主宰，故亦谓之下级脊髓中枢，其目如次。

（1）散瞳中枢　约在第一至第三匈椎部，暗则偾兴，而瞳孔为之散大；

（2）排矢中枢　约在第五至第六七腰椎部中；

（3）排尿中枢　同前；

（4）勃起中枢　在腰椎部；

（5）射尽中枢　约在第四五腰椎部；

（6）分娩中枢　在第一及第二腰椎部；

（7）脉神经中枢　散在全脊髓中，司脉之收缩与其廓张；

（8）发汗中枢　所在同上。

第五分　脑脊髓神经中枢杪末部之生理

见第二分之一。

第六分　神经系之摄卫

人之所以灵者，端缘脑及神经与夫五官暨言语之官，善能发达，别具睿智，超于他禽，故能依据旧有，加以薰修，克成事业，他物莫逮。然使训习摄卫，不能合律，或毁损疾病，未能预防，则上述诸官，即为不预，而人之睿智，亦沮阂矣。

图神经系之康健者，首重营养，即消化呼吸等系，咸当检摄，血脉顺遂，空气清新，诸凡要事，已具前分。盖躯体既衰，精神安托，故前言摄卫诸术，于神经一系，实能咸有至大之系属者也。此他则宜视身体之强弱，渐加磨练，与体育同。

凡劳动精神之人，时必有所休息，倘其过剧，则休止之时宜长，睡眠之时宜久。假使不尔，脑乃受过度之搅（如思虑感动，永日不已，或则过强等），终易常度，是成神经衰弱，或为神经过敏，遇事易激，或则易忘，一切精神官能，无不减退。

脑之受搅，除上述之思虑感动，为直达者而外，更有介达者数种，能使其病。介达之道，或因五官及知觉神经（如搅精神过剧之视觉、听觉、严寒、极热等），或因于血（如服麻药、醇酒及过饮浓茶、加非等），此他则打击头部，亦能令脑、脊髓官能为之核碍，成脑或脊髓之震荡症焉。

脑震荡症者，为大脑官能之伤，外见之征，为呕吐、失神、昏睡、脉搏徐缓、呼吸就微及皮肤转成苍白色等；脊髓震荡症则为脊髓官能之核碍，大抵缘脊柱直受撞击，或由四肢与臀部之冲突而生，外见之征，为失觉、失动、遗矢、遗溺、呼吸及心搏之不正、减弱等。又伤时无他，而后日则知觉运动，渐易常态者亦有之。当始发时，宜令安卧，就头部行冰罨术，或视病状，服以亢奋之剂，后急延医，令加治理。

乱服醇酒烟草，甚害神经，常因此发脑充血、脑出血（卒中）诸疾。若在龆中，厥害尤甚，故有嗜此二品者，必禁绝之。

过剧之寒热，无不害神经系，而小儿为尤，如病感冒，能作神经系病之因，又受酷热，则病中暑，其甚者，或至脑膜炎。

眠者，即脑之弱度贫血，脑中之血，散逸于外，负荷既减，乃得安谧，故此之于人，实为休养神经系惟一方术。惟其有此，而夙昔劳倦，得以净尽。故眠之时间，当视职业之种类、长短及劳逸而定。约言中数，则成人约七八时间，小儿约十至十六时间。倘就眠，则精神五官及随意运动，莫不停止；而不随意运动，如循环呼吸等，亦略减弱，物质代谢，缓于醒时，吸收酸素之量，亦从而减。假使日间受过强之撄，或入寐而外撄至，则脑之一分，虽息不安，或复奋兴，而梦作焉。

此他要事，为择寝室，一曰宜广，二曰宜安，三曰宜静。此他则空气宜燥，且不得置善于挥发之品（如酒及石油等）。室少户牖，则人不宜多。

Generatio 第九

第一分　构造

【一之一　Organa Genitalia Virilia】

Ⅰ. Testis et epididymis 甲之状卵圆，而质柔软，其外被膜，曰白膜，更成襞积，侵入质中，其全体遂受画为多数小叶，名之曰 Lobuli testis。每叶之成，集自细管，亦具曲直，与细尿管同，名前者曰 Tubuli seminiferi contorti，后者曰 T. s. recti。诸管之终，吻合如网，复自此出细管十以至十二，外行至 Epididymis 中，又作回旋，成 Lobuli epididymis，次又会合，而为一枝，乃移行为 Ductus spermaticus。甲乙二者，咸为细管所集成，故按其性质，实为复腺。曲管构造，成自三层：最外即扁平之幺，次为膜质，内则复层上皮。此上皮幺，靖时形圆，逮夫动作，则见诸相，名其业曰 Spermatogenesis。如是官能，难见于人，至易者莫若鼠，铡验其幺，可得数种，至要者曰 Spermatiden，即形成 Spermatozoon 者也。

自细管所分泌者，谓之 Sperma，呈亚尔加里性，其在 Testis 中，质殊浓厚，迨其既出，则溷合 Ductus spermaticus 及柯贝氏腺、摄护腺等泌分之液，质遂加漓，有形成分，所函止一，即 Spermatozoon，为孳殖之要品，成自三分：上端为首，中部为体，最终则谓之尾。其首扁平，有如梨实，以 Nuclein 为质，与核相当；体则自微幺之合成，其外被膜；尾亦如是，性能运动，类于颤毛。

Ⅱ. Ductis spermaticus 为 Epididymis 之续，长约三〇至四〇生密，自下而升，终至 Vesicula seminalis 近处，入摄护腺而启口于尿道之后部。

此之构造，凡分三层：内为黏膜，次有肌层，最外则为幺膜。

Ⅲ. Vesicula seminalis 在旁光之后，直肠之前，左右各一，司泌液体，以漓 Sperma，启口之处，同于前者。

Ⅳ. Urethra virilis 此在第六，已记其略，此当更加诠释者，为可析为三部：一曰摄护腺部，环以同名之腺；二曰膜状部，环以肌肉；三曰海棉体部，则为 Corpus Cavernosum Urethrae 之所绕，柯贝氏腺，启口于是焉。

摄护腺之状，有如栗实，锐端向下，所泌分者，乃为浆液，柯贝氏腺亦然。

V. Penis 析为三部：后端曰 Radix P.，前端曰 Glans P.，中央则谓之 Corpus P.。前端弸大，旋复小隥，其外多腺，泌分液体，储之隥中，全体覆以外皮，多函色素，凡黄色人，皮常不覆至端，皙人则否，若其成人而不脱，则谓之 Phimosis。

构成此者，为海棉体，名之曰 Corpus cavernosum penis，厥数凡二，分居左右，检以显镜，则为极细之弹力氽，布于是者，有动静脉。设在后端之肌，缩而不弛，则静脉血，不能归流，蕴积海棉体中，爰生勃起。

【一之二　Organa Genitalia muliebria】

I. Ovarium et parovarium 此于孳殖，实为要官，比诸男子，则犹 Testis 也。甲之位置，居 Uterus 两侧，左右各一，形略椭圆，长二·五至五生密，广一至三生密，以系（韧带）与 Uterus 联，而此及 Tuba uterina 之间，则有细管所集成之小体一群，名曰 Parovarium。

考 Ovarium 之构造，实亦一腺，别为三层：首曰白膜，成自结缔织，上被单层圆柱状氽，谓之胚上皮；次曰皮质，与白膜无特别之界；三曰髓质，则纡曲之脉，与无形肌氽所构合也。

皮质之中，有小囊多数（在人约三六〇〇〇），成自上皮之氽，谓之滤泡，在皮质外层，则秩然成列，谓之滤泡带，每泡之中，各函 Ovum，为孳殖要品，与男子之 Spermatozoon 相当者也。

Ovum 发生，在胚上皮。此上皮中，函有较巨之氽，能渐次浸入皮质，次成丸形，而上皮亦益孳殖，以成复层，所函 Ovum，终乃偏居一侧。上皮氽外，更有薄膜，中央则见空虚，实以液体，名此丸形者曰滤泡，膜曰滤泡膜，液曰滤泡滴。

Ovum 亦作圆形，其外被膜，可见细文，曰透明带，Zona pellucida。膜中所有，亦为形素，又具颗粒状物，则曰第二形素，总称之曰 Vitellus。中央有核，谓之胚泡，核中更具二仁，谓之胚点，常作运动，如阿弥巴然（Nägeli）。

Ⅱ. Tuba Uterina 左右各一，与 Uterus 及 Ovarium 相联，Ovum 之入 Uterus。此其道径，一端向内，启口于 Uterus 之顶；一端则启口于腹腔，此端之缘，甚有隆陷，名曰 Fimbriae tubae（输卵管剪彩）。亦有细长而达 Ovarium 者，则谓之 F.ovarica，是中十分，长而弸其端，是为摩尔该尼氏之水泡体 Sinus morgagni。

此之构造，亦分三层，自内数之，则一曰黏膜，次曰肌膜，终曰浆膜。

Ⅲ. Uterus 位居旁光与立肠之间，状如落苏，上端弸大，是曰底，中央曰体，下端狭小，是曰头，突出于 Vagina 中。正中有孔，谓之 Orificium externum uteri。本若一字，逮分娩而后，乃成圆形，全部内面，略皆平泽，惟头部稍有襞积，谓之枝状襞积，而顶之两旁，则 Tuba uterina 启口之孔在焉。

此之构造，亦分三层：最内为黏膜层，次为肌层，最外则为浆膜。黏膜之中，多函小腺，谓之 Glandulae uterinae，而及头部则上皮及具毡毛。

Ⅳ. Vagina 此为纯粹 Copulatio 之官。上端与 Uterus 相续，全体虚作管状，微弯如弓，隆部向后，与旁光及直肠，则系以结缔织；下端辟启，本有薄膜蔽之，是名 Hymen，膜上往往有孔，或圆形或如半月，或如筛孔，所以通 Menstruation 者也。

此之构造，亦凡三层：首曰黏膜，表面多具襞积，中不函腺；次曰肌膜，内层轮走，外层直行；终曰夅膜，则为结缔织与弹力夊之所构成。

V. Par genitales extermae

此之两侧，有大襞积，成自肤革，表具毫毛，内函脂腺，名曰 Labium majus pudendi。而其下面，乃更有较小襞积，谓之 L.minus pudendi。二襞积互于上下，各相联合。乙之上端，存一小体，谓之 Clitoris，亦能勃起，与男子之 Corpus cavernosum penis 相当者也。

附：mammae。此之位置，在匈骨左右，第三至第四肋间，比至成期，乃顿发达，顾女性为尤著，状约半圆，中央具一突起，谓之乳头（Papilla mammae），周围有色素沉著，是名乳腺构造。

晕（Areola mammae）。乳腺构造为复胞状腺，数约二十，其输细管，则共启口于乳头，诸腺之间，联以结缔织。倘方有身，或方授乳，则并有脂幺实之。

人当有身之终，腺即弥大，腺壁之幺，泌分脂肪，又有卢可企丁，自膆而入腺中，摄取其脂，浮游液内，令其色白，是名乳丸，达授乳之时垂毕，则乳腺萎缩，终乃惟输泻管仅存。若在男子，则无腺房，第有分岐之输泻管而已。

乳之成分，据区匿 Ko'nig 氏所析分，（二十次）得中数如次。

水八七·四一　卵白质二·二九　脂肪三·七八　乳糖六·二一矿质〇·三一

第二分　生理

Generatio 之官，既臻成熟，则人遂入于成期。是期之初，男约十四以至十六（岁），女则自十三以至十五岁，爰始有 Spermatozoon 与夫 Ovum 之泌分，器官亦充血具足，爰起 Copulatio 之欲。身体诸部，多见变更，如是官能，女子至五十而衰，而男子乃至于耄耋。

Menstruation 孳殖之官，发育具足，则在女子，乃见 Menstruation，每四七日而一至，此 Ovum 已熟，脱离 Ovarium 之征象也。

滤胞发生，在 Ovarium 中，比其成熟，大如豌豆，中函 Ovum 及卵白质液体，至于尔时，其量大增，终乃破裂，胞膜亦函脉络，故于脉中之血，两相椢合，并皆外行，且 Uterus 亦复充血，脉之细者，往往绽裂，巨者亦有赤血轮通过管壁，其量极多，缘此数因，则遂有 Menstruation 之见象。

滤胞既裂，Ovarium 之膜随之，而 Tuba uterina 之剪彩，时乃向 Ovarium，以受其 Ovum。又因管壁之幺，具有颤毛，故赖其运动，得至 Uterus 中，受尽发育。设其不尔，则遂死亡。

Fecundatio 此之成因，由于遘会，射尽而后，男性之 Spermatozoon，乃在孳殖官之一处，与 Ovum 遇，贯入于 Uterus，尔时 Ovum 之膜，突然增厚，形素亦忽收缩，用拒其余，使勿更进，倘尽爷之入，数不止一，则胎儿发育，遂为畸形。

第三分　摄卫

略

结论

体昷第一

人方生活，必有常昷，不因外缘而变，是称体昷。其度亦因处所，微见差异：血最高，体腔次之，外皮又次之。测计之处，厥惟腋下，或在口中，以摄氏三十六度五分至三十七度五分为常数。

变动 体昷常数，时亦变动，列举其要，则如下方。

一 因于时 午后四时最高，清晨及夜半最低。

二 因于食 进食而后，体昷常升，设其饥饿，则昷度渐降，至摄氏二十度，乃遂死亡。

三 因于年 赤子最高，老人较低。

四 因于时 劳作方中，或精神感动，皆使之增，昷浴、饮酒而后，皆使之减。

发生 此之由来，可别为二：一曰质学作用，二曰力学作用。

一 质学作用 凡有物质，与酸素化合，则曰酸化，亦名燃烧。而人所饮食荣养之品，析为元素，要不过三，曰水素、淡素、炭素，若至要之酸素，则因呼吸，取诸气中。四者在腠理之内，爰生变化，脂肪及函水炭素，遇酸素为水及炭酸，卵白则成尿素，当此质变之际，即生体㶑，而硫成硫酸，磷成磷酸，亦作之助。

　　按：据力学家言，凡力不能骤生，必有所本。如一物质，不动不变，而究其实，乃有力存，是名能力。倘燃烧后，此力遂变，是称活力，爰以生㶑。人类食品，皆具能力，遇得酸素，则受其酸化，转成活力，即为体㶑。故言体㶑之原，当在食品与呼吸之酸素。

二　力学作用　内藏及肌肉之运动，亦能生㶑。如血之循环，历受抵抗，呼吸之际，空气出入，肋骨上下，及肌腱与骨节之互相摩擦皆是。又胃肠运动，亦复有㶑，第其㶑度，甚微小耳。

调节　人之体㶑，既不因外缘而生差，则自必别有机能以调节之，其略如次。

一　发生之调节

（甲）体外过寒，则生㶑多，呼出炭酸之量增，而所需酸素，量亦益大。

（乙）外皮遇冷，则肌肉发随意及不随意（战栗）运动，促生体㶑。

（丙）㶑度升降，每影响于食品，如届严冬，或居寒地，则常感饥，且需多食脂肪之属，而夏日及热地则反之。

二　放散之调节

（甲）体㶑上升，则皮肤之脉张，皮作赤色，使善导热，偕以发汗，逮其蒸发为汽，乃遂挟热，与之俱行；倘其下降，则脉遂缩，使其体㶑，少所放失，而皮表之色，于以转苍。

（乙）心之收缩，能驱血至于皮表，令放其昷，故心动亢进，则血之环流次数为之增，而体昷放失，亦加其量。

（丙）体昷过高，则呼吸数，当吸气时，虽因空气摩擦，略能增昷，顾当呼息，则水汽挟昷，与之外行，复能催促循环，使益迅速。

（丁）寒地动物，皮下每具极厚脂肪层，以遏体昷，使少放失，而居热带者不然。

此他体昷放散，亦因姿势，猸缩则减，伸展则增。倘其体昷发生，忽失常度，或调节官能，不能健康，则体昷顿升，是为发热，当制止其发生，或促放散以治之。

人类体昷，调节至适，既如前言，顾外界昷寒，转变亦剧，爰乃不能不假他质为之辅，而古人衣室之制，于是昉矣。

衣 食品酸化，乃生体昷，衣以保之，使勿妄耗。而热之散失，每缘三因：一曰放射，二曰传导，三曰蒸发。衣服当具之道，即系于斯。

（一）质多气孔，使内外换气，不疾而徐，盖衣之为用，非禁止体昷，俾弗放失，惟在抑留长久，节其消耗，故质疏多孔者，既能收汗，又复函空气甚多，适于蔽体。毛布最上，棉布次之，而麻布所宜，乃独炎夏，若夫罗谷锦绣，则仅修饰而已。

（二）空气之往来频而疾，则能导热，使之散亡，倘蔽体以衣，则空气出入，仅由小孔，昷之散失，亦因以徐，然使密塞不通，乃复有害。

（三）人体之表，恒写水气炭酸，故衣之为质，既需与外气隔，又需与外气通，导输写品，宣之于外，复宜有吸水性，其湿其燥，皆甚徐徐。此性毛布最上，棉布次之，与第一事同。若麻与绢，则沁水极速，气孔俄顷即塞，能阻蒸发，燥亦极速，能夺体昷，故衣此而不慎慼者，每罹感冒之疾。

通观上述之事，可知衣之为用，非能生昷，而在留发生之体昷，使勿顿散，故衣不宽博，及质地致密，皆不宜于人。

衣之色采，亦与体昷相属。收热之力，白色最少，黑色最多；然反射光线之力，则白色最多，黑色最少，故白色宜于夏，黑色宜于冬。

衣之寒燠，当视习惯，亦因年龄，然言通理，则大抵上部可寒，下部宜暖。首已有发，无假及冠，颈在动时，勿用棉领，此他隘窄之衣，虽为时样，然甚有害于摄卫，勿御可也。

夜卧之衣，厥惟衾褥。人当眠时，体昷略降，脑亦稍稍贫血，故衾褥宜昷于衣，使体昷放失，为时益徐，又引血下行，俾脑休息。其表里所宜，为棉与麻，常需洗涤，毋使垢污，至塞气孔，而所夹之棉，则以干燥洁净，多具空气者为最适。

室 室者，所以御风雨，防寒暑，人居其中，得以安定。约言之，即以此作人为之气候，使勿受外界之变者也。当慎之事，大凡有三：一曰屋材，二曰空气，三曰日光。

（一）屋材最要，在于通气，次为导昷。通气之力，大者为善，石最上，木与土次之，宜作室壁。通气之力小者，可葺为盖，茅最善，顾以能然，遂鲜见用，多用板或瓦作之。

（二）室中空气合生物呼出之气，久则污浊，故宜易之。易气之法，天然者为风，常时则有气体交流作用，人为者其术有几，如暖炉及风轮皆是。使室有湿气，则至害人，此之由来，多自地面，若四壁濡湿，则空气出入，受其阻碍，而易气为之不良。

（三）室中之光，宜甚明晰，在昼有日，夜则用灯，色以白者为适，余所当慎者，略如下方。

一 光量宜大，然不可灿烂夺目。

二 光原不宜极热，令室增昷。

三 光线不可动摇。

四 所生气体，令室中空气变恶者，所不当用。

代谢第二

生活 绪论尝言，人体本柢，实始于幺，幺合为胅，胅合为官。体之诸官，各有作用，施行不止，爰始有生，而作用之来，则赖酸化。如举手投足，或设想用思，则所司之官，其一分必有酸化与分解之事。故生象之见，分解随之，既有分解，自生废品，废品留于体内，是以害生，故人体遂不能无所输写，既分解输写矣，爰乃自生不足，当有新质，用补其虚，而始取食品，即荣养之要，遂由是起焉。

代谢 代谢者，即合上述荣养、酸化、输写三事而言。人之方生，刻不止歇，而体品亦随属之。人体为物，譬如流水，流虽长存，水乃常易，所谓交臂成故者也。区别代谢，可得八级如次。

（甲）荣养

一 食品之食素，转化于消化系中。

二 食素之已质变者，被收入脉，因血之循环，遂遍布于体之诸部。

三 全体诸官之胅，乃由林巴液之媒介，取其养分，纳诸幺中。

四 幺得养分，乃用以生长孳殖，以补胅之所不足。

（乙）酸化

五 空气中之酸素，因呼吸而入肺胞。

六 通过胞壁，以至毫管，亦因血之循环，遍布于体之诸部。

七 全体诸官之胅，亦由林巴液之媒介，取其酸素，酸化分解，以生活力，与夫体昷。

（丙）输写

八 已分解之媵，复借林巴液之媒介，返而入脉，函于血中，至输写之官，出于体外，自肾为尿，自皮为汗，而自肺则为呼出之气。

媵既分解，因生不足，当有饮食，以弥补之，爰有所觉，谓之饥渴。饥者，胃中方空，黏膜生变，因由神经，传诸脑中，使其荣养，无有疏失；而渴者，则口腔干燥，软口盖继之，因由神经，传入脑中所生之感也。

代谢盛衰 以代谢譬诸经济，正复相同，荣养为收入，输写为支出。少之时，荣养之作用盛，收入之量，多于所出，故能用其养分孳生新幺，令其身体，日益发育，是为生长。逮至成年，出入之量，殆相等一，新幺、新媵虽亦生长，而仅作补分解之阙，故骨心肺等要官不更增大，即荣养偶或有余，亦不过益其脂肪与肌肉之量，是谓之腴。使其反是，支出之量，多于收入，则本有之媵渐减，是谓之腹。若夫老人，则其幺与媵，生育皆衰，支出之量，必超于收入，身体因是渐益衰耗，终乃死亡。

通言摄卫第三

个人摄卫 以一个人，自图体力之苗壮，防疾病于未萌，致意于饮食衣室以至动止起卧者谓之。若在平时，通言要略，实止二事：一曰洁净，即体之诸官，毋使蒙垢，倘其不洁，则作用渐滞，终乃毁伤，故附体之物，咸当涌濯，并屡曝诸日光之中，俾所著微菌，不能繁生；二曰运动，此之为事，不徒能发达肌骨而已，且亦能盛大其代谢官能，令体长健，故当勉行，惟勿越度，作而至劳，爰乃休息，使体中废品，得以排除。日中作劳，晚必晏息，劳精神身体者愈剧，则晏息之时宜愈多，惟起卧之时，当立定限，朝气常新，暮气常浊，夙兴早卧，摄卫之通则也。

若如前言，摄卫无怠，全体之官壮而官能全，则曰健康；体之一分，觉其异常，或某官能，见有障碍，则曰疾病。疾病之原，大要有几：或缘器械之力，如挫折创伤；或缘寒温之变，如感冒及呼吸器病；又或缘荣养不良，劳作过甚，及服烟草、醇酒、毒物或败肉、馁鱼之属，则人体为之衰弱易常，能招他病之发生，或与病菌以寄生之机会。

未病之前，宜慎预防，已言于前，既病而后，则当治理。首需反省，平时何事，背于摄卫，逮知其故，即迁改之。次宜服药，用图止病，惟药之为物，非能除病，仅能遏止或促进体之某官，令其官能，或增或减，逮生体作用，复其常度，则曰病瘳。故不善摄卫，而托命于药石者，揆诸学理，正如南行而辕北向者也。

病之痊否，多视体质。设有病菌，寄生于人，若其质弱，无抵抗力，则菌盛人衰，终至于死；若其质强，则卢可企丁，食菌令绝，或在体中，别生物质，曰反毒素，力能抗毒，并灭病菌，而此物物质，亦能长留。自此而后，则此种病菌，即入人体，莫能寄生，是称免疫质，如中国之痘，既出而后，多不更生，即斯理也。

公共摄卫 在行政权范围以内，维持社会摄卫者谓之。顾其基本，在于个人，若譬国家于人体，则个人正如一幺，幺而不健，体奚能壮？故政家立制而善，个人所当遵行，同一心力，俾群安善，当行之事，略如下方。

一关于食品者，则设水道，使全群所饮，无有不洁。又巡饼饵、果实、鱼肉诸肆，检其商品，倘有不良，即禁发售。

二关于家室道路者，宜开沟渠，以宣污水。又运尘埃污物，勿积于市，定制造场等之地，俾勿以有害气体，弥漫市中，且设公园，令市民劳作之余，怡神于此。

三关于预防传染病者，为公众卫生首要，凡最险之疾，如霍乱、赤痢、黑疫、痘疮等，时或流行，则当急施遏止及扑灭之术：（一）有人物自病原地来，则行检疫及消毒；（二）普行洒扫及免疫（如痘）之制；（三）纳病人于一定之医院，病家邻近，当绝交通，而病人所用什物、衣服及输写品，则并施消毒，此法常用日光蒸汽，或以石炭酸、升汞水及石灰乳洒之。

附录

生理实验术要略

一　骨之有机及无机成分

切兽骨作细片。煮之。则胶质出于水中。所余者为无机成分。或煅去其有机分亦可。用磷盐酸。浸骨片于中。历数日。则无机分溶解。所余者为有机成分。

二　横纹肌之纹

取肌束一。切去其腱。次去肌膜。用针徐徐分析。逮得极细之牟。乃就显镜（三百倍）检之。无纹肌亦然。

三　食素检出术

（一）卵白质　加密伦氏液。则呈赤色。（密伦氏液制法用汞一克。溶解于硝酸二克。次加水一倍。以漓薄之。）或先加苛性钾水溶液。次注入极薄之硫酸铜水溶液。则呈紫色。

（二）含水炭素

甲溶蒲陶糖于水。加菲林氏液。则呈赭色。（菲林氏液制法。（一）硫酸铜二五克。加水一〇〇克。（二）酒石酸钠一克。苛性钠〇・四克。加水一〇〇克。次取（一）一立方生密。（二）二·五立方生密。混合之即成。）

乙取蔗糖溶解于水。加硫酸少许。即成蒲陶糖。可用前术试之。

丙取淀粉入水中。注入碘之酒精溶液。则呈蓝色。

四　唾之糖化作用

取淀粉和水。纳试管中。煮令成糊。注以碘液。即呈紫色。次又加水令薄。滴入唾液少许。置四十度温水中。当见紫色渐褪。若注入菲林氏液。即呈蒲陶糖之反应。

五　胃液之卵白消化作用

煮卵白令凝。切作立方形。投人工胃液（取市肆所售沛普旬二五克。加盐酸一〇克。水二五〇〇克即成）中。加温（摄氏三十六、七度）至数十分时。当见立方之角。渐益浑圆。知已成沛普敦。溶解于液。故加密仑氏液。则呈赤色。

六　膵液之糖化作用

取兽膵。置空气中一日。即浸于四十％之酒精中。数日后。滴以无水酒精。则其 steapsin，ptyalin，trypsin 皆沈淀。是名 Pankreatin。可用此试淀粉之糖化。术与第四则同。

七　膵液之脂肪分解作用

用中性脂肪。（用肆中所售之阿列布油。加重土水。煮之令沸。逮冷。即浸诸以脱。数日以后。以脱中已函中性脂肪。可蒸发以脱而得之。若普通之脂肪。则其中已函脂酸。故不堪用。）加 Panpreatin。并插入青色试纸。则脂肪分解。成格里舍林及脂酸。故试纸转为赤色。

八　血之固体及液体成分

用新血入波黎管中。外围以水（马血则不需此）。靖立良久。血汁及血轮二者。即渐离析。

九　糸素

用新血入皿中。急搅以箸。则糸素渐多。绕于箸端。所余者为血清。不能凝固。糸素虽作赤色。以水涤之。即成纯白。

十　血轮

（一）赤血轮　作〇·六五％之食盐水。滴于左手无名指背侧之端。取锐针贯水刺之。则血出即入水中。不触空气。乃置玻黎片上。以显微镜检之。当见其浮游液中。均作镜状。次加水令淡。则展为板状。加盐令浓。则收缩如荔支。

（二）白血轮　用极细波黎管。吸入新血。吹酒镫之火。封其两端。就显镜检之。

十一　血之循环

用薄板或原纸一枚。大如掌。一侧作一小孔。次以 Chloroform 醉蛙（须二十分时。或用针破其小脑亦可）。令卧于板。剖腹展其肠间膜。蒙于孔上。四围固定以针。（或树刺）。令不皱缩。乃就显镜视之。可见循环之状。赤血轮在中央。白血轮则循管壁。倘历时久。则宜略润以水。俾勿干。

十二　呼出之气内含炭酸

用新制石灰水。（旧者不可用。制法为浸生石灰于水。少顷。取上部之澄明者纳瓶中。加盖待用。）置器中。又取波黎管一。一端入水。一端衔于口吹之。则澄明之水。即变白如乳。成炭酸石灰。

$$[(HO)_2Ca+CO_2 \Longrightarrow CO_3Ca+H_2O]$$

十三　生物失空气则死

取鼠或小鸟入排气钟内。去其空气验之。

十四　脑及脊髓之作用

用以脱醉蛙。取锯切开头骨。去其大脑。置半身于水。察其举止。当见姿势不失。此他器官。亦无障碍。而意志已亡。任置何处。决不自动。惟反其身。令腹向上。或直接加撄。乃运动耳。

次去其小脑及延髓。则姿势顿失。呼吸亦止。然以脊髓尚在。故取火焚其足。则举足以避。或用醋酸滴于肤。亦举足欲除去之。此其反射作用也。

次更以针纵贯脊髓。则上述作用。一切俱亡。（然因神经及肌肉未能即死。故直接加撄。亦尚呈反应。特甚微耳。）

其他科学杂文

说镭

昔之学者曰："太阳而外，宇宙间殆无所有。"历纪以来，翕然从之；怀疑之徒，竟不可得。乃不谓忽有一不可思议之原质，自发光热，煌煌焉出现于世界，辉新世纪之曙光，破旧学者之迷梦。若能力保存说，若原子说，若物质不灭说，皆蒙极酷之袭击，跐踉倾欹，不可终日。由是而思想界大革命之风潮，得日益磅薄，未可知也！此新原质以何因缘，乃得发见？则不能不曰："X线（旧译透物电光）之赐。"

X线者，一八九五年顷，德人林达根所发明者也。其性质之奇异：若（一）贯通不透明体，（二）感写真干板，（三）与气体以导电性等。大惹学者之注意，谓X线外，当更有Y线，若Z线等者。相率覃思，冀获新质。乃果也驰运涅伏，必获报酬。翌年而法人勃克雷复有一大发见。

或曰，勃氏以厚黑纸二重，包写真干板，暴之日光，越一二日，略无感应，乃上置磷光体铀盐，欲再行实验，而天适晦，不得已姑纳机兜中，数日后检之，则不待日光，已感干板。勃氏大骇异，细测其理，知其力非借磷光，而铀之盐类，实自具一种类似X线之辐射线，爰名之曰铀线，生此种线之体曰剌伽刻佉夫体。此种物体所放射之线，则例以发见者之名名之曰勃克雷线。犹X线之亦名林达根线也。然铀线则无待器械电气之助，而自能放射，故较X线已大进步。

尔后研究益盛，学者涅伏中，均结种种Y线Z线之影。至一八九八年，休密德氏于钍之化合物中，亦发见林达根线。

同时，法国巴黎工艺化学学校教授古篱夫人，于授业时，为空气传导之装置，偶于别及不兰（奥大利产之复杂矿物）中，见有类似X线之放射线，闪闪然光甚烈。亟告其夫古篱，研究之末，知含有铋化合物，其放射性凡四千倍于铀盐。以夫人生于坡兰德故，即以坡罗尼恩名之。既发表于世，学者大感谢，法国学士会院复酬以四千法郎，古篱夫妇益奋励，日事研究，遂于别及不兰中，又得一新原质曰鉬（Radium），符号为Ra。（按旧译Germanium曰鉬。然其音义于Radium尤惬，故篡取之，而Germanium则别立新名可耳。）

一八九九年，独比仑氏亦于别及不兰中得他种剌伽刻佉夫体，名曰爰客地恩。然其辐射性不及鉬。

坡罗尼恩与铋，爰客地恩与钍，鉬与钡，均有相似之性质。而其纯质，皆不可得。惟鉬则经古篱夫人辛苦经营，始得略纯粹者少许，测定分剂及光图，已确认为一新原质，其他则尚在疑似之间，或谓仅得保存其能力而已。

鉬盐类之水溶液，加以铔，或轻二硫，或铔二硫，不生沉淀。鉬硫养四或鉬炭养三，不溶解于水，其鉬绿二，则易溶于水，而不溶解于强盐酸及酒精中。利用此性，可于制铀之别及不兰残滓中，分析鉬质。然因性殊类钡，故钡恒羼杂其间，去钡之法，须先令成盐化物，溶于水中，再注酒精，即生沉淀，然终不免有钡少许，存留溶液内，反复至再，始得略纯之鉬盐。至于纯质，则迄今未能得也。且其量极稀，制铀残滓五千吨，所得镭盐不及一启罗格兰，此三年间所取纯与不纯者合计仅五百格兰耳。而有谓世界中全量恐已尽是者，其珍贵如此。故值亦綦昂，虽含钡甚多者，每一格兰，非三十五弗不能得。至古篱氏之最纯品，以世界惟一称者，亦仅如微尘大，积二万购之，犹不可得，其放射力则强于铀盐百万倍云。

此最纯品，即镭绿二也。昨年古篱夫人化分其绿，令成银绿二，计其量，然后算得镭之分剂为二百二十五。

多漠尔思氏曾照以分光器，镭之特有光图外，不复有他光图，亦为新原质之一证。镭线虽多与 X 线同，而此外复有与玻璃陶器以褐色或革色，令银绿二复原，岩盐带色，染白纸，一昼夜间变黄磷为赤磷，及灭亡种子发芽力之种种性。又以色儿路多皿贮镭盐（放射性强于铀线五千倍者），握掌中二时间，则皮肤被灼，今古篱氏伤痕历历犹未灭也。古篱氏曰："若有人入置纯镭一密里格兰之室中，则当丧明焚身，甚或致死。"而加奈大之卢索夫氏，则谓纯镭一格兰，足起一磅之重高及一呎。甚或有谓足击英国所有军舰，飞上英国第一高山辩那维之巅者，则维廉可洛克之言也。综观诸说，虽觉近夸，而放射力之强，亦可想见矣。尤奇者，其放射力，毫不假于外物，而自发于微小之本体中，与太阳无异。

镭线亦若 X 线然，有贯通金属力，此外若纸木皮肉等，俱无所沮。然放射后，每为被贯通之物质所吸收，而力变弱，设以镭线通过〇・〇〇二五密里之铂箔，则强率变为其初之四十九％，再一次则又减为三十六％，二次以后，减率乃不如初之著矣。由是知镭线决非单纯，有易被他物所吸收者，有强于贯通力者，其贯物而过也若滤分然。各放射线，析为数种，感写真干板之力强者，即贯通线也，其中复有善感眼之组织者，故虽瞑目不视，而仍见其所在。

鉏之奇性，犹不止是。有拔尔敦者，曾于暗室中，解包出鉏，忽闪闪然发青白色光，室中骤明，其纸裹亦受微光，良久不灭。是即副放射线，感写真干板之作用，亦与主放射同。盖鉏能本体发光，及与光于接近物体之二性质，宛如太阳与光于周围游星然。其能力之根源，竟不可测。

　　或曰勃克雷氏贮比较的纯鉏于管中，藏之衣底，六小时后，体上忽现焦灼痕，未几忽隐现于头腕间，不能指其定处。后古篱氏乃设法测其热度，法用热电柱，其一方接合点，置纯铜盐，他方接合点，置含铜盐六分一之锡盐。计算所生电流之强率，知置铜盐处之温度，高一度半。又以篷然测热器，测定〇‧〇八格兰之纯鉏盐所生温度，一小时凡十四加罗厘；即一格兰所放射之热，每一小时凡百加罗厘以上也。其光与热，既非出于燃烧，亦无化学的变化，不知此多量能力，以何为根？如曰本体所自发欤，则昔所谓能力之原则者，不得不破。如曰由外围能力而发欤，则鉏必当有利用外围能力之性，而此能力之本性，又为吾人所未及知者也。

　　鉏线亦有与空气以导电性之性质，设有钢板及锌板各一，联以铜丝，两板间之空气，令鉏线通过之，则铜丝即生电流，与两板各浸于稀硫酸液中无稍异。盖鉏线能令气体为衣盉（集于两极间之电解质之总名），分出荷阴阳电气之部分，故气体之作用，遂与液体电解质同。鉏线中之易被他物吸收者，此性尤著。

　　从克尔格司管阴极发生之恺多图线，及林达根线，及鉏线，若受强磁力之作用，则进行必偏，设与鉏线成直角之方向，有磁力作用，则鉏线即越与磁力相对之左而行；然因鉏线非单纯者，故析出屈于磁力及不屈于磁力之种种线，进路各不相同，与日光过三棱玻璃而成七色无异。鉏线中之强于贯通力者，此性尤著，且因对于磁力之作用，故鉬线之大部分，遂含有荷阴电气而飞运极迅之微粒云。

被磁力而偏之鉬线中，既含有荷阴电之微粒，则以之投射于或物体，亦当得阴电。古篱夫妇曾用封蜡绝缘之导电体，投以鉬线，而确得阴电；又以同法绝缘之铜盐，因带阴电之微粒飞去，而荷阳电。此电气之集积量，每一平方密厘每一秒时凡得 4×19^{-12} 安培云。鉬线中带阴电之微粒，在强电场时，必偏其进行方向，即在一密厘有一万波的之强电场，则偏四生的许，此勃克雷氏所实证者也。

自鉬所发射微粒之速度，每秒凡 1.6×10^{10} 密厘，约当光速度之半，因此微粒之飞散，故鉬于一小时所失之能力额凡 4.4×10^{-6} 加罗厘，与前记之放出热量较，则觉甚微。又从鉬之表面一平方密厘所放射之微粒，其质量亦綦少，计每一格兰之飞散，约需十亿万年。准此，则其微粒之大，应为轻气原子三千分之一，是名电子。

电子说曰，"凡物质中，皆含原子，而原子中，复含电子，电子之于原子，犹原子之于物质也。此电子受四围之电气与磁气之感化，循环飞运，无有已时，凡诸物体，罔不如是，虽吾人类，亦由是成。然飞运迟速，则因物而异，鉬之电子，乃极速者，以过速故，有一部分，飞出体外，而光与热，自然发生，为辐射线。"然是说也，必电子自具物质构成之能，乃得秩然成理。不然，则纵调和之曰飞散极微，悠久之曰须无量载，而于物质不灭之说，则仍无救也。且创原子说者，非以是为至微极小，分割物质之达于究极者乎。电子说兴，知飞动之微点，实小于原子千分之一，乃不得不褫原子宇宙间小达极点之嘉名，以归电子，而原子说亡。

自 X 线之研究，而得鉬线；由鉬线之研究，而生电子说。由是而关于物质之观念，倏一震动，生大变象。最人涅伏，吐故纳新，败果既落，新葩欲吐，虽曰古篱夫人之伟功，而终当脱冠以谢十九世末之

X 线发见者林达根氏。

题注:

　　本篇最初发表于 1903 年 10 月 10 日《浙江潮》月刊第八期。署名自树。介绍的是法国科学家居里夫人发现钋（即化学元素镭）的事情，是我国最早介绍镭的发现的文章之一。

中国地质略论

第一　绪言

战国非难。入其境，搜其市，无一幅自制之精密地形图，非文明国。无一幅自制之精密地质图（并地文土性等图），非文明国。不宁惟是；必殆将化为僵石，供后人摩挲叹息，谥曰绝种 Extract species 之祥也。

吾广漠美丽最可爱之中国兮！而实世界之天府，文明之鼻祖也。凡诸科学，发达已昔，况测地造图之末技哉。而胡为图绘地形者，分图虽多，集之则界线不合；河流俯视，山岳则恒作旁形。乖谬昏蒙，茫不思起，更何论夫地质，更何论夫地质之图。呜呼，此一细事，而令吾惧，令吾悲，吾盖见五印详图，曾招觊于伦敦之肆矣。况吾中国，亦为孤儿，人得而挞楚鱼肉之；而此孤儿，复昏昧乏识，不知其家之田宅货匦，凡得几许。盗据其室，持以赠盗，为主人者，漠不加察，得残羹冷炙，辄大感叹曰："若衣食我，若衣食我。"而独于兄弟行，则争锱铢，较毫末，刀杖寻仇，以自相杀。呜呼，现象如是，虽弱水四环，锁户孤立，犹将汰于天行，以日退化，为猿鸟蜃藻，以至非生物。况当强种鳞鳞，蔓我四周，伸手如箕，垂涎成雨，造图列说，奔走相议，非左操刃右握算，吾不知将何以生活也。而何图风水宅相之说，犹深刻人心，力杜富源，自就阿鼻。不知宅相大佳，公等亦死；风水不破，公等亦亡，谥曰至愚，孰云不洽。复有冀获微资，引盗入室，巨资既虏，还焚其家，是诚我汉族之大敌也。凡是因迷信以弱国，利身家而害群者；虽曰历代民贼所经营养成者矣，而亦惟地质学不发达故。

地质学者，地球之进化史也；凡岩石之成因，地壳之构造，皆所深究。取以贡中国，则可知栾然尘球，无非经历劫变化以来，造成此相；虽涵无量宝匦，足以缮吾生，初无大神秘不可思议之物，存乎其间，以支配吾人之运命。斩绝妄念，文明乃兴。然欲历举其说，则又非一小册子所能尽也。故先掇学者所发表关于中国地质之说，著为短篇，报告吾族。虽空谭几溢于本论，然读此则吾中国大陆里面之情状，似亦略得其概矣。

第二　外人之地质调查者

中国者，中国人之中国。可容外族之研究，不容外族之探捡；可容外族之赞叹，不容外族之觊觎者也。然彼不惮重茧，入吾内地，狼顾而鹰瞵，将胡为者？诗曰："子有钟鼓，弗鼓弗考。宛其死矣，他人是保。"则未来之圣主人，以将惠临，先稽帐目，夫何怪焉。左举诸子，皆最著名。其他幻形旅人，变相侦探，更不知其几许。虽曰跋涉山川，探索秘密，世界学人，皆尔尔矣；然吾知之，恒为毛戴血涌，吾不知何祥也。

千八百七十一年，德人利忒何芬 Richthofen 者，受上海商业会议所之嘱托，由香港入广东，湖南（衡州，岳州），湖北（襄阳）遂达四川（重庆，叙州，雅州，成都，昭化）；入陕西（凤翔，西安，潼关），山西（平阳，太原）而之直隶（正定，保定，北京）。复下湖北（汉口，襄阳），往来山西间（泽州，南阳，平阳，太原），经河南之怀庆，以至上海，入杭州，登宁波之舟山岛，遍勘全浙。复溯江至芜湖，捡江西北部，折而之江苏（镇江，扬州，淮安），遂入山东（沂州，泰安，济南，莱州，芝罘）。碧眼炯炯，击节大诧若所悟。然其志未熄也；三涉山西（太原，大同），再至直隶（宣化，北京，三河，丰润），徘徊于开平炭山，入盛京（奉天，锦州），始由凤凰城而出营口。历时三年，其旅行线强于二万里，作报告书三册，于是世界第一石炭国之名，乃大噪于世界。其意曰：支那大陆均蓄石炭，而山西尤盛；然矿业盛衰，首关输运，惟扼胶州，则足制山西之矿业，故分割支那，以先得胶州为第一着。呜呼，今竟何如？毋曰一文弱之地质家，而眼光足迹间，实涵有无量刚劲善战之军队。盖自利氏游历以来，胶州早非我有矣。今也森林民族，复往来山西间，是皆利忒何芬之化身，而中国大陆沦陷之天使也，吾同胞其奈何。

千八百八十年，匈牙利伯爵式奚尼初丧爱妻，欲借旅行以漓其恨。乃偕地理学者三人，由上海溯江以达湖北（汉口，襄阳），经陕（西安）甘（静宁，安定，兰州，凉州，甘州）而出国境；复入甘肃（安定，巩昌），捡四川（成都，雅州）云南（大理）由缅甸以去。历时三年，挥金十万，著纪行三册行于世。盖于利忒何芬氏探捡未详之地，尤加意焉。

越四年，俄人阿布佉夫探捡北部之满洲，直隶（北京，保定，正定），山西（太原），甘肃（宁夏，兰州，凉州，甘州），蒙古等。其

254

后三年，复有法国里昂商业会议所之探捡队十人，探捡南部之广西，河南（河内），云南，四川（雅州，松潘）等。调查精密，于广西，四川尤详。是诸地者，非连接于俄法之殖民地者软？其能勿惧！

先年，日本理学博士神保，巨智部，铃木之辽东，理学士西和田之热河，学士平林，井上，斋藤之南部诸地，均以调查地质为目的。递和田，小川，细井，岩浦，山田五专门家，复勘诸处，一订前探捡者报告之谬，则去岁事也。

第三　地质之分布

昔德儒康德 Kant 唱星云说，法儒拉布拉 Laplace 和之。以地球为宇宙间大气体中析出之一份，回旋空间；不知历几亿万劫，凝为流质；尔后日就冷缩，外皮遂坚，是曰地壳。至其中心，议者綦众：有内部融体说，有内部非融体说，有内外固体中挟融体说。各据学理，以文其议。然地球中心，奥不可测，欲辨孰长，盖甚难矣。惟以理想名地面之始曰基础统系 Fundamental formation，其上地层，则据当时气候状态，及蕴藏僵石 Fossil 之种类，分四大代 Era，细析之曰纪 Period，析纪曰世 Epoch。然此诸地层则又非掘吾人立足地，即能灿然毕备也。大都错综残缺，散布诸方。如吾中国，常于此见新，而于彼则获古。盖以荒古气候水陆之不齐，而地层遂难一致。犹谭人类史者，昌言专制立宪共和，为政体进化之公例；然专制方严，一血刃而骤列于共和者，宁不能得之历史间哉。地层变例，亦如是耳。今言中国，则以地质年代 Geological Chronology 为次。

（一）原始代或太古代 Archean Era

地球初成，汽凝为水，是即当时之遗迹，居基础统系之上，而始为地质学家所目击者也。故吾侪目所能见之地层，以是为极古。其岩石以片麻，云母，绿泥为至多，然大都经火力而变质。捡际石层，略无生物，惟据石类析之为：

（12）老连志亚纪 Laurentian Period

（11）比宇鲁亚纪 Huronian Period

二纪。后虽有发见阿屯（意即初生生物）之说，而经德人眉彪研究以来，已知其谬；盖尔时实惟荒天赤地，绝无微生命存其间也。所难解者，岩石中时含石灰石墨之属。夫石灰为动物之遗蜕，石墨为植物之槁株，设无生物存，何得有是？而或有谓是等全非由生物之力而来者，迄于今尚存疑焉。索之吾中国，则两纪均于黄海沿岸遇之。虽未能知其蕴藏何如，然太古代地层中，则恒产金银铜铂电石红宝石之属，意吾国黄海沿岸地方，亦当如是耳。

（二）古生代 Palaeozoic Era

以始有生物，故以生命名者也，分六纪：

（10）寒武利亚纪 Cambrian Period

（9）志留利亚纪 Silurian Period

（8）泥盆纪 Devonian Period

（7）石炭纪 Carboniferous Period

（6）二叠纪 Permian Period

岩石繁多，以水成者，若砂，硅，粘板，石炭等；以火成者，若花刚，闪丝，辉丝等。石类既自少而至多，生物亦由简以进复，然当（10）纪时，尚鲜见也。递及（9）纪，则藻类，三叶虫，珊瑚虫之族日盛，然惟水产物而止耳。入（8）纪，而鱼，而苇，而鳞木，而印木，渐由水产以超陆产。然亦惟隐花植物而已，高贵生物，未获见也。降及（6）纪，而两栖动物及爬虫出，盖已随时日之变迁，以日趋于高等矣。是即造化自著之进化论，而达尔文剽窃之以成十九世纪之伟著者也。

蕴藏矿物以是代为最富。（10）纪之见于中国者，自辽东半岛直亘朝鲜北部；虽土质确荦，不宜稼穑，而所产金银铜锡之属，实远胜于他纪诸岩石，土人仅耕石田，于生计可绰有余裕焉。其（9）纪岩石，则分布于陕西至四川之山间，以产金著。其（8）纪岩石，则在云南北境及四川之东北。变质岩中，常含玉类，而岩石脉络间，亦少产银铁铜铅，搜全世界，以此纪岩石为至多，而石类亦均适于用。其上则（7）纪矣，产煤铁綦多，故以石炭名其纪。而吾中国本部，实蔓延分布，无地无之，合计石炭之量，远驾欧土（详见第五）；是实榜陀罗 Pandora 之万祸箧底之希望，得之则日近于光明璀灿之前途，失之则惟愁苦终穷以死者也，吾国人其善所择哉。

（三）中生代 Mesozoic Era

组成是代之岩石为粘板，角，硅，及粘土等，或遇如含有岩盐石炭石膏之地层，分三纪，即：

（5）三叠纪 Triassic Period

（4）侏罗纪 Jurassic Period

（3）白垩纪 Cretaceous Period

是也。前纪生物已日归于消灭，故（5）纪时，鳞印诸木，衰落既久，而松柏，苏铁，羊齿诸科，乃代之握植界之主权。至（3）纪则无花果，白杨，柳，槠等诸被子植物出，与现世界几无大异矣。动物则前代已生之爬虫，日益发达，有袋类亦生，为乳哺类之先导。至（4）纪而诡形之龙类（旧译作鼍），跋扈于陆地，有齿之大鸟，飞翔于太空，盖自有生物以来，未有若斯之瑰奇繁盛者也。且菊石，箭石之属，亦大繁殖，其遗蜕遂造成（3）纪之地层，即学校日用之垩笔，亦此微虫之余惠耳。至（3）纪时，生物界乃大变革，旧生动植，或衰或灭，而真阔叶树及硬骨鱼兴。

（5）纪之在中国者，为西藏，有用扑物则有岩盐石膏铜铁铅等。（4）纪则自西伯利亚东方，以至中国之本部，虽时有扑物，而极鲜石炭。（3）纪则并有用扑物亦鲜见矣，中国之极西方是也。

（四）新生代 Cenozoic Era

新生代者，地质时代中最终之地层，而其末叶，即吾人生息之历史也，别为二纪，曰：

（2）第三纪 Tertiary Period

（1）第四纪 Quaternary Period

其岩石为粗面，流纹，玄武，及粘土，砂砾，柔石炭等。其生物虽与今几无大异，然细察之，则不同之点綦多，如象，貘，张角兽，恐鸟是也。如是盛衰递嬗，益衍益进，至洪积世 Diluvium 而人类生。

（2）纪分布于中国全部，其扑物有金属，且产石炭，然以新成，故远逊于石炭纪者。（1）纪则全世界无不见之，如中国扬子江北部之累斯 Loess（黄色无层之灰质岩石），即为是时积聚之砂土；黄河附近之黄土，亦是时发育之垆坶之一种也。

第四　地质上之发育

地球未成以先，吾中国亦气体中之一份耳，无可言者，故以地球成后始。

（一）太古代之中国　　太古代之地球，洪水澎湃，烈火郁盘，地鲜出水，奚言生物，瞑想其状，当惟见洪流激浪而已。然火力所激，而地壳变形，昆仑山脉，忽然隆出；蒙古之一部分，及今之山东，亦离水成陆，崛起海中，其他则惟巨浸无际，怒浪拂天已耳。

（二）古生代之中国　　地壳地心，鏖战既久，其后地心花刚岩之溶液，挟火力以泉涌，流溢海陆，地壳随之隆出水面，乃构成东方亚细亚之大陆。秦岭以北断层分走于诸方，即为台地，大苇鳞木印木等巨大植物，于焉繁殖。以北，则地层恒作波折形，似曾为山脉者。厥后经风雨之剥蚀，海浪之冲激，秦岭以北，渐成海底，无量植物，受水石之迫压，及地心热力，相率僵死。然地心火力，则犹冲突而未有已也，故复隆出水中，成阶级状之台地，所谓支那炭田者，实形成于此时焉。然其南部，尚潜海底，迨因受西北方之横压力，而秦岭以南之地层，遂成波状之崛起，即所谓支那山系（南岭）者是也。

（三）中生代之中国　　火山之活动，至是稍衰，惟南方之一部，渐至沦陷，成新地中海，是实今日四川省之洼地（四川之赤盆砂地），而南支那之炭田也。迨喜马拉牙山崭然显头角，而南部中国始全为陆地。厥后南京与汉江之北，生分走北东之两断层，陷落而成中原，即为历代枭雄逐鹿地，以造成我中国旧史之骨子者也。

（四）新生代之中国　　入新生代之初，水火之威日杀，甘肃及蒙古地方，昔为内海，至是亦渐就干涸，砂漠成焉。然以暴风所经营，故土砂埃尘，均随风飞动，运入黄河流域地方，积为黄土。扬子江北部，亦广大之砂漠耳，后以风之吹拂，雨之浸润，遂成累斯，故累斯大发育于中国。其他则与今日地形，几无大异矣。

第五　世界第一石炭国

世界第一石炭国！石炭者，与国家经济消长有密接之关系，而足以决盛衰生死之大问题者也。盖以汽生力之世界，无不以石炭为原动力者，失之则能令机械悉死，铁舰不神。虽曰将以电生力矣，然石炭亦能分握一方霸权，操一国之生死，则吾所敢断言也。故若英若美，均假僵死植物之灵，以横绝一世；今且垂尽矣，此彼都人士，所为抚心愁叹，皇皇大索者也。列邦如是，我国如何？利忒何芬曰："世界第一石炭国！……"今据日本之地质调查者所报告，石炭田之大小位置，图际于左，即：

●满洲七处

芜河水

赛马集

太子河沿岸（上流）　　辽东

本溪湖

锦州府（大小凌河上流）

宁远县　　辽西

中后所

●直隶省六处

石门塞（临榆县）

开平

北京之西方（房山县附近）

保安州

蔚州　　　　　　　西宁州

●山西省六处

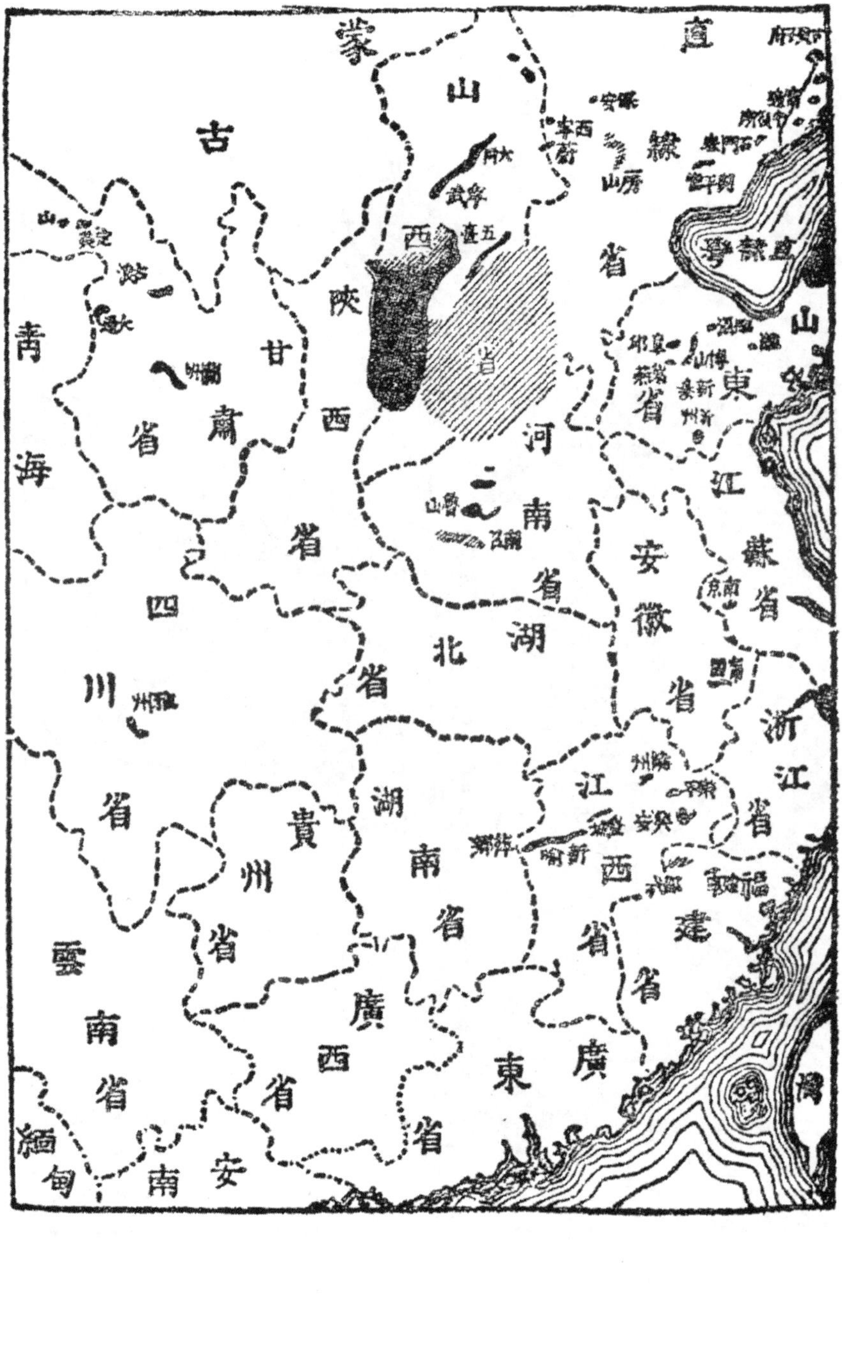
蒙古
山西省
陝西省
甘肅省
青海
四川省
直隸省
山東省
河南省
湖北省
安徽省
江蘇省
浙江省
江西省
湖南省
貴州省
雲南省
廣西省
廣東省
福建省
緬甸
安南

东南部炭田	西南部炭田
五台县	大同宁民府间炭田
中路（译音）	西印子（译音）

●四川省一处

雅州府

●河南省两处

南召县	鲁山县附近

●江西省六处

丰城	新喻
萍乡	兴安
乐平	饶州

●福建省两处

邵武县	建宁府

●安徽省一处

宣城

●山东省七处

沂州府	新泰县
莱芜县	章丘县
临榆县	通县
博山县及淄川县	

●甘肃省五处

兰州府	大通县
古浪县	定羌县
山丹州	

等四十三处是也。或谓此外有湖南东南部有烟无烟炭田，无虑二万一千方迈尔，虽未得其的据，然吾中国炭田之未发见者，固不知其几许，宁止湖南？今仅就图中山西省有烟无烟大炭田计之，约各一万三千五百方迈尔，合计七百万步。加以他处炭田，拟一极少数，为一千万步。设平均厚率为三十尺，一立方坪之重量为八吨，则其总量凡一万二千亿吨，即每年采掘一亿二千万吨，亦可保持至一万年之久而未有尽也。况加以湖南传说之炭田，五百六十六万步即约六千八百亿吨乎。吾以之自熹，吾以之自慰。然有一奇现象焉，即与吾前言反对者，曰中国将以石炭亡是也。列强领土之中，既将告罄，而中国乃直当其解决盛衰问题之冲，列国将来工业之盛衰，几一系于占领支那之得失，遂攘臂而起，惧为人先。复以不能越势力平均之范围，乃相率而谈分割，血眼欲裂，直睨炭田。而我复麻木罔觉，挟无量巨资，不知所用，惟沾沾于微利以自贼，于是今日山西某炭田夺于英，明日山东各炭田夺于德，而诸国犹群相要曰："采掘权！采掘权！！"呜呼，不待十年，将见此膴膴中原，已非复吾曹之故国，握炭田之旧主，乃为采炭之奴，弃宝藏之荡子，反获鄙夫之谥。虽曰炭田有以诲盗，而慢藏不用，则谁之罪哉。

第六　结论

吾既述地质之分布，地形之发育，连类而之矿藏，不觉生敬爱忧惧种种心，掷笔大叹，思吾故国，如何如何。乃见黄神啸吟，白眚舞蹈，足迹所至，要索随之，既得矿权，遂伏潜力，曰某曰某，均非我有。今者俄复索我金州复州海龙盖平诸矿地矣。初有清商某以自行采掘请，奉天将军诺之，既而闻其阴市于俄也，欲毁其约，俄人剧怒，大肆要求。呜呼，此垂亡之国，翼翼爱护之，犹恐不至，独奈何引盗入室，助之折榱挠栋，以速大厦之倾哉。今复见于吾浙矣。以吾所闻，浙绅某者，窃某商之故智，而实为外人伥，约将定矣。设我浙人若政府，起而沮尼之，度其结果，亦若俄之于金州诸地耳。试问我畏葸文弱之浙人，老病昏瞆之政府，有何权力，敢遏其锋；阖口自臧，犹将罹祸，而此獠偏提外人耳而促之曰："若盍索吾浙矿。"呜呼，鬼蜮为谋，猛鸷张口，其亡其亡，复何疑焉。吾尝豫测将来，窃为吾浙惧，若在北方，则无謷耳。彼等既饱尝外人枪刃之风味，淫掠之德政，不敢不慑伏谄媚，以博未来之圣主欢，夺最爱之妻女，犹不敢怨，更何有于毫无爱想之片土哉！若吾浙则不然，台处衢严诸府，教士说法，犹酿巨菑。况忽见碧瞳皙面之异种人，指挥经营，丁丁然日凿吾土，必有一种不能思议之感想，浮游于脑，而惊，而惧，而愤，挥梃而起，苛刈之以为快。而外人乃复得口实，以要索，以示威，枭颅成束，流血碧地之惨象，将复演于南方，未可知也。即不然，他国执势力平均之说，群起夺地，倏忽瓜分，灭国之祸，惟我自速。即幸而数十年后，竟得独立，荣光纠纷，符吾梦想；而吾浙矿产，本逊他省，复以外族入室，罗掘一空，工商诸业，遂难优胜，于是失败迭来，日趋贫病。呜呼，浙人而不甘分致戎之谤也，其可不谋所以挽救之者乎。

救之奈何？曰小儿见群儿之将夺其食也，则攫而自吞之，师是可耳。夫中国虽以弱著，吾侪固犹是中国之主人，结合大群起而兴业，群儿虽狡，孰敢沮者，则要索之机绝。乡人相见，可以理喻，非若异族，横目为仇，则民变之祸弭。况工业繁兴，机械为用，文明之影，日印于脑，尘尘相续，遂孕良果，吾知豪侠之士，必有恨恨以思，奋袂而起者矣。不然，则吾将忧服箱受策之不暇，宁有如许闲情，喋喋以言地质哉。

题注：

　　本篇最初发表于 1903 年 10 月《浙江潮》月刊第八期，署名索子。1902 年，鲁迅从路政学堂毕业后，考上留日官费生，其间发生浙江地区列强争夺矿权的"争刘铁云条约"事件。1903 年，鲁迅在东京上野参加浙江同乡会声讨刘鹗、高尔伊出卖浙江矿权大会，并发表《中国地质略论》。

科学史教篇

观于今之世，不瞿然者几何人哉？自然之力，既听命于人间，收纵指挥，如使其马，束以器械而用之；交通贸迁，利于前时，虽高山大川，无足沮核；饥疬之害减；教育之功全；较以百祀前之社会，改革盖无烈于是也。孰先驱是，孰偕行是？察其外状，虽不易于犁然，而实则多缘科学之进步。盖科学者，以其知识，历探自然见象之深微，久而得效，改革遂及于社会，继复流衍，来溅远东，浸及震旦，而洪流所向，则尚浩荡而未有止也。观其所发之强，斯足测所蕴之厚，知科学盛大，决不缘于一朝。索其真源，盖远在夫希腊，既而中止，几一千年，递十七世纪中叶，乃复决为大川，状益汪洋，流益曼衍，无有断绝，以至今兹。实益骈生，人间生活之幸福，悉以增进。第相科学历来发达之绳迹，则勤劬艰苦之影在焉，谓之教训。

希腊罗马科学之盛，殊不逊于艺文。尔时巨制，有毕撒哥拉（Pythagoras）之生理音阶，亚里士多德（Aristoteles）之解剖气象二学，柏拉图（Platon）之《谛妙斯篇》（Timaeus）暨《邦国篇》，迪穆克黎多（Demokritos）之"质点论"，至流质力学则肪于亚勒密提士（Archimedes），几何则建于宥克立（Eukleides），械具学则成于希伦

（Heron），此他学者，犹难列举。其亚利山德大学，特称学者渊薮，藏书至十万余卷，较以近时，盖无愧色。而思想之伟妙，亦至足以铄今。盖尔时智者，实不仅启上举诸学之端而已，且运其思理，至于精微，冀直解宇宙之元质，德黎（Thales）谓水，亚那克希美纳（Anaximenes）谓气，希拉克黎多（Herakleitos）谓火。其说无当，固不俟言。华惠尔尝言其故曰，探自然必赖夫玄念，而希腊学者无有是，即有亦极微，盖缘定此念之意义，非名学之助不为功也。（中略）而尔时诸士，直欲以今日吾曹滥用之文字，解宇宙之玄纽而去之。然其精神，则毅然起叩古人所未知，研索天然，不肯止于肤廓，方诸近世，直无优劣之可言。盖世之评一时代历史者，褒贬所加，辄不一致，以当时人文所现，合之近今，得其差池，因生不满。若自设为古之一人，返其旧心，不思近世，平意求索，与之批评，则所论始云不妄，略有思理之士，无不然矣。若据此立言，则希腊学术之隆，为至可褒而不可黜；其他亦然。世有哂神话为迷信，斥古教为谫陋者，胥自迷之徒耳，足悯谏也。盖凡论往古人文，加之轩轾，必取他种人与是相当之时劫，相度其所能至而较量之，决论之出，斯近正耳。惟张皇近世学说，无不本之古人，一切新声，胥为绍述，则意之所执，与蔑古亦相同。盖神思一端，虽古之胜今，非无前例，而学则构思验实，必与时代之进而俱升，古所未知，后无可愧，且亦无庸讳也。昔英人设水道于天竺，其国人恶而拒之，有谓水道本创自天竺古贤，久而术失，白人不过窃取而更新之者，水道始大行。旧国笃古之余，每至不惜于自欺如是。震旦死抱国粹之士，作此说者最多，一若今之学术艺文，皆我数千载前所已具。不知意之所在，将如天竺造说之人，聊弄术以入新学，抑诚尸祝往时，视为全能而不可越也？虽然，非是不协不听之社会，亦有罪焉已。

希腊既苓落，罗马亦衰，而亚剌伯人继起，受学于那思得理亚与傲思人，翻译诠释之业大盛；眩其新异，妄信以生，于是科学之观念漠然，而进步亦遂止。盖希腊罗马之科学，在探未知，而亚剌伯之科学，在模前有，故以注疏易征验，以评骘代会通，博览之风兴，而发见之事少，宇宙见象，在当时乃又神秘而不可测矣。怀念既尔，所学遂妄，科学隐，幻术兴，天学不昌，占星代起，所谓点金通幽之术，皆以昉也。顾亦有不可贬者，为尔时学士，实非懒散而无为，精神之弛，因入退守；徒以方术之误，结果乃止于无功，至所致力，固有足以惊叹。如当时回教新立，政事学术，相辅而蒸，可尔特跋暨巴格达德之二帝，对峙东西，竞导希腊罗马之学，传之其国，又好读亚里士多德与柏拉图书。而学校亦林立，以治文理数理爱智质学及医药之事；质学有醇酒硝硫酸之发明，数学有代数三角之进步；又复设度测地，以摆计时，星表之作，亦始此顷，其学术之盛，盖几世界之中枢矣。而景教子弟，复多出入于日斯巴尼亚之学校，取亚剌伯科学而传诸宗邦，景教国之学术，为之一振；递十一世纪，始衰微也。赫胥黎作《十九世纪后叶科学进步志》，论之曰，中世学校，咸以天文几何算术音乐为高等教育之四分科，学者非知其一，不足称有适当之教育；今不遇此，吾徒耻之。此其言表，与震旦谋新之士，大号兴学者若同，特中之所指，乃理论科学居其三，非此之重有形应用科学而又其方术者，所可取以自涂泽其说者也。

时亚剌伯虽如是，而景教诸国，则于科学无发扬。且不独不发扬而已，又进而摈斥夭阏之，谓人之最可贵者，无逾于道德上之义务与宗教上之希望，苟致力于科学，斯谬用其所能。有拉克坦谛（Lactantius）者，彼教之能才也，尝曰，探万汇之原因，问大地之动定，谈月表之隆陷，究星辰之悬属，考成天之质分，而焦心苦思于此诸问端者，犹絮陈未见之国都，其愚为不可几及。贤者如是，庸俗可知，科学之

269

光，遂以黯淡。顾大势如是，究亦不起于无因。准丁达尔（J.Tyndall）言，则以其时罗马及他国之都，道德无不颓废，景教适以时起，宣福音于平人，制非极严，不足以矫俗，故宗徒之遭害虽多，而终得以制胜。惟心意之受婴久，斯痕迹之漫漶也难，于是虽奉为灵粮之圣文，亦以供科学之判决。见象如是，夫何进步之可期乎？至厥后教会与列国政府间之冲突，亦于掌究之受妨，与有力也。由是观之，可知人间教育诸科，每不即于中道，甲张则乙弛，乙盛则甲衰，迭代往来，无有纪极。如希腊罗马之科学，以极盛称，迨亚剌伯学者兴，则一归于学古；景教诸国，则建至严之教，为德育本根，知识之不绝者如线。特以世事反复，时势迁流，终乃屹然更兴，蒸蒸以至今日。所谓世界不直进，常曲折如螺旋，大波小波，起伏万状，进退久之而达水裔，盖诚言哉。且此又不独知识与道德为然也，即科学与美艺之关系亦然。欧洲中世，画事各有原则，迨科学进，又益以他因，而美术为之中落，迨复遵守，则辄近事耳。惟此消长，论者亦无利害之可言，盖中世宗教暴起，压抑科学，事或足以震惊，而社会精神，乃于此不无洗涤，熏染陶冶，亦胎嘉葩。二千年来，其色益显，或为路德，或为克灵威尔，为弥耳敦，为华盛顿，为嘉来勒，后世瞻思其业，将孰谓之不伟欤？此其成果，以偿沮遏科学之失，绰然有余裕也。盖无间教宗学术美艺文章，均人间曼衍之要旨，定其孰要，今兹未能。惟若眩至显之实利，慕至肤之方术，则准史实所垂，当反本心而获恶果，可决论而已。此何以故？则以如是种人之得久，盖于文明政事二史皆未之见也。

迄今所述，止于昏黄，若去而求明星于尔时，则亦有可言者一二，如十二世纪有摩格那思（A.Magnus），十三世纪有洛及培庚（Roger Bacon 生一二一四年，中国所习闻者生十六世纪与此异），尝作书论失学之故，画恢复之策，中多名言，至足称述；然其见知于世，去今才百余年耳。书首举失学元因凡四：曰摹古，曰伪智，曰泥于习，曰惑于常。近世华惠尔亦论之，籍当时见象，统归四因，与培庚言殊异，因一曰思不坚，二曰卑琐，三曰不假之性，四曰热中之性，且多援例以实之。丁达尔后出，于第四因有违言，谓热中妨学，盖指脑之弱者耳，若其诚强，乃反足以助学。科学者耄，所发见必不多，此非智力衰也，正坐热中之性渐微故。故人有谓知识的事业，当与道德力分者，此其说为不真，使诚脱是力之鞭策而惟知识之依，则所营为，特可悯者耳。发见之故，此其一也。今更进究发见之深因，则尤有大于此者。盖科学发见，常受超科学之力，易语以释之，亦可曰非科学的理想之感动，古今知名之士，概如是矣。阘喀曰，孰辅相人，而使得至真之知识乎？不为真者，不为可知者，盖理想耳。此足据为铁证者也。英之赫胥黎，则谓发见本于圣觉，不与人之能力相关；如是圣觉，即名曰真理发见者。有此觉而中才亦成宏功，如无此觉，则虽天纵之才，事亦终于不集。说亦至深切而可听也。莱勒那尔以力数学之研究有名，尝柬其友曰，名誉之心，去己久矣。吾今所为，不以令誉，特以吾意之嘉受耳。其恬淡如是。且发见之誉大矣，而威累司逊其成就于达尔文，本生付其勤劬于吉息霍甫，其谦逊又如是。故科学者，必常恬淡，常逊让，有理想，有圣觉，一切无有，而能贻业绩于后世者，未之有闻。即其他事业，亦胥如此矣。若曰，此累叶之言，皆空虚而无当于实欤？则曰然亦近世实益增进之母耳。此述其母，为厥子故，即以慰之。

前此黑暗期中，虽有图复古之一二伟人出，而终亦不能如其所期，东方之光，盖实作于十五六两世纪顷。惟苓落既久，思想大荒，虽冀履前人之旧迹，亦不可以猝得，故直近十七世纪中叶，人始诚闻夫晓声，回顾其前，则歌白尼（N.Copernicus）首出，说太阳系，开布勒（J.Kepler）行星运动之法继之，此他有格里累阿（Galileo Galilei），于星力二学，多所发明，又善导人，使事斯学；后复有思迭文（S.Stevin）之机械学，吉勒哀德（W.Gilbert）之磁学，哈维（W.Harvey）之生理学。法朗西意大利诸国学校，则解剖之学大盛；科学协会亦始立，意之林舍亚克特美（Accademia dei Lincei）即科学研究之渊薮也。事业之盛，足惊叹矣。夫气运所趣既如此，则桀士自以笃生，故英则有法朗希思培庚，法则有特嘉尔。

培庚（F.Bacon 1561—1626）著书，序古来科学之进步，与何以达其主的之法曰《格致新机》。虽后之结果，不如著者所希，而平议其业，决不可云不伟。惟中所张主，为循序内籀之术，而不更云征验：后以是多讶之。顾培庚之时，学风至异，得一二琐末之事实，辄视为大法之前因，培庚思矫其俗，势自不得不斥前古悬拟夸大之风，而一偏于内籀，则其不崇外籀之事，固非得已矣。况此又特未之语耳，察其思惟，亦非偏废；氏所述理董自然见象者凡二法：初由经验而入公论，次更由公论而入新经验。故其言曰，事物之成，以手乎，抑以心乎？此不完于一。必有机械而辅以其他，乃以具足焉。盖事业者，成以手，亦赖乎心者也。观于此言，则《新机论》第二分中，当必有言外籀者，然其第二分未行世也。顾由是而培庚之术为不完，凡所张皇，仅至具足内籀而止。内籀之具足者，不为人所能，其所成就，亦无逾于实历；就实历而探新理，且更进而窥宇宙之大法，学者难之。况悬拟虽培庚所不喜，而今日之有大功于科学，致诸盛大之域者，实多悬拟为之乎？然其说之偏于一方，视为匡世之术可耳，无足深难也。

后斯人几三十年，有特嘉尔（R.Descartes 1596—1650）生于法，以数学名，近世哲学之基，亦赖以立。尝屹然扇尊疑之大潮，信真理之有在，于是专心一志，求基础于意识，觅方术于数理。其言有曰，治几何者，能以至简之名理，会解定理之繁多。吾因悟凡人智以内事，亦咸得以如是法解。若不以不真者为真，而履当履之道，则事之不成物之不解者，将无有矣。故其哲理，盖全本外籀而成，扩而用之，即以驭科学，所谓由因入果，非自果导因，为其著《哲学要义》中所自述，亦特嘉尔方术之本根，思理之枢机也。至其方术，则论者亦谓之不完，奉而不贰，弊亦弗异于偏倚培庚之内籀，惟于过重经验者，可为救正之用而已。若其执中，则偏于培庚之内籀者固非，而笃于特嘉尔之外籀者，亦不云是。二术俱用，真理始昭，而科学之有今日，亦实以有会二术而为之者故。如格里累阿，如哈维，如波尔（R.Boyle），如奈端（I.Newton），皆偏内籀不如培庚，守外籀不如特嘉尔，卓然独立，居中道而经营者也。培庚生时，于国民之富有，与实践之结果，企望极坚，越百年，科学益进而事乃不如其意。奈端发见至卓，特嘉尔数理亦至精，而世人所得，仅脑海之富而止；国之安舒，生之乐易，未能获也。他若波尔立质力二学征实之法，巴斯加耳（B.Pascal）暨多烈舍黎（E.Torricelli）测大气之量，摩勒毕奇（M.Malpighi）等精挈官品之理，而工业如故，交通未良，矿业亦无所进益，惟以机械学之结果，始见极粗之时辰表而已。至十八世纪中叶，英法德意诸国科学之士辈出，质学生学地学之进步，灿然可观，惟所以福社会者若何，则论者尚难于置对。迨酝酿既久，实益乃昭，当同世纪末叶，其效忽大著，举工业之械具资材，植物之滋殖繁养，动物之畜牧改良，无不蒙科学之泽，所谓十九世纪之物质文明，亦即胚胎于是时矣。洪波浩然，精神亦以振，国民风气，因而一新。顾治科学之桀士，则不以是婴心也，如前所言，盖仅以知真理为惟一之仪的，扩脑海之波澜，扫学区之荒秽，因举其身心时力，日探自然之大法而已。尔时之科学名家，无不如是，如侯失勒（J.Herschel）

暨拉布拉（S.de Laplace）之于星学，扬俱（Th. Young）暨弗勒那尔（A.Fresnel）之于光学，欧思第德（H.C.Oersted）之于力学，兰麻克（J.de Lamarck）之于生学，迭亢陀耳（A.de Candolle）之于植物学，威那（A.G.Werner）之于矿物学，哈敦（J.Hutton）之于地学，瓦特（J.Watt）之于机械学，其尤著者也。试察所仪，岂在实利哉？然防火灯作矣，汽机出矣，矿术兴矣。而社会之耳目，乃独震惊有此点，日颂当前之结果，于学者独恝然而置之。倒果为因，莫甚于此。欲以求进，殆无异鼓鞭于马勒软，夫安得如所期？第谓惟科学足以生实业，而实业更无利于科学，人皆慕科学之荣，则又不如是也。社会之事繁，分业之要起，人自不得不有所专，相互为援，于以两进。故实业之蒙益于科学者固多，而科学得实业之助者亦非鲜。今试置身于野人之中，显镜衡机不俟言，即醇酒玻璃，亦不可致，则科学者将何如，仅得运其思理而已。思理孤运，此雅典暨亚历山德府科学之所以中衰也。事多共其悲喜，盖亦诚言也夫。

故震他国之强大，栗然自危，兴业振兵之说，日腾于口者，外状固若成然觉矣，按其实则仅眩于当前之物，而未得其真谛。夫欧人之来，最眩人者，固莫前举二事若，然此亦非本柢而特葩叶耳。寻其根源，深无底极，一隅之学，夫何力焉。顾著者于此，亦非谓人必以科学为先务，待其结果之成，始以振兵兴业也，特信进步有序，曼衍有源，虑举国惟枝叶之求，而无一二士寻其本，则有源者日长，逐末者仍立拨耳。居今之世，不与古同，尊实利可，摹方术亦可，而有不为大潮所漂泛，屹然当横流，如古贤人，能播将来之佳果于今兹，移有根之福祉于宗国者，亦不能不要求于社会，且亦当为社会要求者矣。丁达尔不云乎：止属目于外物，或但以政事之感，而误凡事之真者，每谓邦国安危，一系于政治之思想，顾至公之历史，则立证其不然。夫法之有今日也，宁有他因耶？特以科学之长，胜他国耳。千七百九十二年之变，全欧嚣然，争执干戈以攻法国，联军伺其外，内讧兴于中，武库空虚，战士多死，既不能以疲卒当锐兵，而又无粮以济守者，武人抚剑而视太空，政家饮泪而悲来日，束手衔恨，俟天运矣。而时之振作其国人者何人？震怖其外敌者又何人？曰，科学也。其时学者，无不尽其心力，竭其智能，见兵士不足，则补以发明，武具不足，则补以发明，当防守之际，即知有科学者在，而后之战胜必矣。然此犹可曰丁达尔自治科学，因阿所好而立言耳，然证以阿罗戈之所载书，乃益明其不妄，书所记曰，时公会征九十万人，盖御外敌之四集，实非此不胜用尔。而人不如数；众乃大惧。加以武库久空，战备不足，故目前之急，有非人力所能救者。盖时所必要，首为弹药，而原料硝石，曩悉来自印度，至此时遂穷。次为枪炮，而法地产铜不多，必仰俄英印度之给，至今亦绝。三为钢铁，然平日亦取诸外国，制造之术，无知之者。于是行最后之策，集通国学者，开会议之，其最要而最难得者为火药。政府使者皆知不能成，叹曰，硝石安在？声未绝，学者孟耆即起曰，有之。至适当之地，如马厩土仓中，有硝石无量，为汝所梦想不到者。氏禀天才，加以知识，爱国出于至诚，乃睥睨阖室曰，吾能集其土为之！不越三日，火药就矣，于是以至简之法，晓谕国中，老弱妇稚，悉能制造，俄顷间全法国如大工厂也。此外有质学家，以法化分钟铜，用作武器，而炼铁新法亦昉于是时，凡铸刀剑枪械，无不可用国产。柔皮术亦不日竟成，制履之韦，因以不匮。尔时所称异之气球暨空气中之电报，亦均改良扩张，用之争战，前者即摩洛将军乘之探敌阵，得其情实，因制殊胜者也。丁达尔乃论曰，法国尔时，实生二物，曰：科学与爱国。其至有力者，为孟耆（Monge）与加尔诺（Carnot），与有力者，为孚勒克洛，穆勒惠，暨巴列克黎之徒。大业之成，此其枢纽。故科学者，神圣之光，照世界者也，可以遏末流而生感动。时泰，则为人性之光；时危，则由其灵感，生整理者如加尔诺，生强者强于拿坡仑之战将云。今试总观前例，本根之要，洞然可知。盖末虽亦能灿烂于一时，而所宅不坚，顷刻可以蕉萃，储能于初，始长久耳。顾犹有不可忽者，为当防社会入于偏，日趋而之一极，精神渐失，则破灭亦随之。盖使举世惟知识之崇，人生必大归于枯寂，如是既久，则美上之感情漓，明敏之思想失，所谓科学，亦同趣于无有矣。故人群所当希冀要求者，不惟奈端已也，亦希诗人如狭斯丕尔（Shakespeare）；不惟波尔，亦希画师如洛菲罗（Raphaelo）；既有康德，亦必有乐人如培得诃芬（Beethoven）；既有达尔文，亦必有文人如嘉来勒（Garlyle）。凡此者，皆所以致人性于全，不使之偏倚，因以见今日之文明者也。嗟夫，彼人文史实之所垂示，固如是已！

一九〇七年作。

题注：

本篇最初发表于 1908 年 6 月日本东京《河南》月刊第五号，署名令飞。

本篇论述了西方科学思潮的演变，阐明了科学的重要性。1904 年 8 月 29 日鲁迅致友人蒋抑卮的信中说："前曾译《物理新诠》，此书凡八章，皆理论，颇新颖可听……"当时，中国一般民众对于西方自然科学还处于无知状态，封建守旧势力则反对自然科学，只知笃古和抱残守缺，因此鲁迅撰写本文，介绍西方自然科学发展史，说明科学对改造自然、改造社会的作用。